中国文学研究述论稿

田恩铭　著

黑龍江大學出版社
HEILONGJIANG UNIVERSITY PRESS
哈尔滨

图书在版编目（CIP）数据

中国文学研究述论稿 / 田恩铭著. -- 哈尔滨 : 黑龙江大学出版社, 2024.4
ISBN 978-7-5686-1020-9

Ⅰ. ①中… Ⅱ. ①田… Ⅲ. ①中国文学－文学研究－文集 Ⅳ. ①I206-53

中国国家版本馆 CIP 数据核字 (2023) 第 169973 号

中国文学研究述论稿
ZHONGGUO WENXUE YANJIU SHULUN GAO
田恩铭　著

责任编辑　张永生
出版发行　黑龙江大学出版社
地　　址　哈尔滨市南岗区学府三道街 36 号
印　　刷　三河市铭诚印务有限公司
开　　本　720 毫米 ×1000 毫米　1/16
印　　张　14
字　　数　243 千
版　　次　2024 年 4 月第 1 版
印　　次　2024 年 4 月第 1 次印刷
书　　号　ISBN 978-7-5686-1020-9
定　　价　56.00 元

自　序

当一位学者把自己的研究做了过于狭窄的定位后，往往会陷入“画地”的泥沼中。走出泥沼并不容易，常常会受到不务正业的指摘。跨度太大同样也会面临问题：陌生到熟悉易，熟悉到深入难。因此，我很佩服杨义、葛兆光、陈平原、陈尚君、蒋寅、李浩等学者，可以跨界而游刃有余。这些学者的跨界幅度并不一样。杨义从中国现代文学进入古典文学。陈尚君、李浩出入文史之间。蒋寅从中国古典文学的唐代段跨入清代段，进入中国文学批评史，对现代文学及域外汉学也很熟悉。陈平原从现代文学到文学教育，再到大学史、学术史研究，笔下文字极具感染力和诱惑力。葛兆光的跨度最大，从中国古典文献学、古代文学进入宗教学、中国思想史研究，均有代表性成果出版。无论所跨的“界”是否彼此相关，上述学者的来去自如都令人羡慕不已。

羡慕之余，就想自己试试，品尝“跨界”的滋味。上大学的时候，学得最好的是中国现代文学，其次是文艺学，而后才是中国古典文学。毕业后，考取中国古代文学研究生，一路走下来，有时被认定为唐代文学研究者。界限划定后，自己随即认认真真地找个“地块”刨了起来：唐代文学家传记研究、唐代士族与文学研究、唐诗阐释史研究。一路做下来，总觉得自己基础薄弱，难以坚持下去。于是，老想跨界看看现代文学的风景，想了解国外同行的研究视野，又和一些师友选择医疗文学小试，就有了收在这个集子里的部分文字。

为什么会写下这些文字？这些“破铜烂铁”留下的意义何在？别人研究

了什么，对自己是个参照。于是，想到某个选题总想看看学者们的研究成果，归纳一下，总结一下，部分篇章是一气呵成的，不免缺少推敲。信笔由疆地写啊写，写完又意兴阑珊。弃之可惜，且收入囊中，立此存照。如同一缕风吹过，吹动头发的瞬间惬意还是有的。

少年总觉愁滋味，写成分行的文字，称为新诗。尽管出版过几本诗集，却并未入流。学术文字是否需要诗意呢？我觉得是需要的。一是要让读者读着舒服；二是学术文字也是有情的，只是要有所克制地抒情。写写韦庄、写写李煜、写写萧红、写写路遥，下笔之际不免设身处地想想，写着写着，就进入自我之浮想境界，不能自拔。

跨界还是觉得心虚。算而今，认真读过的书太少，且杂。杂就容易东想西想，想不到一块儿，还要写下去。写完了，给这些文字分类是让人头疼的事儿。于是，就一辑一辑组起来，内容有些松散，放在里面，就像遇雨凑在一起的半路行者，为了避雨躲在一处略显破旧的屋檐下。破就破点吧，总比各自散在途中被雨淋湿强。也许有一天，我会捧起这本书，读着读着，不会相信是自己写的。

我把自己的梦想放在这里，我把对学术的执念放在这里。每个人都在寻找这个世界上属于自己的另一部分影像，有时候，觉得找到了，其实找到的只是一种合适的感觉和认知；有时候，怎么也找不到，说明这份感知可能超越生活本身。历史记忆或者学习记忆存贮的时间越长，换个时间遇见就会表现得愈加强烈，内心会不断地回忆曾经的那个时刻。如果很远的地方，一直有人系念你，就这样，只是系念着，这种系念是有意义的。哪怕是他或者她把自己世界遇到的图景和你分享，让你看到另一个不尽真实的自己，实在不啻为一种从天而降的幸福。只需谨记：当你成为一个被设定的形象，这个形象不等于你本人的全部，只是被切割的一小部分。如果以最小的部分“跨界”，那么终究仍要回到属于自己的地方，继续行进。

就让这些文字驻留于此吧。

目　　录

医疗文学漫话

五代词人心史

小说叙事纵谈

闲说域外汉学研究

医疗文学漫话

中国古代医疗文学研究的关键词及其发展路径①

疾病是否改变了文学史？毋庸置疑，疾病改变了人类的历史，其中自然包括文学史。陀思妥耶夫斯基、鲁迅、史铁生和桑塔格等文学家均有关于疾病与治疗的文学书写，它们无论是作为文学文本还是理论文本，都与文学家自身的感受建立起了密切的联系。文学家在作品中所塑造的人物形象和抒发的情感体验，涵括了从染上疾病到治疗的全过程，并且因之形成了特有的抒情空间和增强了叙事张力。目前，“疾病叙事”已经成为文学研究中被广泛使用的关键词。同时，另一个被不断提及的关键词是“文学治疗”。文学治疗实际上是文学与临床医学、心理医学相结合而产生的一个概念。文学治疗不仅已经在相当大的范围内得到了应用，而且已经得到了认可。某种意义上甚至可以说，生理上的病痛和心理上的病痛都需要文学治疗。如果可以用“医疗文学”来概括文学与疾病、治疗之间的关系的话，那么无疑就会增加一个阅读文学文本的维度。继而，文学地理学与医疗文学、医疗文学与医疗文化、医疗文学与精神治愈的关系，以及医疗文学的理论指向等问题也都需要进一步厘清。

本文试图通过梳理中国古代医疗文学研究的关键词来探讨拓展文学研究空间的可能性路径，同时思考古代医疗文学研究的学术理路。

① 原载《中国海洋大学学报》（社会科学版）2022 年第 5 期。

一、疾病叙事：古代医疗文学研究的叙事学视角

“疾病叙事”这一概念自20世纪80年代提出以来，已从现当代文学研究领域蔓延到了古代文学，成为一个相对独立的研究主题。可以说，疾病叙事是医疗文学研究的第一关键词，相关的学术论文、学位论文有近200篇，其中以中国现当代文学领域的文章为最多，研究涉及的作家有鲁迅、郁达夫、巴金、张爱玲等人；文体自然以叙事性文本为主，小说最多，报告文学、传记等其他叙事性文本亦有几篇。进入21世纪，古代文学研究领域的学者们也越来越关注疾病叙事在文本中的独异性特征，随着研究成果的增多，研究也逐渐向纵深发展。

李炳海是较早关注疾病叙事的学者，他的论文《从贫困非病到不以病为病——先秦道家文学中的疾病事象》以《老子》《庄子》《列子》等道家经典文本为中心，抓住“疾病事象”这一主题，分析了道家诸子对于疾病的态度以及疾病叙事所反映出来的文学观念，得出结论认为：道家出于对自由逍遥的追求，并不把生理疾病作为关注对象，而是强调心理疾病的重要性，因而主张医治心理障碍可以使人恢复健康状态。① 这篇具有奠基意义的文章虽然没有直接使用“疾病叙事”这一概念，却以疾病叙事贯穿始终。文章的创新之处在于分析了道家文学文本所塑造的有生理缺陷的残疾人形象，以此来论证老庄对于生命的自在性解读。这篇论文发表以后，学界关于疾病叙事的研究并没有在古代文学研究领域得到进一步拓展。张瑞的《疾病、治疗与疾痛叙事——晚清日记中的医疗文化史》是一篇较早的关于疾病叙事研究的博士学位论文。这篇文章在重点考察明清以来医学的普及状况的同时，诠释了与文学研究相关的医疗文化的意义，即通过疾痛叙事呈现出日常生活与精神生活

---

① 参见李炳海：《从贫困非病到不以病为病——先秦道家文学中的疾病事象》，《中国文学研究》2005年第3期。

的关系。①

就研究成果的分布而言，古代文学方面的疾病叙事研究主要集中在两个领域：唐传奇和明清小说。随着《全唐五代小说》《全唐五代笔记》《唐五代传奇集》的陆续编纂出版，关于唐代小说的研究不断走向深入，而关于唐传奇疾病叙事的研究自然也有成果产生，虽不成体系却仍稍有新意。例如，曹雨在其硕士学位论文《〈太平广记〉疾病叙事研究》中，就以"疾病叙事"为研究的核心关键词，分析了《太平广记》疾病叙事的功能及其隐喻内涵，以及《太平广记》对明清小说中的疾病叙事手法的影响。② 不过，由于《太平广记》是一部小说总集，主体部分是唐五代传奇，因此曹雨的这篇文章实际上可视为研究的是唐传奇中的疾病书写特征。刘贞关注的是唐传奇的疾病叙事功能，她的论文《论唐传奇中疾病的三种叙事功能》以《薛伟》《眭仁蒨》《南柯太守传》等文本为例，分析了疾病出现的时段及其推动叙事进程的功能；以《霍小玉传》《李娃传》等文本为例，分析了疾病叙事塑造人物形象的功能；以《古镜记》《冥报记》等文本为例，分析了疾病叙事的社会文化载体功能。③ 田恩铭则以《霍小玉传》为研究个案，同时结合不同的传记文本，分析了霍小玉因恨患病而李益因咒成疾的过程，最终认为《霍小玉传》的创作主旨就是：解释"李益疾"的生成过程。④

目前关于明清小说疾病叙事的研究已经取得了突破性进展，无论是在理论层面还是实践层面均有所斩获。首先，在小说写作时段的关注和选择方面，主要以明末清初和清末为主，因为这两个时段均是焦点时段：一个是承前启后，寻求疗救；一个是日暮将至，积重难返。比如，杨宗红关注的是明末清

---

① 参见张瑞：《疾病、治疗与疾痛叙事——晚清日记中的医疗文化史》，南开大学2014年博士学位论文。

② 参见曹雨：《〈太平广记〉疾病叙事研究》，华东交通大学2019年硕士学位论文。

③ 参见刘贞：《论唐传奇中疾病的三种叙事功能》，《韶关学院学报》2020年第4期。

④ 参见田恩铭：《小说、史传与类传的叙事传承对于文本构成的影响——以蒋防〈霍小玉传〉中的"李益疾"叙述为中心》，载熊明：《中国传记评论》（第一辑），中国海洋大学出版社2022年版，第86—96页。

初的拟话本小说，她在所撰文章《明末清初拟话本小说疾病叙事的理学隐喻》中为疾病叙事下了一个定义："所谓疾病叙事，一般而言，是指文学作品中涉及疾病或以疾病描写为载体的相关叙事。然而，疾病叙事的旨归不是身体疾病本身，而是透过疾病反思社会文化，反思个体与群体的关系，进而寻求疗救的良方。"① 这个定义令人联想到桑塔格的名作《疾病的隐喻》，当然这也是对李炳海考察道家文学的思路的进一步延伸。杨宗红认为："小说中，疾病叙事主要有两种模式：一是因为作恶，患某种疾病，甚至病重致死；二是患有某种疾病，因为行善，疾病痊愈。前者侧重于'致病'之因，后者侧重于'治病'之方。"② 总体而言，《明末清初拟话本小说疾病叙事的理学隐喻》结合理学观念，分析研究了以"三言""二拍"为代表的拟话本小说中疾病的叙事功能和劝诫功能。晋海学《清末小说疾病叙事的形态、特征与结构》则将关注的时段放在清末，分析了清末小说疾病叙事的主题形态以及所呈现的现代性特征、形成的认知结构。③ 这篇文章以《女娲石》《介绍良医》等文本为例，分析认为：从疾病叙事中能够体现出清末小说家的现实关怀，他们形成了以医生为中心的认知模式，突破了小说仅仅具有消闲娱乐的叙事功能的认知桎梏，进而使小说因疾病叙事的介入而发挥了唤醒民众的作用。其次，在文本个案的分析方面，相关研究主要以《红楼梦》《儒林外史》为主。例如，李晓华《〈红楼梦〉人物的疾病叙事与情节》将《红楼梦》中的疾病叙事与故事情节的推进结合起来进行分析，认为《红楼梦》往往借助疾病叙事来完成故事情节的艺术化处理，而且疾病叙事贯通于文本前后，为完成既定的叙事目标发挥着铺垫和催化作用。④ 无独有偶，王慧关注的则是《儒林外

① 杨宗红：《明末清初拟话本小说疾病叙事的理学隐喻》，《明清小说研究》2013 年第 2 期。

② 杨宗红：《明末清初拟话本小说疾病叙事的理学隐喻》，《明清小说研究》2013 年第 2 期。

③ 参见晋海学：《清末小说疾病叙事的形态、特征与结构》，《复旦学报》（社会科学版）2018 年第 6 期。

④ 参见李晓华：《〈红楼梦〉人物的疾病叙事与情节》，《文教资料》2019 年第 32 期。

史》中的同样问题，她在《论〈儒林外史〉中的疾病叙事及其对举情节》一文中研究认为，吴敬梓通过疾病叙事完成了文本的设计目标，并借此表达了个体化的独立思考。[①] 相较而言，赵毓龙、张紫阳的研究要更加系统一些，关注和研究的是吴敬梓自身的疾病体验与文学创作之间的关系。[②] 他们在《论吴敬梓的疾病体验与〈儒林外史〉的疾病书写》一文中，以细读文本为基础，拈出疾病叙事方面的内容，围绕吴敬梓的消渴病体验与文本的疾病书写展开了论述，进而通过分析文本的创作心理和人物描画方面呈现出的社会病态症状，隐喻和揭示出了吴敬梓的个性化创作特征。

除疾病叙事外，“疾病书写”也是一个常用词。在研究中，学者们常会将疾病书写与疾病叙事混用，但实际上疾病书写与疾病叙事内涵相近的主要是在叙事性文本研究方面，而在抒情性文本研究方面，疾病书写则更接近于“身体书写”一类。宋亚莉《〈史记〉的疾病书写》通过分析《史记》中的疾病书写与人物形象塑造、王朝政治、生存策略之间的关系，发掘出了疾病书写的文学史意义。[③] 郜霄霄《〈聊斋志异〉中的疾病书写及其文化意蕴》则按生理因素和心理因素对《聊斋志异》中的疾病书写进行分类，再通过分析疾病书写与人生困境、道德、情感之间的关系，诠释了疾病书写与文学传统、载道观念、诗意呈现相结合的文学意义。[④]

中国古代文学作品中疾病叙事的特征是什么？葛永海、张娅静撰写的《表征与隐喻：古代小说中的疾病叙事及其主题阐释》回应了这个问题。这篇文章首先追根溯源，梳理了疾病叙事从巫医传统到巫史传统的转变过程，并据此指出自经史典籍到文学文本，疾病叙事一直存在，而且疾病概念的内涵

① 参见王慧：《论〈儒林外史〉中的疾病叙事及其对举情节》，《文史知识》2021 年第 12 期。

② 参见赵毓龙、张紫阳：《论吴敬梓的疾病体验与〈儒林外史〉的疾病书写》，《中医药文化》2021 年第 2 期。

③ 参见宋亚莉：《〈史记〉的疾病书写》，《中国海洋大学学报》（社会科学版）2021 年第 6 期。

④ 参见郜霄霄：《〈聊斋志异〉中的疾病书写及其文化意蕴》，《蒲松龄研究》2021 年第 4 期。

也不断发生着变化，并不是仅仅停留在生理疾病层面，而是融入了家国情怀。以此为基础，文章归纳出了古代小说疾病叙事的两种类型：写实型和隐喻型。同时，又以明清小说为研究对象，将隐喻型分为道德隐喻、命运隐喻和政治隐喻三种形态，对应了叙事的致病之因、祛病之法和被病之果。那么，疾病叙事的文化内涵从何而来？对此问题，文章以“天人合一”和“医儒同源”来阐释：“‘天人合一’作为中华民族文化中本源性观念之一，它生发和统摄了后世的多类型和多层次的叙事内容，但在人类身体与自然万物同构的意义上，疾病叙事受其的引领和涵纳又是最典型和最具体的。而‘医儒同源’则从中国传统士文化演变的角度，解释了‘妙文醒世’和‘悬壶济世’之间的相得益彰和彼此成就，疾病叙事中的典范正是以‘妙文’书写‘悬壶济世’，恰是两者合流的结果。”① 可见，这篇文章史论结合而善于概括总结，在充分借鉴已有研究成果的基础上，从总体上观照了中国古代小说中的疾病叙事，并提出了值得进一步关注的研究课题。

就古代医疗文学的疾病叙事而言，相关研究尚未引起学界的广泛关注，取得的成果也缺少系统性。李御娇所撰关于总结新时期以来疾病叙事文学研究成果的文章，仅就现当代文学立论，并没有将古代文学涵盖其中。② 其实，关于中国古代文学领域疾病叙事的研究是一片沃土，有待继续开垦和拓展。

二、身体书写：古代医疗文学研究的文化学视角

“身体书写”本来是指与性别描写相关的叙事文本，早期的研究多用以指女性作家的身体写作。正如林树明所言：“‘身体书写’不能简单地视为对生理范畴的‘肉体’呈现，其既受到生理感受及无意识幻象的激励，又受到文明规则的束缚，即包括了自然与文化两个范畴。‘身体书写’可以说是一种话

---

① 葛永海、张娅静：《表征与隐喻：古代小说中的疾病叙事及其主题阐释》，《重庆大学学报》（社会科学版）2022 年第 2 期。

② 参见李御娇：《新时期以来文学疾病叙事研究的历史演进与型式生成》，《湖北民族学院学报》（哲学社会科学版）2018 年第 1 期。

语方式。”[①] 这种话语方式如果用在古代文学研究领域，则与疾病、治疗建立起了密切的联系。身体的疾病反应、求医问药的过程与文学家的敏感心理混在一起，自然而然地就构成了一个独立的、多元的书写视角。与疾病叙事相比，身体书写更注重文学家自身的疾病体验与文学言说的直接性表达，故而这个概念从外国文学、中国现当代文学研究领域兜兜转转后，才光顾中国古代文学研究领域。进入古代文学研究领域后，身体书写的内涵发生了变化，往往专就诗歌、散文等抒情性文本而论。

关于身体书写的研究成果比较分散，而且题目与内容之间往往也未必有密切的相关性，需要仔细辨识方可。早在20世纪80至90年代，就有学者虽未做专题研究却也涉入其中，李炳海、尚永亮、陈允吉等就在论及身体状况与文学创作之间的关系时，有过深入而独到的分析。例如，尚永亮在论述中唐诗人的贬谪心态时，就围绕地域环境和诗人的生存状态展开了辨析，并且往往是从疾病书写中见微知著。[②] 再如，陈允吉在论述李贺的创作状态时，也是从疾病与创作的关系入手分析了病态书写对于文学风格的影响。[③] 他们的研究虽然稍显简略，却为学界进行深入研究提供了线索。

身体书写研究的第一个领域，是关于疾病书写的诗文研究。较早关注疾病书写的是李红岩，他的文章《陶渊明诗歌中的疾病书写》，关注的是陶渊明自身的生理疾病、心理疾病以及由疾病引发的对于人生的哲理性思考。[④] 李浩撰文论述了疾病与先唐文学创作之间的关系，认为疾病书写丰富了创作的题材，拓展了文学的表现疆域。与李炳海一样，李浩也是广泛搜集了魏晋南北朝时期文学作品的涉病样本，然后侧重分析了疾病题材文本的独特性，以及时代流行病、个人疾病对文学创作的影响，并通过钩稽文献论述了文学作品的精神疗愈功能。准确地说，这篇文章全方位地论述了先唐文学创作中的疾

---

① 林树明：《关于“身体书写”》，《文艺争鸣》2004年第5期。

② 参见尚永亮：《贬谪文化与贬谪文学——以中唐元和五大诗人之贬及其创作为中心》，兰州大学出版社2004年版，第96—107页。

③ 参见陈允吉：《佛教与中国文学论稿》，上海古籍出版社2010年版，第452—454页。

④ 参见李红岩：《陶渊明诗歌中的疾病书写》，《贵州社会科学》2013年第12期。

病书写状况，并颇具新意地引入了“文学治疗”这一概念。[①] 除这篇概述性文章外，李浩还发表了《王微的“疾病书写”及其文学史意义》，以刘宋文学家王微为个案论述了疾病书写的文学史意义。该文认为王微较早地关注了寒食散中毒与病患心态之间的关系，以此证明刘宋时期的文学家已经把身体状况与心理状况结合起来进行疾病书写了。通过上述推理论证，文章进而认为王微涉病文本的文学史意义在于：刘宋时期的涉病文学创作构成了中国古代文学疾病书写演进过程的重要一环。[②] 王洪军《汉末魏晋疾疫发生与文学思想转型》还原了汉末魏晋时期疾疫发生及传播的历史场景，而后转向当时的文学场景，分析了文人与文学书写，最终将疫病与文学思想转型中的价值体认、风格形成和诗歌本体发现联系起来，得出结论：“在特定的历史时期，正是不可预知的疾疫所造成的死亡，加速了汉末魏晋社会、思想以及文学的主动变革，推动了文学发展的历史进程，促进了文学思想的转型。”[③] 王友胜《曾巩诗歌疾病书写的多重隐喻及其消解》则探讨了宋代文学家曾巩诗歌中的疾病书写及其隐喻意义。文章先从曾巩描述疾病的词语出发，概括出了曾巩因家贫而形成的疾病情结，而后通过分析曾巩的身体痛感阐释了诗歌的疗愈功能，最终在深入阐发的基础上指出：“疾病在诗人那里，不只是生理上的痛苦，也不仅是一个医疗与卫生的概念，从隐喻与象征的角度来讲，它是一种文化现象，隐喻与象征着疾病书写者的生存环境与政治处境，是众生万象的一个缩影。”[④] 殷晓燕考察了明清女性诗词中的疾病书写所蕴含的特殊意义，她在《汉学视阈下的明清女性诗词“疾病”书写》一文中，通过分析以疾病为题的诗歌性别化、因疾病引起的女性审美化以及对疾病体验的女性书写，

---

① 参见李浩：《疾病与先唐文学创作之关系》，《广东技术师范学院学报》（社会科学）2014 年第 5 期。

② 参见李浩：《王微的“疾病书写”及其文学史意义》，《唐山学院学报》2016 年第 2 期。

③ 王洪军：《汉末魏晋疾疫发生与文学思想转型》，《哈尔滨工业大学学报》（社会科学版）2020 年第 4 期。

④ 王友胜：《曾巩诗歌疾病书写的多重隐喻及其消解》，《江西社会科学》2021 年第 4 期。

认为疾病主题不仅拓展了女性文学的创作空间，而且构建了独特的写作样式。①

实际上，上述文章中的疾病书写与身体书写存在一定程度的交叉，也属于身体书写的一个研究空间。

身体书写研究的第二个领域，是直接以“身体书写”命名的成果。就已发表的论文来看，其中以唐代诗人韩愈、柳宗元、元稹、李贺为研究对象者居多。疾病、衰老是文学家反复吟咏的话题。对于贬谪而言，仕宦通达无疑是一剂良药；对于沉沦科场来说，金榜题名自然是一剂良药。人的生理反应其实并不总是单一地源自身体问题，心理问题、精神问题往往藏于其中。

早在民国时期就有学者分析了元稹的咏病诗，不过这种研究大都重于归纳整理，并未触及身体书写的艺术审美特性。周裕锴《痛感的审美：韩愈诗歌的身体书写》是一篇具有开创意义的力作，关注的是韩愈的身体书写与文学创新之间的关系。文章首先从韩愈的生存恐惧写起，继而依据韩诗身体语词的运用分析了韩愈的身体书写与元和时期诗歌的“身体转向”。其次，通过分析韩诗基于身体立场的病态感物特征，还原了汉语将身体、语言诉诸外物的书写过程，以及身体书写带来的语言的物质性创新。最后，将视角落到了韩诗风格的形成与身体书写的关系上。② 毫无疑问，这是一次基于身体书写的文学本位研究，文章别开生面，在不被关注处着力，具有十分重要的开创性研究价值。在此基础上，刘怀荣、陈岩琪进一步加以拓展，发表了《韩愈诗歌的衰疾书写及其诗史意义》一文。文章侧重研究了韩愈疾病体验的心路历程，并从身体和心理两个层面入手，分析了韩愈作品在艺术表现上所做的探索，进而论证了身体书写的诗史意义。文章最后指出，韩愈“将自己的衰疾体验大量入诗，并将衰疾体验与家国理想、个人境遇以及心理变化巧妙地融合在一起。同时，韩愈在诗歌的创作手法上也贯彻着自己的求新原则，长于

---

① 参见殷晓燕：《汉学视阈下的明清女性诗词“疾病”书写》，《贵州社会科学》2021 年第 10 期。

② 参见周裕锴：《痛感的审美：韩愈诗歌的身体书写》，《北京大学学报》（哲学社会科学版）2017 第 1 期。

使用各类或常见、或生僻的衰疾意象，并灵活运用比喻、对比、衬托等修辞手法，强化了衰疾书写的艺术效果，表现出独特的诗美追求，成为当时诗坛的一大新景观，对当时和后世诗歌乃至词的创作，都产生了深远的影响”①。刘怀荣、梁志贤还发表了一篇专门谈论孟郊诗歌身体书写的论文，从另一个维度论证了孟郊的身体书写与其诗歌风格形成之间的关系及其如何推动了中唐诗歌审美观念的转变。② 张菡接踵陈允吉的研究，在《身体书写与李贺歌诗悲剧美的生成》一文中，从新的视角进一步探讨了李贺歌诗的艺术特质与审美价值。③ 田恩铭以柳宗元为个案，分析了瘴病书写与士人心态之间的关系，算是对尚永亮研究结果的细部论证。④ 田恩铭还在《病与酒：元稹谪居鄂、蜀时期的文学书写》一文中，研究了被贬文人的文学创作与疾病书写之间的关系。文章以元稹为个案，分析了疾病书写对元稹的身心产生的影响，但因就事论事而显得论述缺乏理论深度。⑤ 实际上，病中的元稹还完成了其个人诗歌阅读史的总结。原来，杜甫病故后迟迟未能归葬故里，他的孙子杜嗣业最终完成了迁葬。因着亲缘关系，杜嗣业恳请元稹为祖父撰写墓志，而这恰好给了元稹一次盘点文学史的机会。元稹在为杜甫撰写墓志时回顾了自己的阅读史，由此诗歌史开始了崇杜风尚。此外，陈金现《苏辙诗文中的疾病书写》通过梳理苏辙诗文中的病状及医疗用药表述，还原了苏辙的养生生活。⑥

身体书写的第三个领域是医疗文化与文学研究。这方面的研究分为两类：一类研究的是医理、治疗与文学之间的关系，一类研究的是医疗史与文学相

---

① 刘怀荣、陈岩琪：《韩愈诗歌的衰疾书写及其诗史意义》，《中国海洋大学学报》（社会科学版）2021 年第 1 期。

② 参见刘怀荣、梁志贤：《论孟郊诗歌的身体书写》，《中国海洋大学学报》（社会科学版）2021 年第 6 期。

③ 参见张菡：《身体书写与李贺歌诗悲剧美的生成》，《内江师范学院学报》2020 年第 3 期。

④ 参见田恩铭：《柳宗元的瘴病与文学——“古代文学与医学”之一》，《博览群书》2020 年第 12 期。

⑤ 参见田恩铭：《病与酒：元稹谪居鄂、蜀时期的文学书写》，《中国海洋大学学报》（社会科学版）2021 年第 1 期。

⑥ 参见陈金现：《苏辙诗文中的疾病书写》，《平顶山学院学报》2018 年第 6 期。

关的方面。前者的代表作是郭树芹的《唐代涉医文学与医药文化》①，后者的代表作是于赓哲的疾病研究三部曲，即《唐代疾病、医疗史初探》②、《疾病如何改变我们的历史》③ 和《从疾病到人心——中古医疗社会史再探》④。作为较早出版的一部断代古代医疗文学研究著作，《唐代涉医文学与医药文化》梳理了古代医学与文学之间的关系，勾勒出了唐前涉医文学的概况，而全书的主体内容则涵盖了唐代涉医文学的主要内容、唐代涉医文学反映的思想与文化、唐代涉医文学创作的成因及影响等三个方面。这部著作以平面研究为主，将涉医的文、诗、笔记、小说等的基本情况厘清，并就涉医诗进行了相对深入的研究。关于这部著作的研究价值，正如作者所说，“在人类文明发展史上，涉医文学应该是一笔不可忽视的文化遗产”⑤。《唐代疾病、医疗史初探》中关于“南土卑湿”的文化意味的论述，与疾病书写有着密切的关系。《疾病如何改变我们的历史》直接分析了卢照邻、杜甫、韩愈、白居易等人诗文中的身体书写和患病就医情况，为疾病与文学史的关联性研究提供了丰富的案例素材。《从疾病到人心——中古医疗社会史再探》则就中古医疗制度演变、中古文化风尚等展开了分析，其中关于南北文化与疾病观念的研究为涉医文学研究提供了知识背景。此外，余新忠《清代江南的瘟疫与社会：一项医疗社会史的研究》⑥ 主要侧重的是社会史研究，因与文学研究关联度不大，故在此不予赘述。

三、文学治疗：古代医疗文学研究的人类学视角

20 世纪 90 年代，叶舒宪倡导文学人类学研究方法，引入了“文学治疗”

① 参见郭树芹：《唐代涉医文学与医药文化》，人民出版社 2012 年版。

② 参见于赓哲：《唐代疾病、医疗史初探》，中国社会科学出版社 2011 年版。

③ 参见于赓哲：《疾病如何改变我们的历史》，中华书局 2021 年版。

④ 参见于赓哲：《从疾病到人心——中古医疗社会史再探》，中华书局 2022 年版。

⑤ 郭树芹：《唐代涉医文学与医药文化》，人民出版社 2012 年版，第 257 页。

⑥ 参见余新忠：《清代江南的瘟疫与社会：一项医疗社会史的研究》，中国人民大学出版社 2003 年版。

这一概念。由此，文学治疗很快就成为外国文学、中国现当代文学、古代文学研究领域重要的关键词。叶舒宪从积极提倡到科学论证，陆续发表了《文学与治疗——关于文学功能的人类学研究》①、《文学治疗的原理及实践》② 和《文学治疗的民族志——文学功能的现代遮蔽与后现代苏醒》③ 等学术论文，并主编出版了论文集《文学与治疗》④，所撰《文学人类学教程》⑤ 还设立了“文学治疗”专章，就此一举奠定了文学治疗领域的研究基础。

与疾病叙事、身体书写不同，文学治疗介入中国古代文学研究与介入其他领域几乎是同步的。关于古代文学的治疗功能的研究，曾宏伟《文学治疗研究十年：回顾与反思》⑥ 略有涉及，崔荣艳《文学治疗研究述评》⑦ 辟有“中国口传与古代文学批评研究”专节。此后，鉴于文学治疗研究发展较快，对其予以进一步的专门总结就成了一个重要课题。叶舒宪主编的《文学与治疗》（增订本）第三编“文学与治疗：个案研究”中，收入了五篇研究古代文学治疗的文章。这组先行探索的文章注重研究文体或文本的全面性，在论述上也各有其侧重点。比如，贾飞以文本细读的方式探讨了《洞箫赋》的治疗功能：从创作初衷看作者王褒的治疗用意，从审美内蕴看文学语言音乐性的治疗作用，从文本情景看《洞箫赋》的治疗特色。⑧ 黄保真则将古文论中的“养气”说与生命意识结合起来，分别论述以自然论生命哲学为基础，以社会论生命哲学为基础，以超越人的感性生命极限为基础的三种形态“养气”

---

① 参见叶舒宪：《文学与治疗——关于文学功能的人类学研究》，《中国比较文学》1998 年第 2 期。

② 参见叶舒宪：《文学治疗的原理及实践》，《文艺研究》1998 年第 6 期。

③ 参见叶舒宪：《文学治疗的民族志——文学功能的现代遮蔽与后现代苏醒》，《百色学院学报》2008 年第 5 期。

④ 参见叶舒宪：《文学与治疗》，社会科学文献出版社 1999 年版。

⑤ 参见叶舒宪：《文学人类学教程》，中国社会科学出版社 2010 年版。

⑥ 参见曾宏伟：《文学治疗研究十年：回顾与反思》，《学术界》2009 年第 1 期。

⑦ 参见崔荣艳：《文学治疗研究述评》，华东师范大学 2015 年硕士学位论文。

⑧ 参见贾飞：《王褒〈洞箫赋〉之治疗功能探究》，载叶舒宪：《文学与治疗》（增订本），陕西师范大学出版总社 2018 年版，第 179—189 页。

论，来达到颐养生理、完善道德、超越生命的文学治疗目标。[①] 户晓辉抓住唐宋诗词的梦境书写特征，同时结合弗洛伊德的精神分析理论，探讨了梦境书写的治疗功能，最后得出结论：梦的介入能够使诗词发挥排解苦闷的作用。[②] 同样引入精神分析理论助力研究的还有吴光正，他在《穷而后幻：才子佳人小说的创作心态》一文中，分析了落泊书生如何以才子佳人小说塑造理想化形象进而达到替代性满足，如何以塑造佳人形象达到才与性的双重满足。[③] 吕蒙分别从创作过程、故事改编、文本治疗功能等三个方面对《绿野仙踪》进行了探析，而且基于对求仙、幻境、隐喻治疗功能的思考，指出："《绿野仙踪》治疗作用是两个层面的：其一是可以借由写作回归李百川读过的神鬼小说，满足书写的欲望，于中重新获得对往昔生活的怀念，抽空意识对现实的关注，而投入无意识的怀抱；其二是构建一个幻想中的对肉体和精神均有治疗作用的世界，由中抚慰精神，从而获得治疗精神的效果。"[④] 总体来说，这组文章中实质上探讨了文学治疗功能的只有《王褒〈洞箫赋〉之治疗功能探究》和《〈绿野仙踪〉写作中的疾病与治疗意识探析》，另外三篇更侧重于通过引入精神分析理论研究作者的创作心理，当然对于作者而言这也发挥了治疗作用。

进入21世纪以来，古代文学研究领域关于文学治疗的论文渐多，《诗经》《庄子》以及汉赋、唐传奇、明清小说等文本或文体均成为研究对象。文本研究方面，比如叶舒宪通过分析甲骨卜辞中的文学治疗观念，探讨了殷商时期

---

① 参见黄保真：《颐养生理　完善道德　超越生命——生命意识与古文论"养气"说》，载叶舒宪：《文学与治疗》（增订本），陕西师范大学出版总社2018年版，第221—238页。

② 参见户晓辉：《唐宋诗词与梦》，载叶舒宪：《文学与治疗》（增订本），陕西师范大学出版总社2018年版，第239—245页。

③ 参见吴光正：《穷而后幻：才子佳人小说的创作心态》，载叶舒宪：《文学与治疗》（增订本），陕西师范大学出版总社2018年版，第246—256页。

④ 吕蒙：《〈绿野仙踪〉写作中的疾病与治疗意识探析》，载叶舒宪：《文学与治疗》（增订本），陕西师范大学出版总社2018年版，第200—201页。

的文学治疗。[①] 张蔚以分类的方式探讨了《诗经》的文学治疗功能。[②] 赵俭杰从文学疗救身心的理念出发，围绕《庄子》的病态书写，剖析了庄子为疗救人类的心灵所做的努力。[③] 除《洞箫赋》外，枚乘《七发》也是研究汉赋的文学治疗功能的重要对象。例如，郑怀林、郑琪就以文本细读的方式分析了《七发》所述楚太子患病、疗病、疗愈的过程，进而窥知了西汉时期“生活方式病”的文学治疗思想。[④] 陈爽则就此问题进行了相对来说更加深入的研讨，认为：《七发》在叙述楚太子从断病到治病的过程方面，是从两重身份（医者、病人）、两种时机（抓住时机、创造时机）到两重世界（现实空间、虚拟空间）展开的；在阐述治疗意图方面，是从两重成像（实像和虚像）、两种尺度（个人和社会）到两种视角（文学创作和文学接受）展开的。据此陈爽指出，这真正做到了使《七发》长期以来被淡忘的文学治疗功能重新引起人们足够的重视。[⑤] 除了文本研究以外，文体研究方面也有所斩获。比如，刘洋以唐传奇《枕中记》《南柯太守传》为例，聚焦于小说文本所塑造的人物形象，从小说家营构的叙事进程中分析了文学的治疗作用。[⑥] 贾飞、叶舒宪《行状文体功能演变及其文学治疗功能探究》认为，从功能定型到功能演变，从文学属性增加到治疗功效显著，行状文体的发展体现了文学治疗的优越性。[⑦] 宋子乔《文学治疗与鬼神信仰——论古典诗文中的“驱疟”现象》拈出以诗文驱疟的现象，通过分析其背后的文学治疗功能，总结了驱疟文本的多重文

---

① 参见叶舒宪：《文学人类学教程》，中国社会科学出版社 2010 年版。

② 参见张蔚：《浅谈〈诗经〉的文学治疗功能》，《淮北职业技术学院学报》2013 年第 2 期。

③ 参见赵俭杰：《从文学治疗看〈庄子〉病态书写》，《商丘师范学院学报》2021 年第 4 期。

④ 参见郑怀林、郑琪：《从〈七发〉看西汉时期生活方式病的文学治疗思想》，《陕西中医学院学报》2008 年第 1 期。

⑤ 参见陈爽：《〈七发〉文学治疗功能探究》，《阜阳师范学院学报》（社会科学版）2019 年第 4 期。

⑥ 参见刘洋：《唐传奇的文学治疗作用阐释——以〈枕中记〉、〈南柯太守传〉为例》，《安徽文学》（下半月）2016 年第 7 期。

⑦ 参见贾飞、叶舒宪：《行状文体功能演变及其文学治疗功能探究》，《南通大学学报》（社会科学版）2018 年第 4 期。

化内涵。[①] 何慧俐《中国古代抒愤文论与文学疗愈》则以抒愤文论为研究对象，研究归纳了其创作心理规律，进而认为这类文论发挥了引导情绪的文学治疗功能。[②] 此外，苏永前《文学治疗的知识谱系》[③]、赵周宽《文学治疗的发生学还原》[④]，则强调了文学治疗的传统形成及其现代性意义。

总之，文学治疗是医学与文学的天然融合，而以文学人类学的全新视野来分析文学治疗则拓展了古代文学研究的空间。“文学治疗”是中国古代医疗文学研究中一个不可或缺的关键词，应该有其理论体系和研究范式，但此方面工作还存在不足，需要学人群体共同努力。

四、建构与反思：古代医疗文学研究的发展路径

前文挂一漏万地叙述了围绕三个关键词进行的研究及其进展，应该说中国古代医疗文学研究取得了可喜的成绩，而开拓者的任务也已经完成，接下来需要做的就是不断突破既有的限制了。中国古代医疗文学研究要在具体的操作层面不断拓展研究视角，就要引入新的研究理念、营构创新空间。毋庸讳言，中国古代医疗文学研究往往侧重从现象中归纳特征，而缺少基于深度思考的理论维度。就选题内容来说，研究视域不够通达，以古论古、以中论中的情况比较普遍，而打破学科壁垒、古今融合或中外融合的成果相对较少；就方法来说，跨学科研究理念介入较少，往往注重平面研究，因此缺乏立体感，尤其是未能充分利用图像证史、少数民族文献资料等实现研究工作在数字人文时代的华丽转身。

---

① 参见宋子乔：《文学治疗与鬼神信仰——论古典诗文中的“驱疟”现象》，载胡晓明：《中国文论的虚与实》，华东师范大学出版社 2021 年版，第 218—236 页。

② 参见何慧俐：《中国古代抒愤文论与文学疗愈》，载胡晓明：《中国文论的虚与实》，华东师范大学出版社 2021 年版，第 237—252 页。

③ 参见苏永前：《文学治疗的知识谱系》，《中国社会科学报》2022 年 4 月 25 日 A06 版。

④ 参见赵周宽：《文学治疗的发生学还原》，《中国社会科学报》2022 年 4 月 25 日 A06 版。

文学地理学能为中国古代医疗文学研究插上创新的翅膀。文学地理学并不是一个新的概念，早在20世纪40年代法国就有相关著作问世。① 这个概念在中国使用得虽晚，但研究文学的地域性特征却古已有之。曾大兴认为，“文学地理学是研究文学与地理环境之间相互作用所形成的文学事象的分布、变迁及其地域差异的科学”②。文学地理学是与文艺心理学、文学史并置的研究区间，具有交叉学科属性。时间、空间和审美心理是文学研究的三个关键词，围绕这三个关键词自然就会构成彼此牵连而又相对独立的研究领域。文学地理学研究的四大领域与医疗文学有着极高的关联度。③ 因此，文学地理学可以为中国古代医疗文学研究提供一个广阔的视域，将区域医疗文化、区域创作环境、文学家治疗状况、涉医文本等融入一个统一的研究课题。文学地理学尤其关注文学家的地域分布和文学创作的地域性特征，这实际上关注的是地理环境对文学的影响。这里所说的地理环境包括自然环境和人文环境。疾病、治疗与地理环境密切相关，因此将文学地理学视角融入中国古代医疗文学研究，可以为我们提供一幅文学家地域分布及流动的状态图谱，进而把不同地域的医疗条件、创作环境、文学家治疗状况等与涉医文本串联起来。

文学地理学重视文学的地方性。比如在唐代，长安和洛阳是文学活动的核心地带，唐传奇与当时都市文明盛行的情爱病态书写自然有着密切的关系。《霍小玉传》《李娃传》是值得关注的情爱致病与治疗文本。《霍小玉传》就是一个叙说女子因精神刺激而病亡的例子。在京城这个文化传播的中心场，疾病叙事仅仅是情爱叙事的背景，霍小玉爱得过深，被弃后精神受到刺激而患病，失去了治愈的可能。此外，《采药民》《周广传》讲述的都是医者的故事，或叙药农采药遇仙情形，或说某人因奇遇而成神医之事。再如，岭南、巴蜀文化区是一个瘴病多发的地域，在古代，文学家一旦进入往往难以幸免，由此可知其文学创作与身体书写密切相关。

---

① 参见梅新林、葛永海：《文学地理学原理》（上卷），中国社会科学出版社2017年版，第3页。

② 曾大兴：《文学地理学概论》，商务印书馆2017年版，第1页。

③ 参见杨义：《文学地理学会通》，中国社会科学出版社2013年版，第15页。

其实，在中国古代文学这个浩瀚的海洋里，可供研究的资源甚多，有待继续挖掘。为此，我们可以将文化区与中国古代医疗文学研究加以整合，开展区域性专题研究。以明清时期东北流人作家群体研究为例，可以通过研究他们进入苦寒之地的疾病体验，来探讨自江南入塞北后他们的文学创作转变及其文学史意义。正如王洪军所说，“地理系统进入文学叙事空间，不仅仅生成了有意味的文学叙事模式、稳定的文学意象，也承载着浓厚政治旨向的主题”①。

中国古代医疗文学研究需要进一步融入精神分析理论。文学之所以具有疗愈功能，就在于很多文学家面对的不仅仅是生理疾病，更多的还是精神疾病。弗洛伊德的白日梦、荣格的创作心理分析、弗莱的原型理论，拉康的“镜像世界”概念以及现实界、想象界、象征界三种秩序构成理论②均有益于中国古代医疗文学研究。文学文本中的精神情感元素值得关注，不同的文学文本所内蕴的精神意涵是不同的。身体抱恙自然会影响到文学家的文学创作，而他们的诗文中也自然会呈现出疾病困扰下的情感状态，杜甫、韩愈、元稹、李贺等均是极好的样例。那么，文学家的精神抱恙呢？其影响就更大了。婚姻、仕宦中遭遇的打击会在他们的精神上留下伤痕，这些伤痕一旦与地域环境发生反应，自然就会呈现出关于疾病的书写样态。也就是说，他们需要医学治疗，更需要文学治疗。疾病与治疗是人类不得不面对的痛苦及过程。曾经有过医生身份的文学家是否会关注疾病呢？答案是肯定的。屈原、陶渊明、杜甫、苏轼、徐渭、李卓吾、鲁迅、郭沫若、余华、毕淑敏等均是极好的样例。文学家或从社会大众中提取代表性病例，或从独异个人身上提取疾病特征，融入自身体验后，诉诸笔端便形成了患病者形象。精神疾病与身体疾病一旦有所交集，文学文本的文学治疗功能就得以呈现。如果我们将精神分析理论与中国古代医疗文学研究联系起来，就会有独到的发现，即只有进入古代文人的精神世界，沉浸其中摄取“良药”，方可治疗精神疾病。玛丽·雅各

① 王洪军：《天文分野：文学地理学的思想来源及意义》，《文学评论》2022年第2期。

② 参见陆扬：《精神分析文论》，山东教育出版社1998年版，第153页。

布斯从精神病理学角度对文学阅读进行的思考给了我们诸多启示。她认为无论是“内投”还是“外投”，当我们“有意图地把自己的思想或感情抛掷或寄放到别的某个人体内”① 时，自我的身体状况和精神状态就会参与其中，从而构成文学接受史的一个链条。放眼中国古代，文人如何身心健康地生活在属于自己的时代是一个议题，如何用文学书写来抚慰自己的身心也是一个议题。其实，文学家一直在求索的路上。屈原在求索，司马迁、陶渊明、杜甫、李商隐、苏轼、龚自珍、鲁迅也都在求索，他们所创作的文学文本以及提出的理论、诉求是中国医疗文学史的重要组成部分。唯有从本土创作资源中提炼出理论，并科学地与外来理论相结合，然后再回归实践，才能把中国古代医疗文学研究推进到新的高度。

中国古代医疗文学研究还需引入文学史与医疗史交融的文化记忆理论。回顾中国古代医疗文学的发展历程，尽管创作群体均已湮没于历史长河，但是关于疾病、治疗和文学的回忆却会因文本的流播而一直存在。文化记忆理论是联系医学与文学的纽带，正如汉斯·马科维奇所说，“神经科学承认，自己的关注焦点有必要从个体大脑的视角扩大到社会世界的视角，因为个体是嵌入社会环境当中的，后者塑造了个体的大脑并使意识成为可能”②。文化记忆进入文学空间，必然会与身份认同、历史认识、民族意识等联系起来。阿莱达·阿斯曼就以莎士比亚、华兹华斯为例，分析了回忆与身份认同、历史认识、民族意识之间的关系，进而认为建立在可回忆性的基础之上，有关历史的文化记忆有可能会“成为民族国家身份认同建立的手段”③。阿莱达·阿斯曼从传播媒介的角度论述了文字、图像、身体、地点与文化记忆之间的关系，从而打开了文化记忆理论通往中国古代医疗文学研究的通道。文化记忆

① ［英］玛丽·雅各布斯：《精神分析和阅读的风景》，陈平译，商务印书馆2010年版，第34页。

② ［德］汉斯·马科维奇：《文化记忆与神经科学》，载［德］阿斯特莉特·埃尔、［德］安斯加尔·纽宁：《文化记忆研究指南》，李恭忠、李霞译，南京大学出版社2021年版，第346页。

③ ［德］阿莱达·阿斯曼：《回忆空间：文化记忆的形式和变迁》，潘璐译，北京大学出版社2016年版，第80页。

一旦介入中国古代医疗文学研究领域，就成为一个需要重新解释的概念。以文学本位为出发点对文学理论进行深度挖掘，是相当长的一段时期内文学研究的正确取向。中国古典文学文本均是历史记忆的产物，其中关于疾病、治疗及精神生活的内容既是古代文人群体的文化记忆痛点，也是被不断强化的记忆图景。“社会环境无可避免地要发生改变，伴随而来便是根植于这些社会环境中的回忆将被遗忘，那些来自于往昔的文本于是失去了不言自明性，变得需要阐释。有组织的回忆工作这时便代替了在社会交往中进行的回忆。”① 传记、史书、诗歌、小说也是需要阐释的文本，对它们的不断阐释有助于我们追寻基于文化记忆的文学传统。就中国古代医疗文学研究而言，引入并创造性地运用文化记忆理论，可以进一步丰富中国古代医疗文学研究的内涵，同时也可使文化记忆理论成为中体西用的有效研究手段。目前来看，这是文学研究者需要具备的一门“手艺”，而我们也要在阅读中找到使用这门“手艺”的机会。

综上，疾病叙事、身体书写、文学治疗是中国古代医疗文学研究中的三个关键词，为我们提供了彼此既相互独立又相互交融的三维视角。中国古代医疗文学研究面临着跨学科研究的挑战，对研究群体学术能力和水平的要求也是非常高的。中国古代医疗文学研究的理论生成以及中国古代医疗文学的文学地理学研究、社会医疗史的文化研究等，都有待我们去发掘。中国古代医疗文学研究需要引入精神分析理论，从生理与心理相结合的视角，去探讨不同的涉医文本所包含的文化意蕴和承载的文学疗愈功能。而文化记忆理论则为中国古代医疗文学研究创造了重新阐释涉医文本的机遇。

总而言之，疾病记忆是中国古代文学史的重要组成部分，为我们提供了一个不断拓展的理论视野，我们可以将文体研究、文本研究、古代医疗文学断代史研究、古代医疗文学通史研究统合起来，并嵌入文学学科体系之中。中国古代医疗文学研究是一片与人类生存和文化发展高度契合的研究领域，不仅具有学术研究价值，而且具有不可替代的现实关怀意义。

---

① ［德］扬·阿斯曼：《文化记忆：早期高级文化中的文字、回忆和政治身份》，金寿福、黄晓晨译，北京大学出版社2015年版，第61页。

唐代医疗文学研究的文化阐释空间[①]

——兼评郭树芹《唐代涉医文学与医药文化》的学术史意义

中国古代医疗文化与文学研究是一个正在不断发展的交叉学术领域，以疾病叙事、疾病书写、文学治疗为关键词的学术论文如雨后春笋般出现，并逐渐形成了独立的研究空间。相应地，中医药文化研究也不能缺少文学的参与，因为文学是人学，医疗的对象也是人，而文学文本能够透过抒情空间或叙事空间的营构体现出中医药文化的价值所在。

那么，医疗文学与文化阐释空间之间究竟是何种关系？近期因为阅读郭树芹《唐代涉医文学与医药文化》一书引起了我的相关思考，故而本文试图以唐代医疗文学研究为中心，探讨中医药介入文学空间所带来的文化上的意义。

一、医理、治疗与文学观念的演进

中国古代圣贤关注身体与世界的关系，从夸父逐日、精卫填海这些神话传说中就能得到证实。文道与医道是相通的。郭树芹《唐代涉医文学与医药文化》论述了哲理与医学、文学之间的理论关系，并将人体的五脏与“五德”相融通，力图在追求精神与生理俱健的过程中实现彼此的交集。“天人合一”是将文学与医学联系起来的哲学基础。郭树芹认为正是“天人合一”为文道与医道融通创造了条件，“古代常以人体喻国家，文士以修身喻治国，医师以

---

① 原载《中医药历史与文化》2023 年第 1 期。

疗疾喻治国”①。因之，医道通天道，文道亦通天道。无论是个人还是国家，机体生病当然都需要找到治愈的方法，由此医学与治国理政也就建立起了联系；同样，有些古代文人因看见国之病状而为此发声，也可谓是不平则鸣，讽喻性文本就此产生。

关于医道与文道的融通问题，吴承学、吴中胜、熊湘、蒋寅等学者均有所探讨。早在20世纪90年代，吴承学就论述了中国古代关于文学艺术人化的批评，认为中国古代的文学批评受到了古代医学思维方式的影响。② 吴中胜是较早探讨中国古代的文学观念与中医的关联性的学者，他在《文理通医道：中国文论与中医的关联性思考》一文中追溯了中医和文学观念的起源，认为巫风巫术有沟通天地人神、精神癫狂、重主观感悟的特点，这一思维特点对中医和中国文论的思维方式都产生了深远影响。③ 在吴中胜看来，巫医关系与诗乐舞一体化的巫文关系具有共同的思维方式，这是两者的内在关联。他还进一步探讨了中医和文学对“人”的关注，并抓住“脉”“病”“阴阳”等概念分析了两者互用的现象。从《素问》《灵枢》到《易传》《文心雕龙》《藏海诗话》《姜斋诗话》，吴中胜通过举证论述了自诊脉到文脉、自疾病到文病、自病理到文理的融合过程，进而证实了中医的生生思想与文学的生生意识密切相关，中医的“望闻问切”与文学批评的直觉方式相关，最终得出结论：“中医和中国文论同为中国传统文化的精华，共同体现中国人的文化精神和诗性智慧，其中有许多共通共融之处，值得我们认真研究。”④ 如果说吴氏论“脉”自医及文是点到即止，那么熊湘进行的则是系列化研究。熊湘在《古代文论范畴“气”与“脉”之关系探赜》一文中，先是将视角放在古代文学观念中的“气”与“脉”的关系上，以中医学理论为基点，从养气说到文气，

① 郭树芹：《唐代涉医文学与医药文化》，人民出版社2012年版，第59页。

② 参见吴承学：《生命之喻——论中国古代关于文学艺术人化的批评》，《文学评论》1994年第1期。

③ 参见吴中胜：《文理通医道：中国文论与中医的关联性思考》，《汕头大学学报》（人文社会科学版）2010年第3期。

④ 吴中胜：《文理通医道：中国文论与中医的关联性思考》，《汕头大学学报》（人文社会科学版）2010年第3期。

又从文气说到气脉论，最后归结到“气”与“脉”之间的关系在文学上的体现。[①] 这是一篇从整体上进行论述的文章，需要进一步厘清其来龙去脉。《“脉”之字义流变考论》是该系列的第二篇文章，主要考证了“脉”的源流，认为“伴随着古人对人体结构机能的认识与古代医学的发展，‘脉’的涵义逐渐丰富，并促进了人体经脉理论的形成”[②]。而在此基础上，堪舆学的发展令“脉”的含义更加宽泛了。从医学的范畴到文学的范畴，熊湘先是探讨了“脉”的衍生模式，认为文脉论衍生的前提是中医学、堪舆学脉络理论的文化内涵与文学本质规律的相互契合，由此文脉论才进入文学创作和鉴赏领域。医学中的“气脉”“血脉”概念可以被直接拿来使用，而“语脉”“句脉”“意脉”则是生发而出的，这些基于文本而多层面衍生的概念既有模糊性也有开放性。不断总结文学本质规律是“脉”论产生的内因，而古人比类取象的思维方式则是外因。据此熊湘认为，“古代文学批评‘脉’论的衍生、发展是多重因素共同促进的结果”[③]。他在对自己的研究进行总结时，论述了“势”“脉”关系与文论内涵[④]，从而回到了文学研究的本位，并为中医理念与文学观念的相关性研究画上圆满的句号。在以上成果的基础上，蒋寅在《医学与中国古代文论的知识背景——以〈黄帝内经〉〈素问〉〈灵枢〉为中心》一文中，步步推进，通过分别梳理“近身取譬”与医学知识背景、人体器官名称与古代文论的构成性概念、机能性概念与文论原理的相关度之间的关系，揭橥了医道与文道的内在关联。同时，也反思了象喻性概念因其所具有的不确定性而“在一定程度上阻碍古代文论向学理严谨、逻辑周密的理论

---

① 参见熊湘：《古代文论范畴“气”与“脉”之关系探赜》，《文艺理论研究》2013年第4期。

② 熊湘：《“脉”之字义流变考论》，《中国石油大学学报》（社会科学版）2014年第1期。

③ 熊湘：《古代文论范畴“脉”之衍生模式探析》，《海南大学学报》（人文社会科学版）2014年第6期。

④ 参见熊湘：《“势”“脉”关系多维阐释与文论内涵》，《文学遗产》2016年第4期。

体系发展的趋势”[①]。

上述研究成果与郭著一起奠定了早期医学与文学观念融通性论述的学理基础。

“脉”与文学的关系，至唐代形成了更为深刻的论述，如殷璠《河岳英灵集》所说的“神来”“气来”“情来”，就是对盛唐气象的高度概括。不过在郭树芹看来，疾病是中国古代文人与医疗建立联系的前提，《唐代涉医文学与医药文化》对此就多有论述，如：“古代文人往往在游心六经之外，又兼通医药；而医师在疗病解痛之时，又重德修德，正是穷通了其中之理后的具体实践，由此导致了中国文化史上一大批文学、医药学的双栖人士存在。”[②] 而“古代文士习医，大多最初都与身体有关，为了提高生存的质量”[③]，也就是为了自我疗愈。柳宗元就是一个极好的例子。他谪居永州时，患上了瘴病，而头风、脚气也一样都没落下，为了减轻病痛不得不想方设法寻医问药，还种植花木，自行配药，久而久之因病成医。白居易亦是如此，因多病而求养生之道。中唐是医学与文学交互性增强的一个分水岭。考察唐代文学可知，大量文人曾被贬谪到永州、潮州、江陵、江州、柳州、通州等地，心里苦闷自不必说，贬谪带来的疾病还对他们的身体造成了严重的威胁，由是彼此间相互取暖自然也就在情理之中了。元稹、白居易、刘禹锡三人就时常相互寄药，而彼此之间伴随寄药的文学唱和也就产生了文学治疗效果。对于遭贬文人来说，地理上不适应对身体造成的伤害以及精神上的苦闷，催生了大量的涉病文本，韩愈《谴疟鬼》便是其中之一。痛感审美可能是一个理解涉病文本的角度，实际上对于疾病的痛感书写亦是古代文人寻求治愈的文学表达，因此完全可以将之划入文学治疗的范畴。

理解医学与理解文学有何差异？现实生活的文学再现，并不能代替现实生活。中国古代有专门的医疗机构，也有由诊断病因、开药方、采购药材、

---

① 蒋寅：《医学与中国古代文论的知识背景——以〈黄帝内经〉〈素问〉〈灵枢〉为中心》，《北京大学学报》（哲学社会科学版）2020 年第 4 期。

② 郭树芹：《唐代涉医文学与医药文化》，人民出版社 2012 年版，第 57—58 页。

③ 郭树芹：《唐代涉医文学与医药文化》，人民出版社 2012 年版，第 58 页。

熬药等构成的治疗过程，还有基于中医学理论形成的养生观念。这些元素均与文人、文学相关，却又不仅仅属于这个群体或范畴，而是由天下人所共有的。反过来说，这些由天下人所共有的元素一旦进入文人的视线，被纳入文学的视野，就会与抒情内容、叙事需要结合起来，发生奇妙的"化学反应"，遂而生生不息，构成新的医疗文学研究领域。

二、疾病体验与文人的文学书写

郭树芹《唐代涉医文学与医药文化》使用了"涉医文学"这一概念，指的是"与医学有关的文学，或在文学中直接、间接涉及医学知识与医学思想的文学作品"①。这是一个相对来说比较宽泛的概念。与医学相关或者涉及医学的文学作品浩如烟海，作者之所以引入中药或者融入疾病感受、治疗过程通常都有考量的因素，而这些因素均属文学世界的医疗话题，所以用"医疗文学"来界定可能更为准确一些。原因有二：一是涉医题材中缘于疾病及治疗需要的部分占据了文本的绝大多数，二是文学文本主要涉及的还是医疗与人生之间的关系。

疾病体验决定了古代文人"此在"的书写内容。郭树芹《唐代涉医文学与医药文化》在关于涉医文学创作的缘起中论及了中医学理念，从"形神兼养"到"身心兼治"，构成了具有连贯性的治疗观念。人一旦身体生病，自然会影响到情绪，而心理压力又与身体健康有着密切的联系。书中梳理了中国古代哲学与中国古代医学、中国古代哲学与中国古代文学、中国古代医学与中国古代文学之间的关系。其中，对于中国古代医学与中国古代文学之间的关系，从发生学上的内在联系、哲学理论基础、历史文化渊源三个方面厘清了两者的会通之处。

文道通医道，无论是从道论、气脉还是形神等方面均可论之。就文学创作而言，疾病、衰老是唐代诗人反复吟咏的话题。宋之问、杜甫、韩愈、李贺、李商隐等人都曾受到疾病的困扰，他们在不同的创作阶段对此均有所记

① 郭树芹：《唐代涉医文学与医药文化》，人民出版社2012年版，第2页。

载。以元稹为例，疾病对他的影响是很大的。元稹三次被贬，其中谪居江陵的六年简直就是生死考验：妻子病亡，被贬江陵，疾病缠身，这三重苦难几乎同步降临，以至于身体的痛苦、精神的熬煎，久久难以痊愈。回到长安后，又被贬到通州，通州与江陵相比虽然好多了，但仍是瘴疠之地。此时的元稹犹如惊弓之鸟，带着万分恐惧，治疗自然成为他这一时期作品的主题。元和十年（815 年）是一个堪称“冰点”的年份，这一年白居易被贬江州，元稹则到通州。两地之间的通信时断时续，元稹得到白居易被贬的消息时正值病重之际，文学创作就是直截了当的独白了。元和十一年（816 年），元稹依然在通州任上，因赴兴元治病而与权德舆、郑余庆等权贵有所交往。元稹《献荥阳公诗五十韵（并序)》其实并无深意，仅因躬逢盛宴以病苦未能如意而重作罢了。而未能如意的原因正如诗中所言：“传癖今应甚，头风昨已痊。”当时的境况，元稹在诗前的小启中有所交代，大意是：元稹参加了郑余庆组织的宴会，并参与联句，但自觉因病未能逞才，故而另成佳构，以称美其人。这是疾病影响文学创作的一个著名例子。开成四年（839 年）前后，白居易患了风疾，写有《病中诗十五首（并序)》，含《初病风》《枕上作》《答闲上人来问因何风疾》等十五首作品。《枕上作》云：“风疾侵凌临老头，血凝筋滞不调柔。甘从此后支离卧，赖是从前烂漫游。回思往事纷如梦，转觉余生杳若浮。浩气自能充静室，惊飙何必荡虚舟。腹空先进松花酒，膝冷重装桂布裘。若问乐天忧病否，乐天知命了无忧。”① 诗中先写风疾来时的“血凝筋滞”，并以“此后”“支离卧”对应“从前”“烂漫游”，而后写“腹空”“膝冷”，从而在对应中烘托了病情、症状、治疗情况以及此时的心境。

疾病体验与古代文人“此在”的书写方式有关。郭树芹《唐代涉医文学与医药文化》虽然关注了文人的书写方式，却没有以人为中心研究这种书写方式的生成过程。杜甫、白居易的眼疾决定了其观物的书写方式。杜甫诗作透出的漂泊感中有疾病的参与，一句“老病有孤舟”便写尽了凄凉之感。白居易的诗作中有描写患病的，如《眼暗》《病中诗十五首（并序)》《足疾》

① 谢思炜：《白居易诗集校注》，中华书局 2013 年版，第 2629 页。本篇所引白居易诗作均出自此书，不再一一注释。

《病疮》等；有描写服药的，如《早服云母散》《烧药不成命酒独醉》《罢药》《戒药》等。姚合亦是如此，有《病中辱谏议惠甘菊药苗因以诗赠》《题金州西园九首》等作品为证。

在叙事文本中，疾病体验往往是叙事格局中的重要推动力量。在唐传奇诸多涉及疾病叙事的文本中，患病与治疗大都成为情节的组成部分。以《李娃传》为例，郑生到长安后本该就去参加考试，只是因为多看了李娃一眼，便偏离了方向。再见李娃时则直接与之好上了，直到财尽也不悔悟。郑生误入歧途而不知返，以至于沦落街头，辗转成为挽歌手，后来遇见父亲观看挽歌比赛，被打得昏死过去，活过来又成为乞儿，乞讨到了李娃门下。李娃良心发现，回头是岸，助郑生完成身心疗愈后，重上科场并金榜题名。可见，郑生在赴考途中偏离方向，主动投身妓院，认识李娃后沉溺于儿女私情。李娃领他进入了万劫不复的境地，也让他在陷入绝境后涅槃重生。郑生因病而成挽歌手，走投无路后又因遇上李娃而涅槃重生；李娃则因自省而收留并疗愈了郑生。那么，他们为什么能够重回正途？答案是身体的疾病和心灵的疾病都需要治疗。郑生的两次被弃，一次来自风尘，一次来自家族。造成郑生从贵公子变为挽歌手的是李娃，让他从挽歌手成为新科进士的还是李娃，两次变化的过程实际上就是因病而迷途知返的过程。与《李娃传》不同，《霍小玉传》则是以霍小玉因精神受刺激而一病不起作为叙事的线索。霍小玉与李生的恋爱故事分为两个部分：因爱而誓和背誓而弃。后一部分导致霍小玉患上了相思病，精神作用于身体，她终因无法摆脱被弃的痛苦，病情加重以致香消玉殒。

古今中外的文学经典都不会忽略疾病叙事文本中的病态情感元素。鲁迅的疾病叙事文本中就有两篇可以对应的作品：《祝福》和《药》。《祝福》自然是鲁迅的名篇之一，故事中的女人是如何失去生命力而呈现出病态扭曲心理的呢？答案就是现实生活中的强烈精神刺激所致。《祝福》讲述了一个正常人是如何精神失常的。小说的主人公祥林嫂本就婚姻不幸，又失去了孩子，解脱之道在于自我疗愈，而周遭一直难以去除的偏见却使她的精神疾病不断恶化，直至离开这个世界。相比之下，《药》提出了一个双重疾病的疗愈话题：华小栓身体上的疾病与民众的愚昧病状。华老栓为了给儿子治病，听信偏方，渴求“人血馒头”，可以说在儿子的疾病面前完全丧失了家国情怀。通过这篇作品，鲁迅想要讽喻的是：在亲人患病需要治疗的前提下，愚昧迷信与否并不是判定选择正确与否的唯一标准。这很容易让人想起萧红的《呼兰河传》，小团圆媳妇刚刚过门就被民俗民风一顿摆布，无病而生病，终因一再被迷信活动耽误治疗而逝去。人们在这样的世界活着，并不会反思对待疾病的态度科学与否，而“我”则看着芸芸众生的生存样态，化身为创作者把所见所思写了下来。

从传统到现代，疾病书写所反映的时代话题是不断变化的，虽然人们对待疾病的思想有着高度的不同，但借由疾病书写呈现个体或者群体的精神世界却基本是一致的。疾病叙事或疾病体验多是基于文学本位的命题。与现代的疾病叙事文本相比，唐代的疾病叙事文本仅有疾病而没有医学的全面介入，更不会站在国民性的立场上去确立主题。也就是说，唐代的疾病叙事文本或者疾病书写文本为我们提供了患病者的情感或者故事，却少有疗愈过程的相关描写，因此距离医疗文学的核心内涵还是有些距离的。

三、医疗史与文学史的交互空间

唐代不同文体的文本很多都与医学相关，包括散文、笔记小说、诗、词以及敦煌文学等。郭树芹《唐代涉医文学与医药文化》对上述文体中的涉医文本进行分类梳理，为我们提供了研究的基本材料。仅以唐诗而言，从药名、药具到采药、配药、服药、治疗，诗中往往有所反映。中国古代道家文化中的炼丹术，为文学和医学创造了结缘的机会。如果我们仔细梳理就会发现，在唐代的文学文本中，关于道士采药、炼丹的话题为数不少。“皮陆唱和”是晚唐的一道风景，皮日休、陆龟蒙所创作的药名组诗更是前无古人。从采药治病到以药为诗，是中国医疗文学创作的一次飞跃，也是从“近身取譬”到创作取“象”的重大变化。随着《全唐五代诗》《全唐五代小说》《全唐五代笔记》《全唐五代词》《唐五代传奇集》等文本总集以及大量出土墓志的编辑出版，可供发掘的资料越来越多，带给我们的思考也会越来越多。

文化阐释为医疗史与文学史研究提供了交互思考的空间。郭树芹《唐代涉医文学与医药文化》设置专章“唐代涉医作品所反映的思想与文化”，用以探讨涉医文学与医药文化之间的关系。首先，分析了文学文本所体现的悬壶济世、养生保健、精研医理、服食炼药、回归自然（栽花种药）思想，这说的是医药文化的一个方面。其次，分析了涉医文本中的文化现象，有药名文化、仙道人物、医药古迹、医药民俗、杏林情怀等内容，这说的是医药文化的核心方面，自然也是作者用力较深的部分。例如，在医药古迹部分，以宋之问、钱起、韦应物、杜甫等人涉及“洗药”的诗作，引出了罗浮山、浣花溪等古迹；在医药民俗部分，发掘了寒食节、端午节、重阳节所蕴含的医药风俗。[1] 由此可知，唐代文学文本中蕴含的医药文化极有特色，将文学与自然、风俗、地域等因素牵连在了一起，而这些都离不开“人”的参与。沿着这样的思路，我们还会发现更多学术研究的增长点。

无论是地域变迁、战事频起还是文化中心的转移，均会对文学创作和医学发展造成很大的影响。不同的地区地理条件不同，医疗条件随之不同，文化环境也不相同，对文学活动造成的影响自然也会有所不同。可见，文学创作具有地域性特征，而医药文化亦是如此。但是，郭树芹《唐代涉医文学与医药文化》并没有将唐代医药的地域分布、唐代医学的区域发展及其在文学上的呈现等情况涵括在内。东西两京的医疗情况与文学创作的关联性、道家居地与医药文化的关系、苏杭地区的医疗文学发展等话题均有重要的文学史意义。文学地理学是时下的一个热点研究领域，杨义、梅新林、曾大兴、邹建军等学者对其研究视域及内涵多有论述，足资借鉴。引入文学地理学的研究方法，形成新的视角，有助于考察地域文化与医疗文学发展之间的关系。在这一方面，于赓哲的研究具有一定的启示意义。作为历史学者，于赓哲所做的虽然不是文学研究，却将文学纳入其中，他在《唐代疾病、医疗史初探》中关注了疾病、医疗机构、医籍、药材、疗法等方面的问题。其中，尤其值得注意的是“‘南土卑湿’的文化意味”这一节，所论述的是疾病与地理环

---

① 参见郭树芹：《唐代涉医文学与医药文化》，人民出版社2012年版，第228—240页。

境之间的关系。[1] 而在另一部著作中，于赓哲认识到如何解释瘴气是一个重要的问题。唐代文人闻瘴色变，一旦南贬便会觉得此生有去无回。于赓哲在《从疾病到人心——中古医疗社会史再探》中指出，“对卑湿的夸张恐惧实际上受到了多种因素的影响：一则是现实疾病的威胁，南方地方病比北方多，且多半与潮湿闷热的自然环境有关；二则是医学理论的影响，《内经》成书以来医学观念中‘六淫’观念深入人心，而六淫之‘风、寒、暑、湿、燥、火’与现实中的‘风、寒、暑、湿、燥、火’并未加以明确区别，因此人们对卑湿心怀恐惧，且直接与生死挂钩；三则是传闻影响”[2]。这样，于赓哲就借助此一话题解释了地域和心理观念等因素对于理解疾病、理解文人、理解文学的影响。在《疾病如何改变我们的历史》中，于赓哲不仅设置专题解释“什么是瘴气”以及“瘴气的应对”，而且将文人、文学与疾病的关系融入其中，并设置“建安七子与鼠疫”“卢照邻与麻风病”“病号杜甫”“韩愈与丹药”“白居易的眼疾”等专题，从而构建了一部唐代文人与疾病、治疗的简史。这三部著作层层递进，使医疗史与文学史产生了互动效应。

医疗文学研究是基于文学本位的研究，但因医学的介入而呈现出了新的变化。“医”与“文”道同理通，医学介入文学其实乃是自然的。医学的介入不仅在知人论世层面会对文学有所启发，而且对于文本构成的审美内涵也会产生影响。比如，要研究白居易的养生观念与写作之间的关系，就要知道疾病、治疗对他产生的影响；要研究韩愈的“衰疾书写”，就要探讨服药对他的影响，进而对服药如何影响他的创作风格有所认识。而研究李商隐的“相如情结”可知，这既是诗人的取才华以自喻，也是诗人对于自己与司马相如同患消渴病的惺惺相惜。故而，我们在阅读此类文本时对于喻体的择取会有更为深切的体认。

总而言之，中国古代医疗文学将医药文化与文学有机地联系起来，是一

---

① 参见于赓哲：《唐代疾病、医疗史初探》，中国社会科学出版社2011年版，第217页。

② 于赓哲：《从疾病到人心——中古医疗社会史再探》，中华书局2022年版，第226页。

个值得挖掘的富矿。就此而言，郭树芹《唐代涉医文学与医药文化》乃是将医药文化与文学结合起来进行研究的一次尝试，有着不可忽视的导夫先路的学术史意义。而周裕锴、蒋寅、刘怀荣、熊湘、吴中胜、李浩等学者，也均已取得了创新性研究成果。近年来，刘怀荣倡导并发起的医疗文化文学研究已经逐渐得到了学界的响应。唐代医疗文学研究，作为中国古代医疗文学研究的一个断代组成部分已经小有所成，然而目前的碎片化研究状态还有待改变。

中国古代医疗文学研究尚需学界同人的继续努力，既要以问题意识为中心而有所突破，又要完成研究理念及体系的建构。在此过程中，研究者要进文学之境、入医理之界，共同开创中国古代医疗文学研究的新境界。

病与酒：元稹谪居鄂、蜀时期的文学书写[①]

疾病带给人类的痛苦几乎是与生俱来的，士人将其入诗，或与心态相关，或与地域相关，或与苦痛相关。地域的影响不可忽视，尤其是西南、岭南等瘴疠之地。“从唐至宋，社会上对瘴经历了由普遍恐惧到理性应对的过程，唐人观念中，西南、岭南地区乃瘴烟蛮雨的恐怖之地，以致严重影响到中央对这两大地区的行政秩序以及与中原内地的经济文化交流。”[②] 可见，人居于这些地方，自然就会面临患病的风险。一个人的医疗史能够呈现其人生的诸多样貌，而与其身份、境遇等的关系更是难以切断。就唐代士人而言，贬谪与疾病通常是紧密相连的。如果被贬的官员在仕宦迁转中久居瘴疠之地，积愤淤塞加上水土不服，患疟是普遍现象，那就会痛上加病了。因此，韩愈特意写有《谴疟鬼》。中唐时期，文士被贬成为一种值得研究的现象，尚永亮的著作《元和五大诗人与贬谪文学考论》就以韩愈、柳宗元、元稹、白居易、刘禹锡为研究对象而多有阐发。[③] 元稹身处“元和五大诗人”之列，一生直道而行，因而屡遭贬谪与外放，这“使其生命形态顷刻间发生了巨大的逆转，生命价值亦由发展的高峰跌落到了无底的深谷”[④]。元稹辗转湖北、四川、浙江、河南、陕西等地为官，其文学创作也因处境变换而呈现出不同的状态。

---

① 原载《中国海洋大学学报》（社会科学版）2021 年第 1 期。

② 马强：《唐宋西南、岭南瘴病地理与知识阶层的认识应对》，《中国历史地理论丛》2007 年第 3 期。

③ 参见尚永亮：《元和五大诗人与贬谪文学考论》，文津出版社 1993 年版。

④ 尚永亮：《贬谪文化与贬谪文学——以中唐元和五大诗人之贬及其创作为中心》，兰州大学出版社 2004 年版，第 88 页。

元稹不仅为人多愁善感，而且留下了数量可观的咏病之作。元稹患过疟疾、脚气、头风、足肿等病，视力亦曾出现过问题，所以他的疾病书写呈现出了一定的阶段性特征。如果将元稹的人生履历一分为二的话，元和五年至元和十五年（810 年—820 年）可以划入前期，元和十五年至太和四年（820 年—830 年）则为后期。前期历经坎坷，身心受损；后期重返长安，因得穆宗赏识而平步青云。元稹生病确实是因为被贬入瘴疠之地，主要有两次，一次在江陵，一次在通州，患病时间在元和六年（811 年）至元和十四年（819 年），所患均是瘴病，即疟疾。元稹在诗文中极为详尽地书写了患病及治疗的过程。可以说，“病”与“酒”构成了元和时期元稹诗歌创作中既相互对应又相互依存的书写意象，同时其涉病文本亦呈现了他心灵痛苦的消解过程。

一、遭受婚、宦双重打击后的疾病书写

元稹患病与痛饮无度有关，他的痛饮无度是渐次形成的，且与他的婚、宦经历有着密切的联系。士族之间常通过联姻结成仕宦之网络。[①] 元稹生长于京城，八岁丧父，家贫，难以在长安生活下去，母亲郑氏便带着元积、元稹兄弟俩到凤翔娘家寄居。郑氏“为稹自授书，教之书学”[②]，元稹的姨兄胡灵之则教他学诗。元稹借书苦读，并以姐夫陆翰为师。因此可以说，元稹是依母家家学而成才的。贞元九年（793 年）冬，元稹赴长安参加明经科考试，住在靖安坊旧宅。第二年，明经及第。守选期间，寓居开元观，与佛、道均有接触。贞元十八年（802 年）冬，元稹再应吏部考试，很可能就是在本年与白居易相识。贞元十九年（803 年），元稹考中书判拔萃科第四等，白居易也同登书判拔萃科，两人并入秘书省任校书郎，从此元、白交往日深。不久，元稹与韦夏卿之女韦丛结婚。贞元二十年（804 年），元稹行走于长安与洛阳之间，与李建、李绅等人相识，在长安撰写了《莺莺传》。至此，元稹的婚姻、仕宦均已捋顺，其人生到这里算是告一段落，既有过浪漫的恋爱经历，

① 参见孙国栋：《唐宋史论丛》，上海古籍出版社 2010 年版，第 60 页。
② 参见《旧唐书·元稹传》，吉林人民出版社 1995 年版，第 2758 页。

也曾多经科场之煎熬。

元和四年（809年），韦丛因病去世。丧妻之痛尚未消解，次年，元稹又因与宦官争厅而被贬为江陵府士曹参军。可以说，婚姻、仕宦均遭受了沉重的打击。元稹离京赴任，踏上了漫漫苦路。白居易因公事不能脱身，只好让弟弟白行简相送，并赠诗一轴。赴任途中，元稹给白居易寄去诗作十七首，白居易和答之。“元白唱和”由此拉开序幕，一发而不可收，两人至所到之处皆有酬和。至江陵后，元稹的自我调适并不成功，丧妻伤心，贬官伤怀，只能借酒浇愁。酗酒本就伤身，又入瘴疠之地，至迟在元和六年（811年）元稹患上了疟疾，而这病在当时很不好治。“游宦或贬官到岭南的北方人，因南方气候炎热，蚊蚋虫蛇之属颇多，大都心情愁苦，惧怕不得生还故里，而将岭南之行视作黄泉之路，有幸被赦免招回的人，也就喜极而泣了。”① 这段话放在元稹的身上同样适用。

透过元稹关于饮酒与患病的吟咏，可见其人当时的精神状态和内心世界。元稹患病与无节制的酗酒是有关系的。早在凤翔读书期间，元稹就时常混迹于酒局，整日与亲友推杯换盏。饮酒无度，以至于落下疾病，元稹不得长寿与此不无关系。周相录认为，元稹的病与饮酒有一定的关系：“元稹擅长酒令，早年痛饮无节制，自贬江陵士曹后，身体即多病，且刚过知天命之年即辞世，或与此不无关系。”② 爱妻去世，仕途遇挫，婚姻、仕宦之厄次第而来，借酒疗伤对于元稹来说实是无奈之选择，结果却是因酒致病。元稹原先写有《醉醒》《醉行》，被贬江陵后，又连作《先醉》《独醉》《宿醉》《惧醉》《羡醉》《忆醉》《病醉》《拟醉》《劝醉》《任醉》《同醉》《狂醉》。如此酗酒无度，给本已在心理上陷入困境的元稹又造成了身体上的极大伤害。元和六年（811年）前后，元稹即患上了风痰、头风，其《感梦（梦故兵部裴尚书相公）》自注云：“裴公教服橘皮朴硝丸，数月而愈。”③ 但是，元稹并未有所克

① 左鹏：《汉唐时期的瘴与瘴意象》，载荣新江：《唐研究》（第八卷），北京大学出版社2002年版，第268页。

② 周相录：《元稹年谱新编》，上海古籍出版社2004年版，第18页。

③ 周相录：《元稹集校注》，上海古籍出版社2011年版，第201页。本篇所引元稹诗文及编年依据均出自此书，不再一一注释。

制。元和八年（813 年），他的诗几乎首首言病，且均与酒有关，如《遣病十首》《痁卧闻幕中诸公征乐会饮因有戏呈三十韵》《予病瘴乐天寄通中散碧腴垂云膏仍题四韵以慰远怀开拆之间因有酬答》《晨起送使病不行因过王十一馆居二首》等。元和九年（814 年），元稹亦不减醉态，有《醉别卢头陀》《饮致用神曲酒三十韵》《酒醒》。由此可知，遇见身世遭际相类的人，遇到可意的酒，元稹禁不住就会酩酊大醉。可是，如果因病不能喝酒，元稹自然也会大发感慨。《遣病十首》就很有代表性，其一云："服药备江瘴，四年方一疠。岂是药无功？伊予久留滞。滞留人固薄，瘴久药难制。去日良已甘，归途奈无际。"回归无望，疾病缠身，连饮酒都受到限制，元稹的心境可想而知。他对酒的书写是简单而直接的。《遣病十首》其四云："昔在痛饮场，憎人病辞醉。病来身怕酒，始悟他人意。怕酒岂不闲？悲无少年气。传语少年儿，杯盘莫回避。"元稹忆起过去肆意狂饮的时候，看到别人因病推脱便觉其面目可憎，怀疑其故意不喝，直到自己病了才知晓确实不能强饮。少年时代的豪气早已不再，但他还是认为能饮的时候要尽情畅饮。也就是说，尽管元稹理解了因病辞醉是怎么回事，但还是强调能醉便醉。这样明白如话的表述，最终的落脚点仍在借酒浇愁。对于元稹来说，患病已成为影响饮酒的因素，患病与饮酒构成了对立的关系，想要痛饮就要克服疾病这个障碍。既已患病，何以遣病？唯有追忆。在《遣病十首》其三中，元稹回忆了自己的少年时光，并细写了童年倦学嬉游的快乐生活。这与成年入仕后陷入名利场形成了鲜明的对比，于是转向"怜取眼前人"也就是自然而然的了。面对韶华渐去而又因病衰颓的现况，元稹按照时间维度继续追忆并抒发感慨。《遣病十首》其五回忆了从猛然间发现"头始白"，即"昼夜惊一缕"，到"渐及鬓与须"，直至"多来不能数"的过程，进而感慨人生就此过了壮年，疾病与衰老并存。不能徒增感慨，何以遣病？在治疗的过程中，元稹得到了友朋的救助。《遣病十首》其二云："弃置何所任，郑公怜我病。三十九万钱，资予养顽瞑。身贱杀何益，恩深报难罄。公其千万年，世有天之郑。"这里的"郑公"即严绶，时为荆南节度使，封郑国公。后严绶平淮西吴元济叛乱时，元稹与之尚有联系，元诗《后湖》《奉和严司空重阳日同崔常侍崔郎中及诸公登龙山落帽台佳宴》及元文《为严司空谢招抚使表》均与之相关。何以遣病？元稹因病而反思了步入宦途的过程，也在远而思亲。《遣病十首》其六云："在家非不病，有病心亦安。起居甥侄扶，药饵兄嫂看。今病兄远路，道遥书信难。寄言娇小弟，莫作官家官。"何以遣病？还在睹物思深。《遣病十首》其七聚焦于官舍内的燕子，一句"去去玉山岑，人间网罗窄"将自己与燕子并置，不仅道尽了无限苍凉，而且展现了对于所处困境的思考。《遣病十首》其八则将笔触伸向大自然，落在悲秋上："檐宇夜来旷，暗知秋已生。卧悲衾簟冷，病觉肢体轻。炎昏岂不倦？时去聊自惊。浩叹终一夕，空堂天欲明。"这是令人伤感的季节所诱发的病状，谪居期间的元稹对秋天极为敏感，此外还作有《新秋》《暮秋》《解秋十首》。在《遣病十首》其九中，诗人以对比手法将病中的自己与"强健时"的自己放在了一起，然而本来因病得闲有了秋日的"晨趣"，却又去思及强健时的公务劳碌。愁情毕竟是难以消解的，在《遣病十首》其十中，元稹回到病与酒的关系上，发出了"昔愁凭酒遣，今病安能饮"的叩问，并以"落尽秋槿花，离人疾犹甚"进一步加重了语气。排遣愁怀的酒已然不能开怀畅饮，人生复有何乐？这是一组因病而有所感的诗作，元稹围绕自己的人生经历进行了一次集中式的思考，内容丰富，令人浮想联翩。

既已患病，若再饮酒自然就是火上浇油，故而元稹只能是加以控制，每逢友人聚饮，他都会发出苦病之思。元稹集中叙述患病症状的《痁卧闻幕中诸公征乐会饮因有戏呈三十韵》，尤能体现出他的病苦境况。此诗可分为四个部分，第一部分记述患病的情状，诗云："濩落因寒甚，沉阴与病偕。药囊堆小案，书卷塞空斋。胀腹看成鼓，羸形渐比柴。道情忧易适，温瘴气难排。治尰扶轻杖，开门立静街。耳鸣疑暮角，眼暗助昏霾。"腹胀成鼓，骨瘦如柴，煞是凄惨；而药囊与书卷对举，益增悲凉；忧虑之下，难以排气；耳鸣眼暗，难以听辨事物。第二部分描写所居之环境，先说"野竹"与"荒草"相连，"平陂"和"断崖"对接，继而诗云："坐隅甘对鹏，当路恐遭豺。蛇蛊迷弓影，雕翎落箭靫。晚篱喧斗雀，残菊半枯荄。怅望悲回雁，依迟傍古槐。"接下来，诗人本应思考如何安居的问题，既然要在这里生活，就要安顿好自己。不承想，第三部分元稹却回忆了曾经有过的欢会宴集场景，这些场景在他与李景俭、卢子蒙、窦巩、杜元颖的唱和送别之作中都有所体现。然而，患上疟疾后，由于久久难愈，元稹的心情终究是十分惨淡的。最后一部分回到眼前，诗云："顾我潜孤愤，何人想独怀？夜灯然槲叶，冻雪堕砖阶。坏壁虚缸倚，深炉小火埋。鼠骄衔笔砚，被冷束筋骸。毕竟图斟酌，先须遣疠痎。枪旗如在手，那复敢崴嵔！"他人在欢宴中沉醉，自己却抱病独居，只有先遣走疠鬼才能与友朋对饮，可见饮酒在元稹心中的重要性。

元稹所述之症状与柳宗元相似，柳宗元患有头风、脚肿、腹胀，苦不堪言。为治病他种植花木，广搜良方，亦有友人寄药、邻居赠方。刘禹锡《传信方》有"柳柳州纂救三死方治脚气方""柳柳州纂救三死治霍乱盐汤方""柳柳州救三死方蜣螂治疗方"等，足证柳宗元已久病成医。

元稹患上疟疾，久而不愈。白居易给他寄药，同时赠有《闻微之江陵卧病以大通中散碧腴垂云膏寄之因题四韵》，诗云："已题一帖红消散，又封一合碧云英。凭人寄向江陵去，道路迢迢一月程。未必能治江上瘴，且图遥慰病中情。到时想得君拈得，枕上开看眼暂明。"元稹收到后，甚是感动，作《予病瘴乐天寄通中散碧腴垂云膏仍题四韵以慰远怀开拆之间因有酬答》，诗云："紫河变炼红霞散，翠液煎研碧玉英。金籍真人天上合，盐车病骥轭前惊。愁肠欲转蛟龙吼，醉眼初开日月明。唯有思君治不得，膏销雪尽意还生。"得病后，正常的公务自然办不了，《晨起送使病不行因过王十一馆居二首》对此有所记载。第一首云："自笑今朝误夙兴，逢他御史疟相仍。过君未起房门掩，深映寒窗一盏灯。"第二首则诗风一变："密宇深房小火炉，饭香鱼熟近中厨。野人爱静仍耽寝，自问黄昏肯去无？"这是在说因为送行就要喝酒，所以不能送行。可以参看的还有《贻蜀五首》，内有两首诗与患病相关。其中一首《病马诗寄上李尚书》，是写给时任剑南西川节度使的李夷简的。此诗起笔先言病，继而写彼此的过往，"万里长鸣望蜀门，病身犹带旧疮痕"，读来益觉悲怆。另一首《卢评事子蒙》是写给卢子蒙的，元稹在诗中以"病妨杯酒负春风"告之近况。卢子蒙是元稹的老友、好友，两人均中年丧妻，同命相怜，常一起酣饮，互有酬和。但此诗传递的信息却是因病不得饮，这不仅表达了元稹的遗憾，而且在今昔对比中反映了他的衰老感。

谪居江陵期间，病与酒构成了元稹贬谪文学的书写意象。这个主题得以凸显的前提条件是丧妻和贬谪并至：自洛阳赴长安，忽遇坎坷；自长安到江陵，长路漫漫。祸有双至，使元稹失去了生存的乐园，进而陷入了心理失衡的状态。过度颓废的元稹在自己的朋友圈中反复吟咏着放逐主题，江陵风物很少出现在他的笔下。患病是不可或缺的刺激元素，因为患病与放逐如影随形地相互关联着，而饮酒与疾病又构成了元稹诗作的关键词，恰到好处地体现了什么是“有志不获骋”。

二、关于疾病与治疗的文学言说

有过疾病体验的元稹再被外放到瘴疠之地后，写出病上加痛的切身体验是情理之中的事。借酒浇愁，因病戒酒，困居江陵期间，元稹因遭婚、宦变故打击而产生的心理问题并没有得到彻底解决。元和十年（815 年），被召回长安让他获得了一次缓解心理压力的机会。元稹应召返京，同一时期返京的还有刘禹锡、柳宗元等人。离开江陵，元稹本已告别瘴疠之地重回长安，但是就在与白居易等人唱酬正酣之际，他却又被黜为通州司马。通州虽为上州，但就瘴疠肆虐的程度而言，与江陵相比有过之而无不及。元稹的仕宦生涯再次堕入了低谷，但他仍不断地关注朝政，不停地献诗于郑余庆、权德舆、李逢吉等权贵。献诗乃是一种求得赏识的方式，属于别种干谒。元稹以这种方式求进并非个案，韩愈、柳宗元、白居易、刘禹锡等人均曾用过此法，实为一时之风气。元和十三年（818 年），淮西叛乱平定后，裴度为相。元稹致书裴度以求任用，四月代理通州刺史，后因李夷简也拜相，十二月移虢州长史。第二年年初，元稹在赴任途中与白居易相遇，元、白相话三宿而别。年底，元稹返京，任膳部员外郎。此次返京，元稹迎来了人生的转机。自元和十年至元和十四年（815 年—819 年），元稹一直未脱离病痛折磨的苦海。将他的相关诗作聚在一起加以揣摩，我们能够体味出其文本中反复言说的良苦用心。

任职通州期间，元稹的咏病诗文呈现出非常明显的地域性特征。通州以瘴疠之地著称，令人望而生畏，元稹《酬乐天雨后见忆》便有“黄泉便是通州郡，渐入深泥渐到州”的叙写。元和十年（815 年），被召入京的元稹与白居易等友人欢聚一堂，甚是畅快，但好景不长，他又因被黜为通州司马而要入蜀。而在得悉白居易因越职言事也被贬后，元稹作《闻乐天授江州司马》云：“残灯无焰影幢幢，此夕闻君谪九江。垂死病中惊坐起，暗风吹雨入寒窗。”诗中的“垂死病中”是夸张还是实录？元稹还在《上兴元权尚书启》《叙诗寄乐天书》中反复言及通州之蒙昧凶险。《上兴元权尚书启》云：“然而吏通之初，有言通之州幽阴险蒸瘴之甚者，私又自怜其才命俱困，恐不能复脱于通。”《叙诗寄乐天书》云：“授通之初，有习通之俗者曰：‘通之地，湿垫卑褊，人士稀少，近荒札，死亡过半。邑无吏，市无货，百姓茹草木，刺史以下计粒而食。大有虎貘蛇虺之患，小有蟆蚋浮尘蜘蛛蛒蜂之类，皆能钻啮肌肤，使人疮痏。夏多阴霪，秋为痢疟。地无医巫，药石万里，病者有百死一生之虑。’夫何以仆之命不厚也如此，智不足也又如此，其所诣之忧险也又复如此……”此文的重心并不在于叙述通州的凶险，而是借写身处险地呈现出作者的文学世界。元稹在《叙诗寄乐天书》中首叙学诗之历程，说自己九岁便学习赋诗，令长者惊叹不已，十五六岁已经能够“粗识声病”。继而叙说自己传承家学，先是受到陈子昂的影响，作《寄思玄子诗》得到郑云逵、王表的赏识，而深入习诗则是因为读到了数百首杜甫诗作，因“爱其浩荡津涯”而思考唐诗发展之过程，开始诟病沈佺期、宋之问“不存寄兴”，并惊讶于陈子昂“未暇旁备”。接下来说，过了几年，自己与杨巨源日日习诗，“间则有作，识足下时有诗数百篇矣。习惯性灵，遂成病蔽，每公私感愤，道义激扬，朋友切磨，古今成败，日月迁逝，光景惨舒，山川胜势，风云景色，当花对酒，乐罢哀余，通滞屈伸，悲欢合散，至于疾恙躬身，悼怀惜逝，凡所对遇异于常者，则欲赋诗”。由此可知，此时的元稹已经具备作诗的本领，而且又逢“少年不识愁滋味”的多情阶段。然而，仕途遇挫才是对其文学创作产生刺激性影响的因素。接下来，元稹叙述了自己整理诗作的过程。原来被贬江陵后，老友李景俭建议他收集诗作供其观览，他便将作品进行了分类。文章最后的描写表明，贬谪不只给元稹造成了精神上的苦痛，更是让他身处困境险地。但在元稹看来，“立德”“立事”不成，还可“立言”；“急位”“急利”不成，还可“急食”。可令人遗憾的是，自己位卑而又“计粒而食”，所处之通州对于“病者”来说，“有百死一生之虑”。

关于元稹的这场大病，白居易曾经撰文忆及，他在《与微之书》中写道：“仆初到浔阳时，有熊孺登来，得足下前年病甚时一札。上报疾状，次叙病心，终论平生交分。且云：‘危惙之际，不暇及他，唯收数帙文章，封题其上曰：他日送达白二十二郎。便请以代书。’悲哉！微之于我也，其若是乎！又睹所寄闻仆左降诗云：‘残灯无焰影幢幢，此夕闻君谪九江。垂死病中惊起坐，暗风吹雨入寒窗。’此句他人尚不可闻，况仆心哉？至今每吟，犹恻恻耳。”①

《叙诗寄乐天书》《与元九书》是元、白对于元和五年（810 年）以来的文学活动的总结，二人将之上升到了文学观念的高度予以表达。两封书札均作于元和十年（815 年），结合双方此后各自的重要作品，从中可以探寻文学观念与社会观念以及文学与政治之间的关系。

日常生活中的患难与共、仕宦生涯中的友好往来、诗歌酬和中的心灵碰撞，让元、白彼此影响、相互扶助。白居易在《与元九书》中述及元、白交往时，先是总结道：“故自八九年来，与足下小通则以诗相戒，小穷则以诗相勉，索居则以诗相慰，同处则以诗相娱。知吾罪吾，率以诗也。”而后回忆了两人春游城南时赛诗的壮观场面，堪称独步一时。接着白居易还表达了欲编《元白往还诗集》之意，同时提出了将诗作完全保留下来会造成“不忍于割截，或失于繁多”的问题。最后想到各自贬谪他乡，难以相见，白居易生发出了感慨：“今且各纂诗笔，粗为卷第。待与足下相见日，各出所有，终前志焉。又不知相遇是何年？相见在何地？溘然而至，则如之何？微之微之！知我心哉。”元和十年（815 年）的这次元、白书信往来，是两人在整理各自诗作的基础上对诗歌观念进行的提升与整合。元、白各自叙述文学思想与创作的关系，可以看成是文学史上的一次文学与心理学之间的对话。

与《叙诗寄乐天书》中所述通州风物能够相互印证的还有元稹的相关诗作。阅读这些诗作，我们能够体味到元稹在面对瘴疠之地时的惊恐心态。谪居通州时，毒虫横行给当地民众带来了各种疾病，元稹对此印象极深，曾赋诗记之，元和十三年（818 年）所作《虫豸诗七篇（并序）》便是实录。这组诗分咏巴蛇、蛒蜂、蜘蛛、蚁子、蟆子、浮尘子、虻七种毒虫，每种毒虫又有诗三首，小序则述其毒状。例如，《巴蛇》其一云：“巴蛇千种毒，其最鼻

① 谢思炜：《白居易文集校注》，中华书局 2011 年版，第 361 页。本篇所引白居易文章均出自此书，不再一一注释。

蹇蛇。掉舌翻红焰，盘身躄白花。喷人竖毛发，饮浪沸泥沙。欲学叔敖瘗，其如多似麻。”《蜘蛛》其三云：“稚子怜圆网，佳人祝喜丝。那知缘暗隙，忽复啮柔肌。毒腠攻犹易，焚心疗恐迟。看看长妖绪，和扁欲涟洏。”可见，人被蜘蛛噬咬后便会中毒。这是对《酬乐天江楼夜吟稹诗因成三十韵》所言的“暗魄多相梦，衰容每自怜。卒章还恸哭，蚊蚋溢山川”的生动诠释。

从“元白唱和”组诗中尤其能够窥知元稹谪居通州的具体情状，正如尚永亮所论：“元白的唱和之作，主要集中在三个时期：一是前已述及的元和五年至十年，二人首次长时间分离，开始批量唱和；二是元和十年至十四年，元白分别谪居通州、江州，唱酬日盛，由此形成文学史上有名的通江唱和现象；三是长庆三年至大和三年，元稹出镇越州，白居易刺史杭州、苏州等地，二人借助诗筒往返酬唱，一时传为佳话。”① 白居易《得微之到官后书备知通州之事怅然有感因成四章》几乎就是复述元稹所说的内容，第一首云：“来书子细说通州，州在山根峡岸头。四面千重火云合，中心一道瘴江流。虫蛇白昼拦官道，蚊蚋黄昏扑郡楼。何罪遣君居此地，天高无处问来由。”这是一首典型的白话诗，主要道出了通州的自然环境之凶险。第二首主要描写通州百姓的生活情状，与第一首共同呈现出了瘴疠之地的特有场景。第三首则对通州的医疗情况进行了针对性介绍，诗云：“人稀地僻医巫少，夏旱秋霖瘴疟多。老去一身须爱惜，别来四体得如何。侏儒饱笑东方朔，薏苡谗忧马伏波。莫遣沉愁结成病，时时一唱濯缨歌。”最后一首是今昔对比，诗云：“通州海内恓惶地，司马人间冗长官。伤鸟有弦惊不定，卧龙无水动应难。剑埋狱底谁深掘，松偃霜中尽冷看。举目争能不惆怅，高车大马满长安。”这首诗以元稹所处的地域、身份起笔，以元稹的失落为议题，最后以“高车大马满长安”作为对比而收束全篇，细细品来，意味深长，堪称不平之鸣。

元稹《酬乐天得微之诗知通州事因成四首》似是在为白诗补遗，再叙了通州瘴疠遍布的境况。第一首将生活习俗落于笔下，诗云：“茅檐屋舍竹篱州，虎怕偏蹄蛇两头。暗蛊有时迷酒影，浮尘向日似波流。沙含水弩多伤骨，田仰畬刀少用牛。知得共君相见否？近来魂梦转悠悠。”第二首侧重写日常生

① 尚永亮：《“元白”并称与多面元白》，《文学遗产》2016 年第 2 期。

活，将诗人看到的居所、官衙、市井、田畴纳入其中。第三首着眼于自然环境之恶劣，与白诗相互映衬。第四首则反观自身处境，诗云："荒芜满院不能锄，甑有尘埃圃乏蔬。定觉身将囚一种，未知生共死何如？饥摇困尾丧家狗，热暴枯鳞失水鱼。苦境万般君莫问，自怜方寸本来虚。"元稹因有江陵之经历，将惊恐之情诉诸笔端，故而描绘出了一幅幅具有地域性特征的蛮荒图景。元和十年（815 年）夏，元稹所患疟疾愈发严重，不得不赴兴元治病。关于在通州的患病情形，元稹多在与白居易唱酬的次韵中写出，如《酬乐天见寄》："三千里外巴蛇穴，四十年来司马官。瘴色满身治不尽，疮痕刮骨洗应难。常甘人向衰容薄，独讶君将旧眼看。前日诗中高盖字，至今唇舌遍长安。"这首诗真可谓是让人看到了满纸衰容病态。再如，《和乐天仇家酒》中"病嗟酒户年年减，老觉尘机渐渐深"之嗟叹，透露出因病觉老的感慨。因为是再次自京城外放，所以继《遣病十首》后，元稹仍然需要"遣病"，而此时所作的《遣病（此后通州时作）》则聚焦于生死问题。例如，"今年京城内，死者老少并"感慨这一年长安死了不少相识之人，此句也突破了地域之限制，从而表明这首诗应该是作于刚到通州不久；"独孤才四十，仕宦方荣荣"是指元稹在京城长安时见到了独孤郁病逝，刘禹锡亦有诗言及此事。元稹在这首诗中通过列举早亡和长寿的人物来消解自身的病苦，又试图借佛家的超脱达到"吟此可达观，世言何足听"的遣病意图。

面对瘴病，无论如何恐惧还是要积极应对，除了注意自我预防和治疗以外，还要向他人求助。元稹患病通州，白居易、刘禹锡均曾施以援手。白居易《寄生衣与微之因题封上》云："浅色縠衫轻似雾，纺花纱袴薄于云。莫嫌轻薄但知著，犹恐通州热杀君。"这是说给元稹寄轻薄的夏衣以防通州之"热"。而元稹的《酬乐天寄生衣》愈加悲凉，诗云："秋茅处处流痎疟，夜鸟声声哭瘴云。羸骨不胜纤细物，欲将文服却还君。"这是说通州疟疾横行之烈，也是告知自己身体之羸弱。元稹不只患上了疟疾，头风也未愈，刘禹锡、白居易知悉后照样伸手相助。刘禹锡《赠元九侍御文石枕以诗奖之》云："文章似锦气如虹，宜荐华簪绿殿中。纵使凉飙生旦夕，犹堪拂拭愈头风。"这是说送文石枕帮元稹治头风。白居易《寄蕲州簟与元九因题六韵（时元九鳏居）》云："笛竹出蕲春，霜刀劈翠筠。织成双锁簟，寄与独眠人。卷作筒中信，舒为席上珍。滑如铺薤叶，冷似卧龙鳞。清润宜乘露，鲜华不受尘。通州炎瘴地，此物最关身。”这是说通州为“炎瘴”之地，而元稹恰是处于此地之人，故而寄蕲州簟以助元稹防炎瘴。元稹《酬乐天寄蕲州簟》云：“蕲簟未经春，君先拭翠筠。知为热时物，预与瘴中人。碾玉连心润，编牙小片珍。霜凝青汗简，冰透碧游鳞。水魄轻涵黛，琉璃薄带尘。梦成伤冷滑，惊卧老龙身。”如此的唱酬往来，足以说明元、白情谊之深，而元稹直到病危之际犹思与乐天之交谊。[①] 同时，从中亦能看出元稹所处之地的凶险程度，从而更加突出了他的贬谪生活之悲凉无助。

元稹在回顾自己的经历时，经常以梦言之，而入梦者自然为其平生挚友。例如，《酬乐天频梦微之》云：“山水万重书断绝，念君怜我梦相闻。我今因病魂颠倒，唯梦闲人不梦君。”其实，元、白常在彼此梦中出现，白行简《三梦记》对此便有所记述。元稹叙述自己病况较为详细的是《感梦（梦故兵部裴尚书相公）》，这里的“故兵部裴尚书相公”即对元稹有知遇之恩的裴垍。这首诗聚焦的是“好直者”的命运，起笔便是病中的自己：“我病百日余，肌体顾若刲。气填暮不食，早早掩窦圭。阴寒筋骨病，夜久灯火低。忽然寝成梦，宛见颜如珪。似叹久离别，嗟嗟复凄凄。问我何病痛？又叹何栖栖？答云痰滞久，与世复相暌。重云痰小疾，良药固易挤。前时奉橘丸，攻疾有神功。何不善和疗，岂独头有风？殷勤平生事。款曲无不终。悲欢两相极，以是半日中。言罢相与行，行行古城里。”这里描写的其实并非梦境，而是元稹治疗头风的具体过程，他以关于病状的话语入诗，想来必定是经历了一个痛感的审美过程。元稹在这首诗中先是叙述了“相君”（即裴垍）寄良药使“我”病痛减轻，接着讲述了“我”与“相君”的对话，而小吏、僮仆、僧人也相继登场，“我”之所思所想遂和盘托出。元稹原本将回归京城的梦想寄托在裴垍身上，裴垍的离世对他而言当然是不小的打击，故成梦而有此诗。

自元和十年（815 年）起，元稹一入通州便重病缠身，所处之地、所交

① 对于这一时期元、白之交谊，尚永亮以“胶漆元白”“唱和元白”“轻俗元白”“才子元白”称之，并有极为深入的论述。参见尚永亮：《“元白”并称与多面元白》，《文学遗产》2016 年第 2 期。

之友、所见之事，均与其患病之心态建立起了联系。这一时期他的文学书写以对话为主，地域与疾病之间的关系成为中心话题，而关涉酒的话题则渐少，即便偶一提及也必然与疾病紧密相连，病中无乐取代了苦中作乐。地理环境无疑与创作心态、生存状态关联甚深，而在元稹这一时期创作的组诗和长诗中的确呈现出了患病以及治疗的某些细节。

三、疾病体验与贬谪生活的自况

每到一个阶段，元稹都要总结一下自己的仕宦生涯，从追忆中思考人生的意义。元和十一年至元和十四年（816 年—819 年），是元稹进行疾病书写的又一个阶段。他时常借助写诗回顾自己的人生历程，诗中贬谪与疾病往往紧密相连，因人而叙事，因叙事而言情，构成了一个集中叙述的书写主题。

元和十一年（816 年），元稹依然在通州任上，因赴兴元治病而与权德舆、郑余庆等权贵有所交游，《献荥阳公诗五十韵（并序）》就写出了当时的境况。“荥阳公”即郑余庆，时任山南西道节度使。这首诗有序，就是元稹写给郑余庆的书启，书启中具体叙述了元稹与郑余庆欢宴的往事，并言及了诗的写法及内容。在这首诗中，元稹刻画了欢会中自我的“小儒”形象。“墨客膺潜服，谈宾膝误前。张鳞定摧败，折角反矜怜。句句推琼玉，声声播管弦。”这乃是描写当时的场面。而元稹自己则“自伤魂惨沮，何暇思幽玄！喜到樽罍侧，愁亲几案边。菁华知竭矣，肺腑尚求旃。抵滞浑成醉，徘徊转慕膻。老叹才渐少，闲苦病相煎。瓦砾难追琢，刍荛分弃捐。漫劳成恳恳，那得美娟娟！”这部分以“闲苦病相煎”为主题，叙述了元稹的患病感受。有乐难享，有酒难饮，岂是一个“伤”字能够涵盖的？身在病中，元稹的悲秋情绪就更加浓厚了，与《遣病十首》相呼应，《景申秋八首》是他这一时期低沉心绪的写照。《景申秋八首》先是总述自己的孤寂情怀，第一首云：“年年秋意绪，多向雨中生。渐欲烟火近，稍怜衣服轻。咏诗闲处立，忆事夜深行。濩落寻常惯，凄凉别为情。”继而将情绪观照于动物意象，于是在第二首中，“蚊幌”“烛蛾”“萤火”“蝙蝠”次第登场，形象地衬托出了诗人的心境，而诗人看着这些思及自身，也只能以“良辰日夜去，渐与壮心违”作结。写罢秋雨，而后是病中听雨，这样病与酒就建立起了密切的联系，第五首云："风头难着枕，病眼厌看书。无酒销长夜，回灯照小余。三元推废王，九曜入乘除。廊庙应多算，参差斡太虚。"写完眼前的秋日荒凉败落景象后，元稹最终还是用繁笔刻画了自己的病况，第八首云："病苦七年后，连阴十日余。人方教作鼠，天岂遣为鱼？鲛绽酆城剑，虫凋鬼火书。岀闻泥泞尽，何地不摧车？"从元稹的刻意伤秋中，我们能够感受到他因"多愁多病身"而生发的敏感与深情。

元和十二年（817 年）是元稹饱受病痛折磨的一年，同时也是其病情向好的转折点。这一年元稹虽然病痛难忍，却也有《瘴塞》《酬乐天频梦微之》等诗作问世，尤其是并没有耽误饮酒。例如，《瘴塞》云："瘴塞巴山哭鸟悲，红妆少妇敛啼眉。殷勤奉药来相劝，云是前年欲病时。"这是他与裴淑婚后同赴兴元治病时所作，可见婚姻之幸福部分地消解了疾病之苦痛。《酬乐天频梦微之》则是元稹的自况。《生春二十首（丁酉岁作）》之第十八首写得更为具体而生动，诗云："何处生春早？春生老病中。土膏蒸足肿，天暖养头风。似觉肌肤展，潜知血气融。又添新一岁，衰白转成丛。"在此后的追忆中，元稹往往都会言及这段病史。

元、白各自总结人生阶段的作品是从白居易作《东南行一百韵寄通州元九侍御澧州李十一舍人果州崔二十二使君开州韦大员外庾三十二补阙杜十四拾遗李二十助教员外窦七校书》（以下简称《东南行一百韵》）开始的，元稹有和诗《酬乐天东南行诗一百韵（并序）》，两人既是在对话，也是在各说各话。

元和十二年（817 年），白居易作《东南行一百韵》并寄给元稹等一同贬出的友朋。《东南行一百韵》是白居易的自叙诗，为长篇五言排律，元稹次韵之，这次酬和堪称文学史上的创体奇观。白诗可分为三个部分：第一部分为去江州所见，描写"夷音""蛮态""山歌""野哭"之情状；第二部分写长安旧游之盛况，回忆与崔韶、杜元颖、元稹、韦处厚等人欢宴于柏殿、花楼的情形；第三部分述贬谪生活之苦，如"日近恩虽重，云高势却孤。翻身落霄汉，失脚倒泥涂"。诗中夹叙，且时有说明文字。值得注意的是，诗中有白居易关于自身患病与元稹患病的书写："漂流随大海，锤锻任洪炉。险阻尝之矣，栖迟命也夫。沉冥消意气，穷饿耗肌肤。防瘴和残药，迎寒补旧襦。书床鸣蟋蟀，琴匣网蜘蛛。贫室如悬磬，端忧剧守株。时遭人指点，数被鬼揶揄。兀兀都疑梦，昏昏半是愚。女惊朝不起，妻怪夜长吁。万里抛朋侣，三年隔友于。自然悲聚散，不是恨荣枯。去夏微之疟，今春席八殂。天涯书达否，泉下哭知无。”这是先叙自己的病况又及元稹患疟，而且白居易在此注曰：“去年闻元九瘴疟，书去竟未报。今春闻席八殁，久与还往，能无恸矣。”最后，白居易以“壮志因愁减，衰容与病俱”来归结最深的感受，收束全篇。元和十三年（818 年），元稹有《酬乐天东南行诗一百韵（并序）》以和白诗，序云：“元和十年三月二十五日，予司马通州。二十九日，与乐天于鄂东蒲池村别，各赋一绝。到通州后，予又寄一篇，寻而乐天贶予八首。予时疟病将死，一见外不复记忆。十三年，予以赦当迁，简省书籍，得是八篇。吟叹方极，适崔果州使至，为予致乐天去年十二月二日书，书中寄予百韵至两韵凡二十四章。属李景信校书自忠州访予，连床递饮之间，悲咤使酒，不三两日，尽和去年已来三十二章皆毕，李生视草而去。四月十三日，予手写为上下卷，仍依次重用本韵，亦不知何时得见乐天，因人或寄去。通之人，莫可与言诗者，唯妻淑在旁知状。”显然，此刻的元稹已经心情大好，虽未痊愈却可任性饮酒赋诗。与白诗相比，元稹的和诗要难读一些，起笔便直叙“我病方吟越，君行已过湖”，对此元稹自注曰：“元和十年六月至通州，染瘴危重，八月闻乐天司马江州。”这首诗亦可分为三个部分。第一部分叙述当下之境况，如：“欲令仁渐及，已被疟潜图。膳减思调鼎，行稀恐蠹枢。”这是写元稹到通州后患疟之事。第二部分追忆旧日图景，从“倍忆京华伴，偏忘我尔躯。谪居今共远，荣路昔同趋”写起，记述了与白居易相识后自己的遭际。第三部分从“望国参云树，归家满地芜。破窗尘坌坌，幽院鸟呜呜”写起，描写了离开长安后故居之荒凉和友朋分离之现状。

这场由白居易赠诗发起继而由谪居他乡的友朋次韵酬和回应的活动，具有重要的意义。大家各自记述了处于贬地的人生状态。元稹从患病说起，以病中经历为主线，对比在京城时的赏心乐事，写出了当下的生存状态与贬谪心态。元、白在诗中虽然是在自说自话，但他们毕竟“同是天涯沦落人”。白居易作《东南行一百韵》后，寄给元稹、李建、崔韶、韦处厚、庾敬休、杜元颖、李绅、窦巩等人，而元稹的和诗也将通州的自己与江州的白居易联系起来，又有共同的好友李建、李绅等人的加入，进而发展成为一次以贬谪生活为中心的群体书写活动。因此，某种意义上可以说，元、白的这两首唱酬诗作是关于疾病与贬谪生活之间的关系的文学样本。

元和十三年（818 年），李夷简迁门下侍郎、同平章事，官拜宰相，元稹终于迎来了改变命运的机会。闻讯后，白居易有《闻李尚书拜相因以长句寄贺微之》，元稹《酬乐天闻李尚书拜相以诗见贺》则以“若待更遭秋瘴后，便愁平地有重泉”表达了渴望改变当前处境的心愿。当年十二月，元稹任虢州长史，第二年初终于离开了通州。元稹此时的病况在《酬乐天叹损伤见寄》中有所描述，诗云：“前途何在转茫茫，渐老那能不自伤！病为怕风多睡月，起因行药暂扶床。函关气索迷真侣，峡水波翻碍故乡。唯有秋来两行泪，对君新赠远诗章。”调任虢州尽管仍不甚理想，但其地的自然环境比通州要好多了，故而白居易作《寄微之（时微之为虢州司马）》来安慰元稹，劝其“莫嫌冷落抛闲地，犹胜炎蒸卧瘴乡”，这是告诉元稹虢州虽然不是很好的去处，但是毕竟可以借此逃离“炎蒸卧瘴乡”。此后，元稹渐入仕宦之通途，加之有裴淑相伴，而无嗣之忧亦已解决，所以开启了人生之精彩华章。

虽然还有一年元和时代就结束了，但元稹人生的第二段应该停在元和十四年（819 年）这个节点上。可以说，贬谪生涯既历练了元稹，亦成就了他。他的《感梦（梦故兵部裴尚书相公）》《献荥阳公诗五十韵（并序）》《酬乐天东南行诗一百韵（并序）》等诗作，都具有强烈的叙事性特点。而以长诗讲述人生的部分经历，并以自注补正恰是元、白拓展诗歌表现功能的意义之所在，同时也能从中窥见“元和文化精神”的一些特征。

综上所述，元稹涉病之作集中在元和时期。丧妻之痛、贬谪之苦与病痛相互交融，令他困苦不堪，贬谪之苦乃是催化剂，而狂饮无度则进一步加重了他的病痛，这在他的诗文中均有所体现。元稹的文学创作具有非常明显的阶段性特征。被贬江陵、通州后，两州作为瘴疠之地的自然环境、元稹自身的病况及感受等均入诗，以次韵唱酬之作居多，虽无名篇却有创体的贡献。但自从离开通州，这一阶段的病痛生活在其诗作中就很少提及了，可见元稹已然将这段不堪回首的人生低潮期抛于九霄云外。元稹的疾病书写主要体现在失去乐园、身处困境和寻找乐园三个层面，他在元和时期的诗作由无助的哀吟到叙述处境的险恶，再由渴望改变现状到追忆昔日在京城与友朋欢宴游乐的场景，呈现出了极强的叙事性特征。尚永亮认为，元稹在创作上采取的是“将强烈孤愤纳入饱经沧桑的悲凉心境，去审视社会、解悟人生的理性认知方式”①。

其实，在很多中唐诗人身上出现了因仕宦穷达而经历地域播迁的情形，故而贬谪文学成为一大景观。疾病书写不仅能够呈现出逐臣在贬谪之地的生存状态，还能进入他们此后的追忆世界，因此可以说是文本经典化的有效途径。对此，尚永亮、蒋寅、胡可先、戴伟华等学者皆有专深之研究。概而言之，士人群体一旦入居贬地，往往就会身心俱疲，病痛皆来，韩愈、柳宗元、元稹、白居易等人无不苦之。但即便如此，他们依旧关注时政、关心国事，并积极参与其中。就文学研究而言，中唐诗人的涉病文本自然会涉及医疗与文学的关联性问题，而疾病书写构成了文学与身心治疗的对应关系，若从细部探究，或可作为跨学科学术研究的重要课题。

① 尚永亮：《唐五代逐臣与贬谪文学研究》，武汉大学出版社2007年版，第392页。

五代词人心史

韦庄：审美距离感中的自我体验①

中唐诗人是文人词较早的创作主体，如韦应物、刘长卿、白居易、刘禹锡、戴叔伦等。他们的词作是典型的初级形态的“诗人之词”，所用词牌或多或少都与诗的形式相近，如《杨柳枝》《忆江南》《调笑令》《长相思》之类。同时，作品内容也较为庞杂，边塞、山水、恋情都有所涉及。可见，他们对于词还没有形成自觉的文体意识。到了晚唐五代时，词的题材反倒是愈趋狭窄了。

我们通常把以温庭筠为代表的词人称为“花间词人”，这源于赵崇祚编选的一部《花间集》。欧阳炯《花间集序》云：“则有绮筵公子，绣幌佳人，递叶叶之花笺，文抽丽锦；举纤纤之玉指，拍按香檀。不无清绝之辞，用助娇娆之态。”②《花间集》所收作品的主要内容当然是关于欣赏“绣幌佳人”的，女性的生活空间、体态身影，乃至一颦一笑都被纳入了书写范围。张惠言《词选》说温庭筠的词多有寄托，这大概是把他自己的审美态度强加到词人的身上了。晚唐五代时期的词作，多是“歌辞之词”，倒是韦庄的一些词作，叙事因子大大增多，特别是《菩萨蛮》等作品有了主体意识的融入，不过还没有形成明确的创作观念，也没有体现出自觉状态。

---

① 原载田恩铭、陈雪婧：《唐宋词人审美心理研究》，陕西人民出版社2008年版，第18—31页。

② 杨景龙：《花间集校注》，中华书局2015年版，“花间集序”第1页。

值得注意的是，南唐词人群体——说是群休，其实中主李璟的作品并不多，而后主李煜还没有获得超越自我的机遇——此际主人公是冯延巳，他的词作往往在欢歌笑语中感慨时光之不再，透出一种对于生命的感伤，对后来的欧阳修、晏殊词风影响很大。而当李煜将自己的悲剧性体验抒发出来的时候，已经是进入宋朝了，不过他的身份归属仍在“故国”，这可能意味着一种新的审美规范的确立。

韦庄（约836年—910年），是韦应物四世孙。辛文房《唐才子传》云：“庄，字端已，京兆杜陵人也。少孤贫，力学，才敏过人。庄应举，正黄巢犯阙，兵火交作，遂著《秦妇吟》，有云：‘内库烧为锦绣灰，天街蹈尽却重回。’乱定，公卿多讶之，号为‘秦妇吟秀才’。乾宁元年，苏检榜进士，释褐校书郎。李询宣谕西川，举庄为判官。后王建辟为掌书记。寻征起居郎，建表留之。及建开伪蜀，庄托在腹心，首预谋画，其郊庙之礼、册书赦令，皆出庄手。以功臣授吏部侍郎同平章事。庄早尝寇乱，间关顿踬，携家来越中，弟妹散居诸郡。西江、湖南，所在曾游，举目有山河之异，故于流离漂泛，寓目缘情，子期怀旧之辞，王粲伤时之制，或离群轸虑，或反袂兴悲，《四愁》《九怨》之文，一咏一觞之作，俱能感动人也。庄自来成都，寻得杜少陵所居浣花溪故址，虽芜没已久，而柱砥犹存，遂诛茅重作草堂而居焉。性俭，秤薪而爨，数米而炊，达人鄙之。弟蔼，撰庄诗为《浣花集》六卷，及庄尝选杜甫、王维等五十二人诗为《又玄集》，以续姚合之《极玄》，今并传世。”① 依传记所说，韦庄大概在五十九岁那年才考中进士，后在王建的前蜀做了四年宰相，度过了为期不长的“晚达”生涯。有欢乐，也有痛苦，总是觉得寄人篱下。韦庄一生经历了三个阶段：在唐动乱时期、在唐为官时期、入蜀时期。《全唐五代词》收其词五十四首，刘金城、夏承焘有《韦庄词校注》②。

论及韦庄，学者们多将温、韦结合起来，在比较中彰显彼此的风格，如唐圭璋《温韦词之比较》就说：“端已词抒情为主，境系于情而写，故不着力

---

① ［元］辛文房：《唐才子传》，关鹏飞译注，中华书局2020年版，第650—652页。

② 参见刘金城：《韦庄词校注》，夏承焘审订，中国社会科学出版社1981年版。

于运词堆饰，而惟自将一丝一缕之深在内心。曲曲写出，其秀气空行处，自然沁人心脾，与飞卿词之令人沉醉者异矣。”[①] 袁行霈《温词艺术研究——兼论温韦词风之差异》[②] 亦是如此，自觉地将温、韦两人联系在一起。本文在涉及词风比较的时候也会运用此法，以审美距离感在两人作品中的不同表现为中心展开论述，深入分析两人在审美心理上的差异所反映出来的审美风格之异同。

韦庄是一位大半生在乱世中行走的漂泊者，只是在生命的最后几年才安定下来，得以思考自己的人生选择，回忆自己走过的道路，并在对往事的追忆中唱出属于自己的曲曲清歌。

一、审美距离感的差异

如果将温、韦联系在一起的话，人们常常会比较他们在风格上的不同点，而很少顾及两人所拥有的不同生活。平心而论，韦庄一生经历了漫长的漂泊过程，他将漂泊感融入词中，是一位在行走中寻找理想的歌者。温庭筠一生中虽然也经历了漂泊的苦旅，却很少在词里将这些表现出来，多是抒发在诗中，如《商山早行》就把漂泊孤旅的情感体验直接以情景结合的方式写了出来。诗云：“晨起动征铎，客行悲故乡。鸡声茅店月，人迹板桥霜。槲叶落山路，枳花明驿墙。因思杜陵梦，凫雁满回塘。”在温庭筠的词作中，这种直接表达个人情感的作品很少，多为含蓄委婉、意在言外之作。换言之，温庭筠的词更多的是在享受孤独，追求意境营造上的精心布置。而韦庄就不同了，从内容上看，他的诗与词在主题表达上有很多相近之处，而纯粹以伤乱为主题的作品并不多。实际上，温、韦之间的最大区别就在于对审美距离感的把握有所不同。温庭筠多是应歌而作，主体意识介入较少，写作过程中对技术层面的要求多一些。关于这一点，我们还会在后文中做具体的分析。正因如

① 唐圭璋：《温韦词之比较》，《东南论衡》1926年第26期。

② 参见袁行霈：《温词艺术研究——兼论温韦词风之差异》，《学术月刊》1986年第2期。

此，他的作品才会过多地注意用语和遣词。而以应歌为目的的创作需求，必然会催生出浓妆艳抹的作品风貌，所以周济《介存斋论词杂著》说："飞卿，严妆也。端己，淡妆也。"① 这是从外在形态上来看的。透过外表反观内涵，两人在审美距离感的把握方式上存在着不同之处。打个比方，温庭筠是站在近处摄影，照片洗出来了，自己拿在手里慢慢观赏，风景中不一定有自己存在；而韦庄则是自己给自己照相，自己既是摄影师，也成为所摄风景的一隅。正如叶嘉莹所说："温词多用客观，韦词多用主观；温词以铺陈秾丽取胜，韦词以简劲清淡取胜；温词像一只华美精丽而没有明显的个性及生命的'画屏金鹧鸪'，韦词则像一曲清丽宛转，充满生命和感情的'弦上黄莺语'。"② 我们不妨通过对温、韦作品进行解读，来领会叶嘉莹先生的透辟论断。先看温庭筠的两首《菩萨蛮》：

小山重叠金明灭，鬓云欲度香腮雪。懒起画蛾眉，弄妆梳洗迟。照花前后镜，花面交相映。新帖绣罗襦，双双金鹧鸪。

水精帘里颇黎枕，暖香惹梦鸳鸯锦。江上柳如烟，雁飞残月天。藕丝秋色浅，人胜参差剪。双鬓隔香红，玉钗头上风。③

两首词显然都是"精美"之作，均为剪辑片段而成。陈廷焯评之为"梦境迷离"④。"梦境迷离"的含义在于"以实写虚"，即词中所写都是实景，而其所表达的意思却不易把握。第一首以"梳妆"为中心展开描写，将妆前妆后进行了对比："照花前后镜，花面交相映"一句，蕴含着描写对象自我欣赏的情绪；"新帖绣罗襦，双双金鹧鸪"一句，也仅仅是在实写女子的衣着。那么，"双双金鹧鸪"里有没有暗含描写对象的情感期待呢？这"空白"就只能靠读者对文本的阐释来填写了。至于作品是在写情还是纯粹的写实，我们

① 王兆鹏：《唐宋词汇评》（唐五代卷），浙江教育出版社2004年版，第519页。

② 叶嘉莹：《迦陵谈词》，生活·读书·新知三联书店2015年版，第84页。

③ 杨景龙：《花间集校注》，中华书局2014年版，第3—17页。本篇所引温、韦词作均出自此书，不再一一注释（标点有调整）。

④ 王兆鹏：《唐宋词汇评》（唐五代卷），浙江教育出版社2004年版，第133页。

不可能做出理性的价值判断。即使从文学文本里追寻出哲理意味，那也是感性化的，抑或正如张惠言《〈词选〉序》所说，缘情造端，兴于微言，以相感动。极命风谣里巷男女哀乐，以道贤人君子幽约怨悱不能自言之情。低回要眇以喻其致。① 第二首亦是如此。可见，这两首词均是在梦与现实之间选定视角，在抒情空间的转换过程中也都只是在描写女性的生活空间。或许抒情主体有自己的情绪需要含蓄地表达出来，而读者对这种情绪的内涵却难以把握。究其原因，正是在于作者所作的是“歌辞之词”，这种创作是出于客观的展示目的而进行的，故而在空间距离上与所写内容难以做到主客体之间的情感融合。也就是说，词人自觉意识中“应歌”创作的目的性过强，从而将主体与生活的距离拉得过远。这样反倒会使词作缺少主体意识的融入与表现。

韦庄有自己的情感世界，他经历了时代盛衰和个体身份的不断变化，所以下笔之际应该是进行过精神层面的思考。他与描写对象之间有过情感的交流，或者说他的作品里出现的人物就是抒情的对象。他的作品对人物心理的刻画比较细腻，虽多用直笔书写，但韵味犹存。他的艳情之作长于创造抒情语境，引人入胜。所以，周济《介存斋论词杂著》说：“端己词，清艳绝伦，初日芙蓉春月柳，使人想见风度。”②

可以说，正是因为韦庄的审美态度里具有一种自觉意识，所以他才能用心体味书写对象的心理变化过程，而韦词也才能达到审美主体与审美客体相互转换的移情效果，如《思帝乡》：

云髻坠，凤钗垂。髻坠钗垂无力，枕函欹。翡翠屏深月落，漏依依。说尽人间天上，两心知。

春日游，杏花吹满头。陌上谁家年少，足风流。妾拟将身嫁与，一生休。纵被无情弃，不能羞。

---

① 参见张葆全：《中国古代诗话词话辞典》，广西师范大学出版社 1992 年版，第 546 页。

② 王兆鹏：《唐宋词汇评》（唐五代卷），浙江教育出版社 2004 年版，第 184 页。

可以看出，这依然是歌声艳语，但直露坦白，少于修饰。两首词以女性为抒情角色，将她们的情感世界展示了出来，当然这种展示带有些许男权色彩。值得强调的是，这些作品总会给人以游戏之作的感觉。当歌女把它们演唱出来的时候，作为接受者的男性大多会获得情感上的一种满足。韦庄这种直接抒情的写作方式，在当时多少还是显得有些特别。此外，他还擅长用叙事之法言情，即先提供一个时空交叉的抒情空间，然后全篇都是抒情主人公的心理独白。这样的一方独白可以增强抒情的强度，如《女冠子》："四月十七，正是去年今日。别君时，忍泪佯低面，含羞半敛眉。不知魂已断，空有梦相随。除却天边月，没人知。"这首词也是以女性视角出发，描写十分细腻，准确的时间、自己的表现、相思的情深都是从细处写出来的。对此，吴世昌评论道："端己词，直达而已。如'去年今日'，全是直抒胸臆，如出水芙蓉，了无雕饰。"① 韦庄这种"了无雕饰"的作品有很多，而其写作视角也时有变化，从而使其有机会将主体意识参与到情感表现中来，如《女冠子》：

昨夜夜半，枕上分明梦见。语多时，依旧桃花面，频低柳叶眉。半羞还半喜，欲去又依依。觉来知是梦，不胜悲。

这首词写的是抒情主人公的"梦"。先交代时间，然后写与"梦中人"见面的情形，并主要描写了对方的形象："语多时，依旧桃花面，频低柳叶眉。半羞还半喜，欲去又依依。"深情相对的"梦中人"渐去渐远，颇有些曹植《洛神赋》的神韵，只是限于词的体制而无法展开。韦庄这样的作品大都具有叙事倾向，注重叙述、描写、抒情三者间的相互结合。詹安泰认为，这首词与上面讨论的一首是同时所写，两者是从不同的视角表达人间的相思意。

温庭筠和韦庄的词作风格，一个是浓妆艳抹，一个是直截了当，这与他们的审美态度有关系。温庭筠距离所写的生活很近，因此写起来就地取象，将自己生活视野中的见闻放在了审美感知中。或者说，他并不想通过文本展示自我，创作目的很直接，就是歌唱。韦庄则将自己的现实生活与审美世界

① 王兆鹏：《唐宋词汇评》（唐五代卷），浙江教育出版社2004年版，第212页。

拉开了距离，然后根据创作需要决定主体情感是否介入。他更多地注重使情感在叙事中展现出来，而不是对抒情空间的渲染和对抒情对象的装饰，尤其是衣着等。

二、追忆背景下的审美体验

王旭晓认为，“体验是人的一种基本生命活动，带有‘以身体之，以心验之’的亲历性含义。体验着就是生活着，就是经历自己未曾经历过的生活，或使自己经历过的生活再经历一遍”①。“以身体之，以心验之”是对“体验”二字最为传神的解释。这种生命活动人人都要经历，可是有些人往往只是“以身体之”，并不诉诸心灵的回应，而其实只有“以心验之”，才能真正做到有所思、有所得。对于审美体验，王旭晓进而指出，它“主要是指通过自己的感官与想象从对象世界中体验到自身的生命活动”②。说白了，审美体验就是将自身体验纳入审美世界中。这并不容易，因为不是任何人在任何处境下都能有审美感觉的。我们所讨论的对象是唐宋词人，他们是依据音乐的要求，并以文字的形式将自己的审美体验写入“词”这一文本之中的。为此，他们需要在想象的世界中“使自己经历过的生活再经历一遍”。由于多种因素，不同词人的审美体验不尽相同，这是自然的，也是我们开展个案研究的意义所在。但是，如果某个词人能够实现审美超越，那他的作品就具有了“类”的价值，也会成为经典，被传唱下去。

明确了这个概念，就让我们进入韦庄的审美体验世界吧。陈廷焯《白雨斋词话》说：“韦端己词，似直而纡，似达而郁，最为词中胜境。”③ 陈氏论词，推重沉郁之风格，可见对韦庄评价之高。韦词何以有如此“沉郁”之风呢？原因之一，就在于有一份愉悦体验在里面。也就是说，创作主体进入角色时，其本身的情感可能多聚焦于痛苦的回忆，但当作品完成时就会产生审

① 王旭晓：《美学原理》，上海人民出版社2000年版，第289页。

② 王旭晓：《美学原理》，上海人民出版社2000年版，第289页。

③ 王兆鹏：《唐宋词汇评》（唐五代卷），浙江教育出版社2004年版，第184页。

美愉悦感，而痛苦也会被一次次地品味、咀嚼，进而生发出自我阐释和他者阐释。审美愉悦感不一定仅仅是在观照欢乐之情时才得以产生，也会在悲伤忧郁的情绪中获得。在不同的时期，因审美主体所关注的审美对象有所差异，故审美注意的视角也会发生转换。下面就以韦庄生命历程的辉煌阶段作品为中心来进行解读。入蜀以后，大半生在困苦中生活的韦庄终于获得了富贵的生活。富贵容易使人怀旧，而要怀旧自然就会选择有过愉悦体验的生活片段。因此，我们就以《菩萨蛮》五首为例进行分析。俞平伯说："韦氏此词凡五首，实一篇之五节耳。"① 这个说法很有道理。我们就按顺序从"节"开始，然后再把"节"连成"篇"。先看第一首：

红楼别夜堪惆怅，香灯半卷流苏帐。残月出门时，美人和泪辞。琵琶金翠羽，弦上黄莺语。劝我早归家，绿窗人似花。

关于这首词，我们不妨先看一下两位学者从不同角度所做的解释。吴世昌《词林新话》说："'残月'，天将晓也。'和泪辞'，犹未别也。不便口说，以音乐劝我早归，所谓'弦上黄莺语'也。上曰'红楼'，与下'绿窗'相对比。或谓'美人和泪辞'可有二解：一乃美人和泪与我相辞，垂泪者乃是美人，一乃我与美人和泪而辞，则垂泪者乃是行人。此解殊不懂文法，'美人和泪辞'，'美人'乃'和泪'之主语，岂可改为'行人'?"② 吴先生这是对词句进行了解读和辨析。唐圭璋《唐宋词简释》说："此首追忆当年离别之词。起言别夜之情景，次言天明之分别。换头承上，写美人琵琶之妙。末两句，记美人别时言语。前事历历，思之惨痛，而欲归之心，亦愈迫切。韦词清秀绝伦，与温词之浓艳者不同，然各极其妙。"③ 这段话对此词的大意进行了串读。俞平伯认为，这首词是韦庄留蜀后的寄意之作，写了离别之际的一个场景。"我"是抒情主体，起句道出离别事，布景以渲染。然后写出离别时

① 聂安福：《韦庄集笺注》，上海古籍出版社2002年版，第410页。
② 王兆鹏：《唐宋词汇评》（唐五代卷），浙江教育出版社2004年版，第191页。
③ 王兆鹏：《唐宋词汇评》（唐五代卷），浙江教育出版社2004年版，第191页。

间，与牛希济《生查子》的“残月脸边明，别泪临清晓”相近。接着就是“美人”对“我”的言语和行为，不管是言语还是行为，表达的意思是一致的。下片值得玩味，“琵琶金翠羽，弦上黄莺语”实际上表达的正是不舍之情和可能到来的思念之意。“黄莺”典出唐代金昌绪《春怨》：“打起黄莺儿，莫教枝上啼。啼时惊妾梦，不得到辽西。”此诗写的就是梦中相思。词意也是这样：我给你弹上一首相思曲，以后都会在梦里盼你归来。“劝我早归家，绿窗人似花”说的也是这层意思，不要贪恋富贵而忘记曾经的爱人，不要贪恋女色而将爱人抛弃，这些含意可能都有。这两句词写得简直是太美了！“绿窗”透露出的正是青春的色彩，而“美人”如花，则让我们想起了李清照的写情词。我们再来看第二和第三首：

人人尽说江南好，游人只合江南老。春水碧于天，画船听雨眠。炉边人似月，皓腕凝双雪。未老莫还乡，还乡须断肠。

如今却忆江南乐，当时年少春衫薄。骑马倚斜桥，满楼红袖招。翠屏金屈曲，醉入花丛宿。此度见花枝，白头誓不归。

对这两首词的解释有一些不同的意见。吴梅《词学通论》认为这两首词“皆望蜀后思君之辞”①，华钟彦《花间集注》认为写的是韦庄初会宠姬时的情景。而吴世昌《词林新话》则认为，“此词正作于八八三年至江南周宝幕府后”②。我们不能忽略创作时间的问题，因为这会影响到对于文本的解读。关于文学研究的方法，孟子提出过“以意逆志”和“知人论世”之说。如果要了解一位作家，就必须首先了解他生活的时代和人生经历，这是解读的大背景。这就是“知人论世”。在具体的解读中，我们可以依据文本把自身的情感体验融于其中，但这样得出的分析结论不一定是作家的创作意图。这就是“以意逆志”。回到这两首词，我们认为它们是韦庄入蜀后所作。对于第二首，唐圭璋《唐宋词简释》说：“此首写江南之佳丽，但有思归之意。起两句，自

① 王兆鹏：《唐宋词汇评》（唐五代卷），浙江教育出版社2004年版，第192页。
② 王兆鹏：《唐宋词汇评》（唐五代卷），浙江教育出版社2004年版，第193页。

为呼应。人人既尽说江南之好，劝我久住，我亦可以老于此间也。‘只合’二字，无限凄怆，意谓天下丧乱，游人飘泊，虽有乡不得还，虽有家不得归，惟有羁滞江南，以待终老。‘春水’两句，极写江南景色之丽。‘炉边’两句，极写江南人物之美。皆从一己之经历，证明江南果然是好也。‘未老’句陡转，谓江南纵好，我仍思还乡，但今日若还乡，目击离乱，只令人断肠，故惟有暂不还乡，以待时定。情意宛转，哀伤之至。”① 这段对于词人审美心态的分析很到位。我们认为，“此首写江南之佳丽”以外，还写及了山水风物，是通过写概括之景来抒情的。“思归之意”应该是通过写江南情致，即写山水、人物凸显出来的。“画船听雨眠”的意境与皇甫松《梦江南》的“人语驿边桥”相近。“江南”是作者思恋的目的地，而多镜头、多视角的凝思式渲染则使作品充满了怀旧意味。第三首正是承接第二首，以“反语”说出了同一层意思。词人起笔就开始追忆自己在江南“风花雪月”的生活，真可谓是“十年一觉扬州梦，赢得青楼薄幸名”。“骑马倚斜桥，满楼红袖招。翠屏金屈曲，醉入花丛宿”这样的生活，词人觉得在当时的江南恐怕已经不复存在了。这些江南乐事在“此度见花枝”之际居然复现出来，而乐事之中又有多少故事埋藏在词人的记忆深处。“白头誓不归”有两层含意：一是人已老去，就算回到江南也见不到昔日情人了；二是想回去却已不可能了，心有余而力不足。实际上，这表达的还是对江南的怀恋之情。叶嘉莹对此有过细致的解释，现抄录一段作为范例：

> 第三首是对往事的回顾以及感慨，“如今却忆江南乐”，“如今”是跟从前作对比的，是说我现在才反而回想起江南的好处，“却”是反对之词，“如今却忆”四个字一笔勾销了当年的“人人尽说江南好”，再次突出他当时并没有认为江南好的意思，据此也可以肯定这首词是离开江南之后写的。当时在江南，他并不以江南为快乐，他的心心意意都在那“红楼别夜”的中原，都在那“劝我早归家”的美人，所以对那风景如画的江南，垆边似月的酒女都并没产生丝毫

① 王兆鹏：《唐宋词汇评》（唐五代卷），浙江教育出版社2004年版，第193页。

的留恋。但等他离开了江南，反而却回忆起在江南那段生活的美好了。唐代诗人贾岛（据《全唐诗》四七二卷一作刘皂诗）有诗云："客舍并州已十霜，归心日夜忆咸阳。无端更渡桑乾水，却望并州是故乡。"他说我在并州做客已经十年了，不分日夜思念的是长安附近的咸阳，如今我渡过桑乾河来到更远的地方，回首并州，倒仿佛并州也是我的故乡了。韦庄所写的也是这种心理。他在江南思念着中原，离开江南到更远的蜀中，他又觉得在江南的生活也毕竟是快乐的，是值得怀念的了。韦庄说"当时年少春衫薄"，韦庄多数的词所传达的感发的力量不是靠形象，而是靠叙述的口吻，也就是用赋的笔法。可是他并不是不用形象，"春衫薄"三字就是形象，写少年的光景之美好和值得怀念。李商隐有过两句诗："庾郎最年少，芳草妒春袍。"为陪衬庾郎的年少，用了春袍的质料的轻快和色泽的鲜明的形象，那使芳草都嫉妒的这样的明快充满活力的春袍，正是青年的形象。"骑马倚斜桥"，更是形象，怎样描写男青年的英武潇洒，西方文学作品里少女心目中的男青年形象就是所谓的白马王子，中国也有类似的传统，白居易的诗："郎骑白马傍垂杨，妾折青梅倚短墙。墙头马上遥相望，一见知君即断肠。"这位中国青年骑的也是白马。韦庄"骑马倚斜桥，满楼红袖招"，也是写的这样的男女之间感情的遇合，一定要重视他们共同所写的这种遇合的传统，这种遇合都同时有一种共同的含意，就是要以你最好的年华，最出人的才能，最好的面貌去得到这种可贵的遇合。"骑马倚斜桥"是英武与潇洒的结合，"骑马"是英雄勇武的一面，"倚斜桥"是风流潇洒的一面，"满楼红袖招"是说满楼的女子都为之倾倒。韦庄的这两句词是说他当年何尝没有才华，何尝没有遇合，何尝没有人赏爱，然而他那时对满楼的红袖钟情吗？真的看重那些人吗？他没有，因为他第一句就写的是"如今却忆江南乐"，所以他所说的"满楼红袖招"都是反面的陪衬，是说我当年有那样的年华、遇合、赏爱，但我没有看重这些，而这一切现在都过去了。至此为止，写的都是对江南往昔的回忆。下半阕"翠屏金屈曲，醉入花丛宿"二句，一则可能仍是写回忆中的情事，再则也可能是写今日之情事，有两种可能，也可以兼指。“翠屏”是镶有翡翠的屏风，“金屈曲”是屏风上的金属环纽，用“翠”、“金”二字，意在写明环境之美。“花丛”在古人诗词中，不单是指自然界的花丛，广义的还指如花的女子，他说我当年面对“满楼红袖招”都没有钟情，而现在要能再有像当时那样的遇合，“此度见花枝”，我便将要“白头誓不归”了，“誓”表示其态度之断然坚决。“白头誓不归”这句与前首的“未老莫还乡”是鲜明的对比，当年是说没有年老还可以暂时不回故乡，真正意思是说年老时一定要回乡。而如今白发苍苍却不但不曾还乡，反而说誓不回乡了。是什么原因使他“白头誓不归”呢？韦庄的五首词，虽然不见得全是君国忠爱的托意，但却饱含着对中原和故乡的感情，韦庄是京兆杜陵人，而且也在洛阳住过，所以不管是长安也好，洛阳也好，都是他的故园和旧居所在，他现在由“未老莫还乡”转变成“白头誓不归”，是因为他无家可回，无国可归了，唐朝已经完全灭亡了。韦庄留在蜀中，王建曾一度驰檄四方，欲联合讨伐朱温，从而形成两个对立的阵营。对于唐朝灭亡这样一件震动天下的大事，韦庄难道会不有所震动吗？当年在江南时说“未老莫还乡”，是因为长安还有希望收复，回乡的希望依然存在，但在他留寓蜀中时，唐朝已经彻底灭亡了，回乡的希望荡然无存，所以他才决然地说“白头誓不归”，口气极为决断，含意则极为沉痛。这正是韦庄词的特色。①

之所以引用这段分析，就是为了让大家明白，读词要从细处解起，既要有宏观视野上的解读，也要有字词上的琢磨。写到这里，我们觉得词人是在酒宴上向朋友讲述自己的故事，诸如江南的见闻、有过的爱情、风流的生活等，都娓娓道来。说了这么多，还是要回到正在进行的活动中来。下面我们

① 叶嘉莹：《唐宋名家词赏析》（第二版），南开大学出版社 2015 年版，第 39—40 页。

来看第四首：

劝君今夜须沉醉，樽前莫话明朝事。珍重主人心，酒深情亦深。须愁春漏短，莫诉金杯满。遇酒且呵呵，人生能几何。

过去的事已经讲完，一定有人问及词人今后的打算。词人在审美视野中叙事之际，省略了这个过程，直接进行自我的观点陈述。词所表达的意思很清楚，一目了然，我们把意思理顺一下："咱们还是'今朝有酒今朝醉'吧，不要想得那么远。你能请我喝酒，我很高兴。我们之间的深情厚谊都在酒里了。能有机会一起喝酒就已经很知足了，人生苦短，珍惜今天吧。""呵呵"一词，以动作写出了情绪，这在韦庄的其他作品中也曾出现过，如《天仙子》："深夜归来长酩酊，扶入流苏犹未醒，醺醺酒气麝兰和。惊睡觉，笑呵呵，长道人生能几何。"也许是酒过三巡，词人在即将离开的时候，对自己引出的话题进行了总结，这就是第五首：

洛阳城里春光好，洛阳才子他乡老。柳暗魏王堤，此时心转迷。桃花春水渌，水上鸳鸯浴。凝恨对残晖，忆君君不知。

李冰若、吴世昌等人都认为这首词是词人客居洛阳之作。唐圭璋则认为，"此首忆洛阳之词。身在江南，还乡固不能，即洛阳亦不得去，回忆洛阳之乐，不禁心迷矣"①。叶嘉莹认为，"韦庄的这组词，在时间层次上是非常分明的。'红楼别夜堪惆怅'是在中原的离别，究竟是和长安还是和洛阳离别，要到第五首才能明确，如果说韦庄有故国之思，那么是对唐朝长时期的首都——长安，还是对唐亡时皇室的所在地——洛阳的眷念，也要到最后才能得出结论。第二首是写在江南漂泊时的生活，有人认为这首词就是在江南当时写下来的，这是误解，这五首词都是韦庄晚年的追忆之作，虽然词中的'江

① 王兆鹏：《唐宋词汇评》（唐五代卷），浙江教育出版社2004年版，第197页。

南'都是确指的江南之地，但写作时间一定是离开江南之后"[①]。对于这首词，她说："这第五首词是全组五首词的总结，是对红楼别夜的回忆，所指的应该是洛阳。这第五首词可分为两层意思来看：一是果然怀念的是红楼别夜真正的女子，二是有托喻的含义。按第一层意思来讲，可能是他在洛阳时确有一段遇合，因此而怀念洛阳的春光，更何况韦庄又真的见过洛阳的春光，《秦妇吟》的开头就曾说'中和癸卯春三月，洛阳城外花如雪'，是洛阳之春光果然美好，使人追怀忆念。可是当年的'洛阳才子'却是'他乡老'了，再也没有回到洛阳去，而且以后也绝无回去的希望了。王建在蜀称帝以后，与篡唐的朱温成为对立的国家，韦庄因此便只能终老他乡了，但他却执著地怀念着故乡。"[②] 词人在第五首词中追忆了在洛阳的生活，写景怀人，无限低回。陈廷焯《白雨斋词话》说："词有貌不深而意深者，韦端己《菩萨蛮》、冯正中《蝶恋花》是也。"[③] 詹安泰也说："《菩萨蛮》五首，情思婉曲，风神俊逸。"[④]

韦庄词中常出现追忆性情节，且往往直抒胸臆，"就表现手法而论，是以白描的笔法抒写真挚的情意"[⑤]。俞平伯和叶嘉莹两位先生都将作品理解为一个整体，从而带领我们进入了韦庄的内心世界。毫无疑问，这五首词都是追忆之作，在具体的追忆过程中，词人获得了审美愉悦感。为什么这样说呢？因为词人在将自己走过的人生行迹串联起来形成文学文本的过程中，不断地感知、理解，进而在将审美体验书写出来的同时，达到了净化情感的目的。透过语言本身，探讨一下韦庄的整个构思过程，可以发现在不断重复的审美理解中，词人创造了一个整体的温情世界。这种"联章体"是精心构思的产物，有学者认为这首词体现了故国之思，从语词之中可以细细品味，这需要我们用个性化的阐释来予以解答。

① 叶嘉莹：《唐宋名家词赏析》（第二版），南开大学出版社2015年版，第39页。
② 叶嘉莹：《唐宋名家词赏析》（第二版），南开大学出版社2015年版，第42页。
③ 王兆鹏：《唐宋词汇评》（唐五代卷），浙江教育出版社2004年版，第196页。
④ 王兆鹏：《唐宋词汇评》（唐五代卷），浙江教育出版社2004年版，第198页。
⑤ 任海天：《韦庄研究》，人民文学出版社2004年版，第243—244页。

三、审美空间的布局艺术

作为一位花间词人，韦庄有着与其他词人趋同的一面，同时也有自己的独到之处。即使是他的那些体现出花间本色的作品，也散发着难以掩饰的清新之气，如《浣溪沙》：“惆怅梦余山月斜，孤灯照壁背窗纱，小楼高阁谢娘家。暗想玉容何所似，一枝春雪冻梅花，满身香雾簇朝霞。”这首词写的是女性的生活环境及容貌、体态，可是我们看不到“画屏”“金钗”“帘幕”，一句“孤灯照壁背窗纱”就写出了抒情对象的丰姿绰约之态，而后面运用比喻手法形容女子的容貌像是“一枝春雪冻梅花”，更是可以见出韦庄的语言功力。这首词既写出了女子的艳丽娇媚，也写出了她的纯洁高贵。李冰若《花间集评注》说：“‘梨花一枝春带雨’，‘一枝春雪冻梅花’，皆善于拟人，妙于形容，视滴粉搓脂以为美者，何啻仙凡。”①

对于色彩感的重视，是韦词的一个突出特点。同时，韦词在秾艳之中也常蕴含着清淡，让人不禁掩卷沉思。韦词的清淡之风，与作者对作品色调的配置有着很大的关系，因为这样有助于提升审美的清晰度。韦庄常用的色彩是“绿”，这在许多句子中都有，如：

绿树藏莺莺正啼。(《浣溪沙》)
劝我早归家，绿窗人似花。(《菩萨蛮》)
绿槐阴里黄莺语。(《应天长》)
春雨足，染就一溪新绿。(《谒金门》)
闲抱琵琶寻旧曲，远山眉黛绿。(《谒金门》)
满院落花春寂寂，断肠芳草碧。(《谒金门》)
住在绿槐阴里，门临春水桥边。(《清平乐》)
歌吹隔重阍。绕庭芳草绿，倚长门。(《小重山》)

---

① 李冰若：《花间集评注》，浙江古籍出版社2018年版，第56页。

可以看出，“绿”多在写景时出现，写人用得就比较少，如《酒泉子》：“绿云倾，金枕腻，画屏深。”《归国遥》：“睡觉绿鬟风乱，画屏云雨散。”

韦庄使用“红”字也是比较多的，如：

玉郎薄幸去无踪，一日日，恨重重，泪界莲腮两线红。（《天仙子》）

春欲暮，满地落花红带雨。（《归国遥》）

碧沼红芳烟雨静，倚兰桡。（《诉衷情》）

君不归来情又去，红泪散沾金缕。（《清平乐》）

想得此时情切，泪沾红袖黦。（《应天长》）

坐看落花空叹息，罗袂湿斑红泪滴。（《木兰花》）

可见，韦庄不只在描写女子的体貌、自然的景致时喜欢使用“红”字，就连眼泪都是“红”的。韦庄还有一首《定西番》：“芳草丛生缕结，花艳艳，雨蒙蒙，晓庭中。塞远久无音问，愁销镜里红。紫燕黄鹂犹生，恨何穷。”这首词真是色彩斑斓，绿、红、紫、黄尽在其中。

王国维《人间词话》云：“‘画屏金鹧鸪’，飞卿语也，其词品似之。‘弦上黄莺语’，端己语也，其词品亦似之。正中词品，若欲于其词句中求之，则‘和泪试严妆’，殆近之欤？”① 显然，王国维是依据他的主观诗人、客观诗人的说法给出的评价。所选取的温庭筠词句秾艳而“无我”；韦庄词句清淡有致，话里含情；冯延巳词句情为主体，“妆”则次之。在“偎红倚翠”中却不事雕琢，这使得韦庄有别于同时代的其他词人，究其原因，就在于技巧熟练之后又增多了生活的积淀。可以说与杜甫一样，历经坎坷的韦庄已经达到了一个炉火纯青的艺术境界。

韦庄常用模糊的意象来渲染情绪，在他的笔下，“花”出现得最多。例如，以“花”为背景的词句有：

---

① 王国维：《人间词话》，上海古籍出版社1998年版，第3页。

花欲谢，深夜，月胧明。（《诉衷情》）

怅望前回梦里期，看花不语苦寻思。（《天仙子》）

满院落花春寂寂，断肠芳草碧。（《谒金门》）

深院闭，小庭空，落花香露红。（《更漏子》）

难相见，易相别，又是玉楼花似雪。（《应天长》）

虽然是作为背景，但在“花”的映衬之下，恋情也带有了浪漫的色彩。从表情达意的角度来说，“花”确实是能使情感温暖起来的意象。当然，“花”需要与佳人同在，如：

云解有情花解语，窣地绣罗金缕。（《清平乐》）

琐窗春暮，满地梨花雨。（《清平乐》）

花拆香枝黄鹂语，玉勒雕鞍何处。（《清平乐》）

南望去程何许，问花花不语。（《归国遥》）

绝代佳人难得，倾国。花下见无期。（《荷叶杯》）

记得那年花下，深夜。初识谢娘时。（《荷叶杯》）

“花下”的相逢，笑靥如“花”，解情有“花”，韦庄的“花”世界并不是五彩缤纷的，而这些“花”却都是具象的。韦庄使用这些意象有以下几个特点：

第一，使用的多是模糊意象。在表达方式上，模糊意象的使用有其趋俗的一面，同时也有简单易解的一面。韦庄很少直接使用桃花、杏花、梅花等指向意义明显的意象，而只是把“花”作为一种背景或者一个喻体。他将色彩与意象搭配得较为合理的、写景用得较多的词调是《清平乐》，如：“绿杨春雨，金线飘千缕。花拆香枝黄鹂语，玉勒雕鞍何处。碧窗望断燕鸿，翠帘睡眼溟蒙。宝瑟谁家弹罢，含悲斜倚屏风。”这首词充满富有生命力的绿色，在鸟语花香中展示了女性的情感世界。恋人外游不归，“碧窗望断燕鸿”也找不到可以寄托情感的方向，在迷茫中做任何事情都没有心情。“含悲斜倚屏风”将抒情对象的相思形象描绘了出来。

第二，以达情为目的来选择意象。只要能够达到抒情目的，韦庄就会很少使用密集的意象群，如《浣溪沙》：“夜夜相思更漏残，伤心明月凭栏干，想君思我锦衾寒。咫尺画堂深似海，忆来唯把旧书看，几时携手入长安。”这首词起笔就抒情，只有对抒情本身起作用的意象才会进入韦庄的审美视野。当然，如果是出于渲染氛围的目的，他有时也会不惜笔墨，如《荷叶杯》：“绝代佳人难得，倾国。花下见无期，一双愁黛远山眉，不忍更思惟。闲掩翠屏金凤，残梦，罗幕画堂空。碧天无路信难通，惆怅旧房栊。”这首词抒情节奏感很强，随着意象的不断出现，情感也在层层深化。王国维《人间词话》说：“有有我之境，有无我之境。‘泪眼问花花不语，乱红飞过秋千去’、‘可堪孤馆闭春寒，杜鹃声里斜阳暮’，有我之境也。‘采菊东篱下，悠然见南山’、‘寒波澹澹起，白鸟悠悠下’，无我之境也。有我之境，以我观物，故物皆著我之色彩。无我之境，以物观物，故不知何者为我，何者为物。古人为词，写有我之境者为多，然未始不能写无我之境，此在豪杰之士能自树立耳。无我之境，人惟于静中得之。有我之境，于由动之静时得之。故一优美，一宏壮也。”① 可以说，韦庄前期的词作多为应歌之作，难以找到自我，包括那些叙事性较强的言情词，而入蜀之后的词作则多书追忆之思，个人主体意识占据了创作的中心位置。对此，叶嘉莹指出：“这种鲜明真切极具个性的风格，不仅为端己词的一大特色，而且也当是晚唐五代词在意境方面的一大演进，使词从徒供歌唱的不具个性的艳曲，转而为可供作者抒写情意的极具个性的文学创作了。”②

第三，意象的组合刻画出生动的人物形象。关于这一点，我们在讨论韦庄词作的审美距离感的时候做过分析。韦庄最为擅长的就是通过心理描写或者以人物独白的方式来表达情感，如《荷叶杯》：

记得那年花下，深夜。初识谢娘时。水堂西面画帘垂，携手暗相期。　惆怅晓莺残月，相别。从此隔音尘。如今俱是异乡人，

① 王国维：《人间词话》，上海古籍出版社1998年版，第1—2页。

② 叶嘉莹：《迦陵谈词》，生活·读书·新知三联书店2015年版，第86页。

相见更无因。

这首词有特殊的写作背景，俞陛云说："《古今词话》称韦庄为蜀王所羁，庄有爱姬，资质艳美，兼工词翰。蜀王闻之，托言教授宫人，强夺之去。庄追念悒怏，作《荷叶杯》诸词，情意凄怨。"[①] 此说是否可信，已经无从稽考，不过从词作的情绪表达上看，即使是附会之说可信度也有几分。词的上片写初次与情人见面，时间是在深夜的"花下"，地点是在"水堂西面"。两人一见钟情，所以才会"携手暗相期"。抒情主人公选择了记忆最为深刻的一个场景，后来的晏几道《临江仙》（梦后楼台高锁）也是这种写法。下片马上把时间转到别离之际，先以景语写，"惆怅晓莺残月"是景中含情；随后就是沉痛的感伤，"从此隔音尘"意味着从此以后就生活在不能相通的两个世界了。即使不是生死相隔，在现实世界中也是无法相见了，而彼此之间就算再见面，也已是"异乡人"了。这昭示了现实生活的残酷性。我们可以把这样的作品称为"叙事词"，因为在以言情为书写中心的前提下，词人有意识地塑造了审美对象的抒情形象。

总之，我们在认定韦庄作为"花间词人"的身份的同时，也不能忽略他的独具特色的艺术表现能力。早年漂泊无依的生活使他积累了丰富的生活经验，而这些一旦在他的审美视野中出现，就会让他产生审美愉悦感。夏敬观《吷庵词评》说："端己善作质直语，飞卿如此者则罕。"[②] 胡适《词选》说："他的词长于写情，技术朴素，多用白话，一扫温庭筠一派纤丽浮文的习气。在词史上他要算一个开山大师。"[③] 胡适的这段话虽然出于自己的功利目的，却也有一定的道理。韦庄以"质直语"形成新的风格，使自己的作品呈现出新的审美风貌，从而在唐宋词史上做出了自己的贡献，奠定了自己的地位。

---

① 王兆鹏：《唐宋词汇评》（唐五代卷），浙江教育出版社2004年版，第201页。
② 王兆鹏：《唐宋词汇评》（唐五代卷），浙江教育出版社2004年版，第185页。
③ 王兆鹏：《唐宋词汇评》（唐五代卷），浙江教育出版社2004年版，第185页。

李煜：源自生命深处的悲情歌唱[①]

李煜（937年—978年），南唐中主李璟第六子。初名从嘉，字重光，自号钟隐、钟峰白莲居士，徐州人。十八岁娶大周后，大周后病逝，又娶小周后。年轻时醉情于山水、音乐，对于治国理政接触较少。又出于避祸原因，无意于政治。北宋建隆二年（961年），被立为太子，同年中主卒，李煜继位成为南唐国主，被称为后主。北宋开宝八年（975年），降宋，南唐灭亡。北宋太平兴国三年（978年），被牵机药药酒毒死，时年四十二岁。

李后主读书勤奋，精通音乐、书画，诗文皆工，以词最为擅长。王仲闻有《南唐二主词校订》[②]，詹安泰有《李璟李煜词》[③]。

李煜词历来为研究者所推重，王国维《人间词话》尤其给予了极高的评价："词至李后主而眼界始大，感慨遂深，遂变伶工之词而为士大夫之词。周介存置诸温、韦之下，可谓颠倒黑白矣。'自是人生长恨水长东'、'流水落花春去也，天上人间'，《金荃》、《浣花》能有此气象耶？"[④] 在王国维的评价体系中，李后主具有划时代意义，他是使词由非主体性的应歌创作转化到实现自身价值的主体性创作的开创者。就词史的发展来说，将词导入宇宙世界确实具有开创性，但因此就说李后主的创作是"士大夫之词"确实是一个颇具争议性的话题，而他的悲剧性审美体验到底具有多大程度的超越性，也是值

---

① 原载田恩铭、陈雪婧：《唐宋词人审美心理研究》，陕西人民出版社2008年版，第32—45页。

② 参见王仲闻：《南唐二主词校订》，中华书局2007年版。

③ 参见詹安泰：《李璟李煜词》，人民文学出版社1998年版。

④ 王国维：《人间词话》，上海古籍出版社1998年版，第4页。

得我们重新去认真辨析的。

李后主的词作中蕴含的悲剧意识所具有的弥合功能，使作者的主体审美意识得到了彰显。本文力求结合李后主跌宕起伏的人生经历，来揭示他所特有的审美心理体验。

一、生活抉择与艺术指向

当生命的原初状态遭到破坏时，每个人都会感到悲伤，何况是李煜这样简单纯真、浪漫质朴的人。王国维《人间词话》说："词人者，不失其赤子之心者也。故生于深宫之中，长于妇人之手，是后主为人君所短处，亦即为词人所长处。"① 正是因为生活空间狭窄而又内容丰富，李后主看待事物的眼光才很单纯。单纯的心灵一旦遇到复杂的事情，就会表现得相当敏感。阅读李后主前期的词作，我们会觉得他笔下的爱情幽会是如此的有趣，他那"笙箫吹断水云间"（《玉楼春》）的"夜宴"生活又是如此的优雅。我们可以用李后主的一句词来形容他的作品风格，那就是呈现出一种"梦魂春梦中"（《菩萨蛮》）的样态，给人以朦胧而清新的感觉。准确地说，李后主具有自觉的审美意识还是在亡国之前，而成为阶下囚之后，他的作品主要是以抒发悲情为目的，不再过多包含自觉的艺术审美因素，而主要偏重于情感体验。作为帝王时，李后主具有在所辖范围内选择生活、享受生活的权力，因此自然会将价值取向集中于此，所体现出来的也自然是以艺术体验为核心的创作，这一点从他的词作中就能感受得到。下面我们先分析一下他在亡国之际所作的《破阵子》：

四十年来家国，三千里地山河；凤阁龙楼连霄汉，玉树琼枝作烟萝。几曾识干戈？　一旦归为臣虏，沈腰潘鬓销磨。最是仓皇

① 王国维：《人间词话》，上海古籍出版社 1998 年版，第 4 页。

辞庙日，教坊犹奏别离歌，垂泪对宫娥！[1]

唐圭璋对这首词所释尤精："此首后主北上后追赋之词。上片，极写当年江南之豪华，气魄沉雄，实开宋人豪放一派。换头，骤转被虏后之凄凉与被虏后之憔悴。今昔对照，警动异常。'最是'三句，忽忆当年临别时最惨痛之事。当年江南陷落之际，后主哭庙，宫娥哭主，哀乐声、悲歌声、哭声合成一片，直干云霄。宁复知人间何世耶！后主于此事，印象最深，故归汴以后，一念及之，辄为肠断。论者谓此词凄怆，与项羽拔山之歌，同出一揆。后主聪明仁恕，不独笃于父子昆弟夫妇之情，即臣民宫娥，亦无不一体爱护。故江南人闻后主死，皆巷哭失声，设斋祭奠。而宫娥之入掖庭者，又手写佛经，为后主资冥福。亦可见后主感人之深矣。"[2] 在和平之音中沉醉了近半个世纪的国家，已然成为过往云烟，自己的身份也由国主降为囚徒，李煜面对大好江山改姓易主，能有的只是深情的陈述和无助的眼神。在他潜在的认识范畴中，"干戈"与自己的距离十分遥远，他所拥有的是在大好河山之中欢歌笑语，而不是家国无存，漂泊无依。这就注定他后期的词作中有一种浓厚的悲剧氛围，从而体现出了他所独有的悲剧意识。张法《中国文化与悲剧意识》说："人类的悲剧意识是由暴露和弥合这两个相反相成的功能场所构成的。具体的悲剧意识因其具体的原因或偏于暴露困境这一极，或偏在弥合这一极，但都处在这两极的作用范围之内。"[3] 李煜的悲剧意识首先进入的就是"暴露"这一功能场，这从他对意象的选择上以及他对所选择的意象赋予的情感寄托上就可以看出来。然而，他最终的落脚点又是在"弥合"这一功能场中，这就使得他在困境中产生了一种具有韧性的承受力。他的词作能够获得良好的接收效应，与作品具有明确的指向性意义有关，而以艺术追求作为生活的中心，是导致他在亡国之际手足无措的主要原因。

---

① 詹安泰：《李璟李煜词校注》，上海古籍出版社 2015 年版，第 81—82 页。本篇所引李煜词作均出自此书，不再一一注释。

② 王兆鹏：《唐宋词汇评》（唐五代卷），浙江教育出版社 2004 年版，第 559—560 页。

③ 张法：《中国文化与悲剧意识》，中国人民大学出版社 1989 年版，第 8 页。

可以说，李煜的人生选择都是在被动中完成的。他早期的生活经历了两个阶段，即王子时期和国主生涯。王子时期，他是在精神紧张之中度过的。为避祸，他选择了以艺术训练为中心的自适之路，将自己扮成了渔父形象，正如两首《渔父》所述：

浪花有意千重雪，桃李无言一队春。一壶酒，一竿身，世上如侬有几人。

一棹春风一叶舟，一纶茧缕一轻钩。花满渚，酒满瓯，万顷波中得自由。

这两首词是否为李后主所作还有争议，不过就内容来说倒是较为契合他当时的心境。寻找自由、置身事外，并不是一件容易做到的事，“浪花”和“春风”之中也时时蕴含着杀机。他是一个比较敏感的艺术家，同时也是一个善于把握机会并找到避祸方式的智者。尽管这导致了他的生活视野甚是狭窄，而且他也没有接受过作为皇位继承者的专业训练，但他却能超然事外，寻找到一剂化解自身焦虑的良方。

王国维评价李后主“生于深宫之中，长于妇人之手”，这是“为人君所短处，亦即为词人所长处”。国主生涯，“为词人所长处”使得李煜的享乐意识空前增强。在他的生活世界里，诗酒宴会和爱情幽会占据了主要位置，这在他的作品中都有所体现。他将“佳人”定位成享乐的代名词，如写宴会生活的《浣溪沙》：“红日已高三丈透，金炉次第添香兽。红锦地衣随步皱。佳人舞点金钗溜，酒恶时拈花蕊嗅。别殿遥闻箫鼓奏。”这是典型的帝王富贵生活，“佳人舞点金钗溜，酒恶时拈花蕊嗅”，使得作品在浓重的香艳气氛里也透出了一丝清淡之意。唐圭璋《唐宋词简释》说：“此首写江南盛时宫中歌舞情况。起言红日已高，点外景。次言金炉添香，地衣舞皱，皆宫中事。换头承上，极写宴乐。金钗舞溜，其舞之盛可知；花蕊频嗅，其醉之甚可知。末句，映带别殿箫鼓，写足处处繁华景象。”① 这首词写的只是一些常见的生活

① 王兆鹏：《唐宋词汇评》（唐五代卷），浙江教育出版社2004年版，第546页。

场景，那么李煜自己的休闲世界又是什么样呢？我们来看这首《玉楼春》：

晚妆初了明肌雪，春殿嫔娥鱼贯列。笙箫吹断水云间，重按霓裳歌遍彻。　　临春谁更飘香屑？醉拍阑干情味切。归时休放烛光红，待踏马蹄清夜月。

有音乐，有美景，有排场，又有好心情，在这样的艺术境界中李煜自然能够得到畅快的审美体验了。在自我意识的世界里，他的审美注意力集中在艺术情境的精心布置上。将自己当前的生活生动地展示出来，是前期李后主的审美期待，也是后来他沉浸在“故国”之中追忆往事的一个原因。李后主的早期作品中有一些与花间词的风格相类，甚至可以说处处渗透着“花间”气息，如《菩萨蛮》：

蓬莱院闭天台女，画堂昼寝人无语。抛枕翠云光，绣衣闻异香。潜来珠琐动，惊觉银屏梦。脸慢笑盈盈，相看无限情！

铜簧韵脆锵寒竹，新声慢奏移纤玉。眼色暗相钩，秋波横欲流。雨云深绣户，未便谐衷素。宴罢又成空，魂迷春梦中！

如果将这两首词放入《花间集》的话，恐怕很难被辨出是李后主之作。再如描写女子神情体态的《一斛珠》：

晓妆初过，沈檀轻注些儿个，向人微露丁香颗。一曲清歌，暂引樱桃破。　　罗袖裛残殷色可，杯深旋被香醪涴。绣床斜凭娇无那；烂嚼红茸，笑向檀郎唾。

詹安泰《李璟李煜词》在解析这首词时说：“这是描写一个歌女的情态，从出场到收场都加以精细的刻画，因为写的是歌女，故着重写她的口中的表现。给人印象最深的是结尾嚼绒唾檀郎的描写，从这种动作中来表达出女人撒娇的神态，在以前是没有被发现过的。”[①] 这首词在清代曾有过不同的价值定位。李渔《窥词管见》说：“李后主《一斛珠》之结句云：‘绣床斜倚娇无那。烂嚼红绒，笑向檀郎唾。’此词亦为人所竞赏。予曰：此娼妇倚门腔、梨园献丑态也。嚼红绒以唾郎，与倚市门面大嚼，唾枣核瓜子以调路人者，其间不能以寸。”[②] 由此可知，李渔对李后主的审美态度进行了质疑，认为这首词写得过俗，所写女子甚至与娼妓相差不大。贺裳《皱水轩词筌》却对李渔所引词句很是欣赏，说道：“词家多翻诗意入词，虽名流不免。吾常爱李后主《一斛珠》末句云：‘绣床斜凭娇无那。烂嚼红绒，笑向檀郎唾。’杨孟载《春绣》绝句云：‘闲情正在停针处，笑嚼红绒唾碧窗。’此却翻词入诗，弥子瑕竟效颦于南子。”[③] 相较而言，还是沈际飞说得好：“后主、炀帝辈，除却天子不为，使之作文士荡子，前无古，后无今。”[④] 这句话给了我们一个启示：词人的身份形象在一定程度上决定了我们对其的评价。毋庸讳言，实际上，我们常常会给予不同身份的人以不一样的道德标准和言行要求。对于李煜而言，做一个好帝王与成为一位艺术家，我们往往更希望他倾向前者。这是儒家本位意识的定位标准，而一旦他仅仅满足了一个要求，而且还是一个附属性的要求，就会被认为具有明显的价值缺陷。女性形象成了李煜作品的主体角色，而作品中呈现出来的对于女性的情感欲望也让我们看到了他纯情背后的另一面，更让我们看到了一个就连在被俘之际都没有忘记“垂泪对宫娥”的多情帝王形象。

与在享乐中追求感官刺激和满足感相对应的是李煜的甜蜜“出轨”，这是他主动求得的一场情缘。与小周后相处的每一个美妙瞬间，都被他做了剪辑，织进词中，自是缠绵悱恻。例如，写幽会过程的《菩萨蛮》：

花明月黯笼轻雾，今宵好向郎边去！刬袜步香阶，手提金缕鞋。

---

① 王兆鹏：《唐宋词汇评》（唐五代卷），浙江教育出版社2004年版，第533页。
② 王兆鹏：《唐宋词汇评》（唐五代卷），浙江教育出版社2004年版，第532页。
③ 王兆鹏：《唐宋词汇评》（唐五代卷），浙江教育出版社2004年版，第532页。
④ 王兆鹏：《唐宋词汇评》（唐五代卷），浙江教育出版社2004年版，第532页。

画堂南畔见，一向偎人颤。奴为出来难，教郎恣意怜。

刘永济《唐五代两宋词简析》说："此非泛写闺情之词，乃后主记与小周后幽会之事。马令《南唐书》载后主继室周后，即昭惠后之妹也，昭惠感疾，后尝在禁中，先与后主私，后主作《菩萨蛮》云云。按此词，后主自记，情景甚真。'偎人颤'者，又惊又喜之态也。"① 这段话为我们提供了阅读背景，爱情的自私使得有情人往往"旁若无人"，妹妹自然也就忽略了姐姐的感受，据说大周后的死与此事不无关系。上阕起笔点出夜景，在"花明月黯笼轻雾"中，女主人公登场了，怕有人看见，脱下鞋轻轻地从台阶上走过去。下阕写情人相见时女主人公的娇媚之状，写的是"当日情事"。作品陈述视角选取得很好，只用女主人公一个人的话语就烘托出了情人幽会时秘密的欢乐氛围。

可以说，如果没有后来的人生巨变，李后主就只能是一个二流词人，在艺术成就上甚至不如温庭筠和韦庄。他的这些前期作品让我们体味到了一个享乐者的平常生活，所以只能算是一个有艺术修养的词人的合格作品。李煜这种游戏的审美态度虽然是单纯的，但毕竟还没有上升到精神层面的思考。就这一点来说，他这一时期的创作成就远远低于冯延巳，甚至不如他的父亲李璟。我们列举他的上述作品是为了烘托出一个真实的李后主形象，一个虽然具有自觉的审美意识却还没有书写出自身生命体验的词人形象。

二、审美转向中的"故国"寻"梦"

王国维说："客观之诗人，不可不多阅世。阅世愈深，则材料愈丰富，愈变化，《水浒》、《红楼梦》之作者是也。主观之诗人，不必多阅世。阅世愈浅，则性情愈真，李后主是也。"② "阅世愈浅"，才会有感辄发，因为难以经受住强烈的外界刺激，李后主最终选择投降就是一种表现。其实，有幸福就会有烦恼，甚至是焦虑。自从做了帝王以后，李煜承受着极大的精神压力，

① 王兆鹏：《唐宋词汇评》（唐五代卷），浙江教育出版社 2004 年版，第 548 页。

② 王国维：《人间词话》，上海古籍出版社 1998 年版，第 4 页。

赵宋王朝的不容，兄弟之间的生离死别都使他的作品中呈现出一种悲剧意识。现实生活中的悲伤无助反映在他的文学创作上，多为对于自然现象的感怀与体悟。据说弟弟李从善要入宋为质，李煜为此写了《清平乐》："别来春半，触目柔肠断。砌下落梅如雪乱，拂了一身还满。雁来音信无凭；路遥归梦难成。离恨恰如春草，更行更远还生。""离恨恰如春草，更行更远还生"，出语沉痛。身陷围城困境的李后主还写有一首《临江仙》：

> 樱桃落尽春归去，蝶翻金粉双飞，子规啼月小楼西。画帘珠箔，惆怅卷金泥。　　门巷寂寥人去后，望残烟草低迷。炉香闲袅凤凰儿，空持罗带，回首恨依依！

词中的迟暮之思，写出了一个找不到前景的迷茫者形象。起笔的欢喜意象，却是为了衬托失落。"门巷寂寥人去后，望残烟草低迷"，为全词定了基调。龙榆生《南唐二主词叙论》说："南唐二主，乃一扫浮艳，以自抒身世之感，与悲愍之怀，词体之尊乃上跻于风骚之列。此由其知音识曲，而又遭罹多故，思想与行为发生极度矛盾，刺激过甚，不期然而迸作恻怆哀怨之音。"[①] 显然，这段话主要说的是李后主。经历了围城中的煎熬，在殉国与投降之间痛苦摇摆的李后主最终选择了后者。在我们的视野中，此后的他已经不再有什么欢乐，而是终日以泪洗面，沉湎于"故国山月"之中了。从李后主作品中女性形象的显隐过程可以看出，他的关注点已经不再是艺术层面的情境塑造，而是自身命运转变过程中的主体体验。社会身份的"天上人间 "使得他的作品中没有了春天的灿烂，而满是秋季的萧瑟和伤感；没有了前期注重细节描写的艺术追求，而仅仅是笼统地观照自然、思及人生。这就将当前的情境与过去的生活联系起来了，而他也由此得到了一种富于震撼力的情感体验。王国维所说的"温飞卿之词，句秀也。韦端己之词，骨秀也。李重光之词，神秀也"[②]，指向的正是李煜这种特有的追忆情结所引发的宇宙情怀。这种情

---

① 王兆鹏：《唐宋词汇评》（唐五代卷），浙江教育出版社2004年版，第524页。

② 王国维：《人间词话》，上海古籍出版社1998年版，第4页。

怀是温、韦等人所不具备的，而王国维称李煜的作品为“士大夫之词”，也是从这一点着眼的。当面对眼前之景时，他的人生感慨往往随着词句脱口而出，如《虞美人》：“风回小院庭芜绿，柳眼春相续。凭阑半日独无言，依旧竹声新月似当年。笙歌未散尊前在，池面冰初解。烛明香暗画楼深，满鬓清霜残雪思难任！”美好的风景对于在苦难中度日如年的词人来说，没有一点温馨感，反倒让他想起了自己曾有的温馨。再如《喜迁莺》：“晓月堕，宿云微，无语枕凭（频）欹。梦回芳草思依依。天远雁声稀。啼莺散，余花乱，寂寞画堂深院。片红休扫尽从伊，留待舞人归。”一句“梦回芳草思依依”，就把词人的记忆拉回“故国”了。俞陛云说：“此二词（指此首及《采桑子》‘亭前春逐’）殆失国后所作。春晚花飞，宫人零落，芳讯则但祈入梦，落红则留待归人，皆极写无聊之思。”① 眼前的空荡寂寥与从前的歌舞升平，差距是如此之大，词人不得不陷入反思，却又无能为力。

这样看来，李煜的“故国”情结包含着自己的生命体验。“士大夫之词”的一个基本特征就是，审美内容进入了精神层面的思考。李煜的“故国”情结在词作中有两种表现方式。第一种是借“梦”闪现故国往事，如《浪淘沙(令)》：

帘外雨潺潺，春意阑珊。罗衾不耐五更寒。梦里不知身是客，一饷贪欢。　　独自莫凭阑！无限关山，别时容易见时难。流水落花春去也，天上人间！

往事只堪哀！对景难排。秋风庭院藓侵阶。一任珠帘闲不卷，终日谁来？　　金琐已沈埋，壮气蒿莱！晚凉天净月华开。想得玉楼瑶殿影，空照秦淮。

这两首词的共同点就是上下阕内容表现格外分明，上阕追思往事，下阕抒写当前感受。我们先看第一首。这是一首由眼前景引发抒情主体多情之思的作品。伴随着风雨之声，词人被丝丝寒意惊醒。也许天气并不是很冷，而

① 王兆鹏：《唐宋词汇评》（唐五代卷），浙江教育出版社2004年版，第540页。

是词人心“冷”。醒来的词人更愿意回到梦中，因为梦中有他曾经拥有的一切。“一饷贪欢”这句话，尤其值得注意。首先，词人梦到的是在“故国”曾有的往事，他能回忆起这些往事的每一个细节，而往事在脑海中复现千万遍，更能说明词人当前境遇的凄凉。此时他的生活已经失去了选择的自由，只有“梦”可以让自由以虚幻的形式回归。其次，“一饷贪欢”含有反省的意味。正是因为没有珍惜梦中那样的生活，他才会感受到现在这样的痛苦。就像他自己所说的“悔不该杀了潘佑、李平”① 一样，正是因为没有能够富国强兵，他才有了今天的结局。此外，“一饷贪欢”也写出了生命体验中的孤独感。“一饷贪欢”所对应的就是词人的半生痛苦，以至于在他的潜意识中形成了这样一种对比结构。李煜的追忆是停留在“故国”之中的，在一幕幕地重新体味过去的生活细节时，他自然会做出多种设想。但是不管有多少个“如果”，都不能改变今日的既定现实了，他也只能是面对当前而品味过去了。词人独自凭栏，看见大好河山，自然也会想到自己曾经拥有过的早已属于他人。失去的不会再回来了，所以他才说“别时容易见时难”。接下来的“流水落花春去也”，和《虞美人》中的“春花秋叶何时了”是一个意思。过去就像“天上”的神仙，现在则是“人间”的苦难者形象。

第二首的情感强度要更高一些，选取的意象也更为浑厚。作品虽然没有直接写梦，但通篇所写的却是无法实现的梦想以及梦想破灭后的悲慨。起笔直接抒情，因情而及景。接下来的“一任珠帘闲不卷，终日谁来”，同样内涵丰富。仅这一句当前境况的描写就包含了对往日的无限怀恋，“江山”“梦里”都在其中。下阕笔头一转，引出壮烈情怀。此时词人已经知道自己是一个失败者了，“金琐已沈埋，壮气蒿莱”更可看出他的悲哀。这倒让我们想起了刘禹锡的诗句“千寻铁锁沉江底，一片降幡出石头”（《西塞山怀古》）。在岁月的消磨下，李后主应该也有生命正在渐渐消逝的意识，因此只好从“故国”中再寻找一隅风景来慰藉自己，“想得玉楼瑶殿影，空照秦淮”正是这层意思。可以说，他的审美体验已经被收拢在最小的范围之内了，即反复体味

① 王步高：《探寻词苑的艺术与人生：唐宋词鉴赏讲演录》，福建教育出版社 2009 年版，第 47 页。

自己组合的倾诉语言，以求得情感上的慰藉。所以他有多首词写到了梦，但实际上应该是亦梦亦幻。例如：

多少恨，昨夜梦魂中：还似旧时游上苑，车如流水马如龙。花月正春风！　　多少泪，断脸复横颐。心事莫将和泪说，凤笙休向泪时吹。肠断更无疑！（《望江南》）

人生愁恨何能免？销魂独我情何限！故国梦重归，觉来双泪垂！高楼谁与上？长记秋晴望。往事已成空，还如一梦中。（《子夜歌》）

“旧时”“故国”中的欢乐，让词人感叹人生如梦，他实在无法忘却曾经有过的身份以及这种身份带给自己的那些美好时光。这些作品在“纯任性灵，无迹可寻”① 之中自然地展示着词人的情感体验，言语真切，堪称肺腑之词。

在对李煜的作品进行阐释的过程中，我们也发现了一个问题，这就是阐释主体自身的审美倾向常常会取代词人的表达意蕴。作为被阐释者的李后主，不过是将个人的情感体验表达出来了，而不同时代的阐释者则解读出了具有超越意义的艺术体验。也就是说，或许词人本来并没有那么多的审美期望，反倒是我们赋予了作品本意之外的多重意蕴。王国维说：“尼采谓：‘一切文学，余爱以血书者。’后主之词，真所谓以血书者也。宋道君皇帝《燕山亭》词亦略似之。然道君不过自道身世之感，后主则俨有释迦、基督担荷人类罪恶之意，其大小固不同矣。”② 叶嘉莹则认为，“所谓‘担荷人类罪恶’亦不过喻言后主词中所表现者虽为其个人一己之悲哀，然而却足以包容了所有人类的悲哀，正如释迦基督之以个人一己而担荷了所有人类之罪恶，并非真谓后主有担荷世人罪恶之意也”③。周振甫也认为“他这些词，好像不是写他一个人的亡国之痛，是替天下千万人写出了他们的无限悲痛，不论是亡国的、贬官的、离乡的、和亲人离别的。这样，他的用血泪来写的词，就有担荷人

① 王兆鹏：《唐宋词汇评》（唐五代卷），浙江教育出版社2004年版，第536页。

② 王国维：《人间词话》，上海古籍出版社1998年版，第5页。

③ 叶嘉莹：《迦陵谈词》，生活·读书·新知三联书店2015年版，第114页。

类痛苦的意思。就这点说，王国维的话是有道理的。但李煜的词是抒情的，不是小说，不能高度概括人类罪恶，所以他不可能担荷人类罪恶，王国维那样说就不确切了，评价太高了”①。李煜的作品之所以“眼界始大，感慨遂深”，主要是因为他所经受的打击太过沉重，以致对于打击引起的心灵震撼抒发得较为深入。他的作品在一定程度上书写了自身所熟悉并曾经置身于其中的世界，而他的创作目的又在于抵制将自身同化于陌生视域之中。回到过去与抵制现实都是对自己的人生选择的反省，李后主没有选择接近与认同，而是以创作的方式选择了疏离当前的生活，这就注定了他的悲剧结局是不可避免的。再如《乌夜啼》：“林花谢了春红，太匆匆！无奈朝来寒雨晚来风。胭脂泪，留人醉，几时重？自是人生长恨水长东！”词人以宏阔的眼光观照大自然的变化，从“变”中体味生命的流动。满林的花映入眼帘，这是春天的颜色。但是，这些在最美的季节里开放的迷人花朵，还没来得及让人慢慢观赏，就要随风飘走了。词人慨叹自己曾经悠然漫步于花丛之中，而如今却只能是“长恨”绵绵了。同时，词人也没有停留、定格在观赏中，而是由于主体情感的波动指向了花的零落结局及原因，花是在“朝来寒雨晚来风”的侵袭之下才零落的。又如《捣练子令》：“深院静，小庭空，断续寒砧断续风。无奈夜长人不寐，数声和月到帘栊！”唐圭璋《唐宋词简释》说：“此首闻砧而作。起两句，叙夜间庭院之寂静。‘断续’句叙风送砧声，庭愈空，砧愈响，长夜迢迢，人自难眠。其心中之悲哀，亦可揣知。‘无奈’二字，曲笔径转，贯下十二字，四层含意。夜既长，人又不寐，而砧声、月影，复并赴目前，此境凄迷，此情难堪矣。”② 李煜在抒发情感之际很少将言辞指向自己的主体思想，而只是对外部环境给自己造成的这种结局进行反复诉说。这让我们想起了陆游，他的《卜算子·咏梅》也说：“已是黄昏独自愁，更著风和雨。”同时又说：“零落成泥碾作尘，只有香如故。”可见，陆游对于自我价值还是肯定的。然而，李后主则没有自己的价值判断，他只是在行走中回味着过去。这让我们对王国维所说的词到李后主由“伶工之词而为士大夫之词”的论断，产生

---

① 周振甫：《古代诗词三十讲》，重庆大学出版社2010年版，第259页。

② 王兆鹏：《唐宋词汇评》（唐五代卷），浙江教育出版社2004年版，第544页。

了怀疑。也就是说，“词至李后主”，抒情主体对人生的思考只是“士大夫”生活空间的一部分，那种深广的忧患意识并没有随之被有意识地书写出来。

一种情结是在主体不断强化的过程中形成的，一旦形成就会进一步生发出观照感性世界的理性思考。这分为两种情况。一种情况是直接生发，即情语、景语与直观感觉结合起来抒发情感。例如，另一首《乌夜啼》：“无言独上西楼，月如钩。寂寞梧桐深院锁清秋。剪不断，理还乱，是离愁。别是一般滋味在心头!”“凭栏”“登楼”，然后是自己的生命体验，李煜写得简单干净，又流畅生动。俞平伯《唐宋词选释》说：“这篇《花庵词选》有‘凄婉哀思’的评语。虽上片写景，下片抒情，凄凉的气象，却融会全篇。如起笔‘无言独上西楼’一句，已摄尽凄惋的神情。‘别是一般滋味’也是离愁。剪不断，理还乱，不可形状，这却说不出，是更深一层的写法。”[①] 词人营造了一个自己独有的个体抒情空间，这个空间只容纳了词人一个抒情主体，他面对的是自然景象，不做更多的思维延伸，只是抒情。虽然景语和情语分得很明显，但“一切景语，皆情语也”。至于“别是一般滋味”，恐怕李煜本人也无法用语言表达出来，亡国之君的内心苦楚，常人难以道出，他自己亦然。这是所有的人间悲苦的滋味都难以相比的，对于生死荣辱的体会都可以被纳入这句话中来。

另一种情况，是透过自然现象引发对于人的情感的终极追问。这种追问是在焦虑的状态中形成的，而词人则将生命感受赋予了自然的景物。由自我及他者，将个人体验予以泛化解读，是李后主词产生审美魅力的主要原因。当然，前提是他的作品具有解读的合理空间，可以使我们由词及己，达到情感上的共鸣。漫漫长夜，生不如死，在时间的河流里蜗行的确让人窒息，也让人在清醒中迷茫，又在迷茫中清醒。这时李后主所拥有的最为丰厚的精神资产就是过去的生活经历，欢乐也好，痛苦也罢，都在对于细节的回忆中做了具象化的表达。一弯新月，一池春水，一场细雨，一丛花落，都融入诗笔，成为情感的栖息之所，如《虞美人》：

---

① 王兆鹏：《唐宋词汇评》（唐五代卷），浙江教育出版社2004年版，第567页。

春花秋叶何时了？往事知多少。小楼昨夜又东风，故国不堪回首月明中！　　雕阑玉砌依然在，只是朱颜改。问君能有许多愁？恰似一江春水向东流。

若要介入抒情主体的生命体验过程的话，这篇作品则是不容忽略的。作为后来的阅读者，我们刚刚开始以自己的视角认识人生的时候，应该从什么样的文本中获得人生经验呢？让我们感到困惑的是：人的生命只有一次，长不过百年，百年之后，只能化作尘土；我们来到世间到底要追求什么是一个简单的问题，但也确实是一个难以回答的问题。你要让大家都认可你的答案，难。曹操有一首《龟虽寿》，还有一首《短歌行》，都是思考这个问题的。他也认为人生很苦，可是人不能在苦中停下来，那样就失去了生存的动力，所以才说："老骥伏枥，志在千里；烈士暮年，壮心不已。"那时的曹操早过了人生的中年阶段，也已体味到了活着的酸甜苦辣，而现在可能由于我们尚处在中青年阶段，所以还没有产生那么强烈的感受。唐代的刘希夷有一首《代悲白头翁》，写一个女子通过"坐见落花"发出了"年年岁岁花相似，岁岁年年人不同"的生命感慨。虽然闻一多认为此诗有青春的气息，但那是与南朝作品相比来说的，其实就诗歌文本本身来看，所表达的感情还是低落的。相较而言，张若虚《春江花月夜》写得就更为精彩了，不仅有情、有人，还展开了叙事情节。面对春天的"花""月"，诗人体味着时光的流逝。"江畔何人初见月，江月何年初照人"，引出了对于游子和思妇的相思之情的书写。诗人感叹从月升到月落，从花开到花落，一次生命循环就结束了，而我们存在的时间也就缩短了。虽然"人生代代无穷已"，但我们基本上都看不见了。所以，《红楼梦》的作者曹雪芹特别喜欢这两首诗，这显然与他的人生经历有关系。《红楼梦》里有几首诗就受到了影响，尤其是以林黛玉的名义写的《秋窗风雨夕》《葬花吟》，都带有很深的模仿烙印。我们还认为《红楼梦》里的四个人物，即元春、迎春、探春、惜春，对应的就是"原应叹息"，这大概是从《春江花月夜》中受到的启发，以一个季节的变化隐喻人生的过程。这样说来，一首唐诗很有可能为一部《红楼梦》奠定了书写主题。我们欣赏大家之作，其实就是在体味他们用生花妙笔展现出来的痛苦。从别人的痛苦中获得欢乐反而是我们学习的目的，这确实有些残酷。花费了这么多笔墨，主要是想说明一个问题，即人生的许多终极矛盾是无法解决的，我们必须珍惜现在所拥有的时间，不断进取。就像苏轼《前赤壁赋》所说的，“惟江上之清风，与山间之明月”才是此时我们所拥有的，我们需要“慢慢走，欣赏啊！”① 李煜的人生痛苦比后来的苏轼、曹雪芹要沉重得多，所以下笔自然给人以惊心动魄之感。现在我们来分析一下这首词。作品看起来写得明白如话，好像不用细细品味，可是慢慢读来仍会有所感触和收获。陆游《避暑漫抄》说：“李煜归朝后，郁郁不乐，见于词语。在赐第，七夕命故妓作乐，闻于外。又传‘小楼昨夜又东风’并坐之，遂被祸。”② 这首词就此成为李煜生命的绝唱。龙衮《江南录》云：“‘李国主小周后随后主归朝，封郑国夫人，例随命妇入宫，第一入，辄数日。出必大泣，骂后主，声闻于外。后主多宛转避之’。又韩玉汝家有后主归朝后与金陵旧宫人书。云：‘此中日夕，只以眼泪洗面’。”③ 李煜本身就具有多愁善感的性情气质，又历经屈辱，恐怕早已不再贪恋人间岁月。通过细读，我们发现不同文体可以获得不一样的审美感受。对于这首词的起句“春花秋叶何时了？往事知多少”，俞平伯评论道：“奇语劈空而下，以传诵久，视若恒言矣。”④ 可能是对这句词太熟悉了，我们似乎并没有认真地品味过，它由自然的常见意象引发了对于生命的追问，有屈原《天问》的气势。我们只有在漫长的时间河流中找到一段温暖的日子，才可以安顿自己的心灵，可是词人已经失去寻找的力量了。“小楼昨夜又东风，故国不堪回首月明中！雕阑玉砌依然在，只是朱颜改”，这是从最直观的感觉中摄取物象，并把物象融入进来而产生的审美效应。其实人并没有老去，而是心已老，过去存在的一切美好的东西也都还在，只是想去拥有的人不在了。人最愿意做的事情就是回忆过去，在回忆的过程中会把美好的东西装饰得更加美好。成功者喜欢夸大自己过去所经历的坎坷，失败者则喜欢借助不

---

① 朱光潜：《万物有灵且美：朱光潜精选集》，江苏凤凰文艺出版社 2019 年版，第 171 页。

② 刘孝严：《南唐二主词诗文集译注》，吉林文史出版社 1997 年版，第 577—578 页。

③ 刘孝严：《南唐二主词诗文集译注》，吉林文史出版社 1997 年版，第 578 页。

④ 叶嘉莹：《迦陵谈词》，生活·读书·新知三联书店 2015 年版，第 124 页。

断地品味过去而把当时所拥有却并不令自己满意的一切想得很美好。这是一种大众化的心理，李煜也是这样。“问君能有许多愁？恰似一江春水向东流”，这是他后期词作的主题。首先，这属于个性化的语言表达，和李白《宣州谢朓楼饯别校书叔云》中的“举杯消愁愁更愁”意思一样。但是，李煜写得更有意味，因为是以问答的方式说出，“问”本身就是蕴含着情绪的表现，“答”则更使愁怀倍增。其次，这是以喻语说出。“一江春水向东流”式的生命感慨，古已有之，如《论语》中就有“子在川上曰：‘逝者如斯夫，不舍昼夜。’”这句话用白话来说就是：孔子站在河岸上说，时间的流逝就像这河水一样啊，昼夜不停。李煜用一个长句子来表达自己的情感，而且将所选取的意象组合以和缓的节奏和语调呈现出来，使人读来回味悠长。此外还有一点，词人并不直接让“我”出现在词中，却处处有“我”。这样会产生普泛效应，即阅读者既可以把抒情主体理解成“我”，也可以理解成其他人。这让我们在阅读此词时常常会观照自身，一旦引起共鸣，就会产生审美效应。唐诗多用相对整齐的句子，读起来节奏快。小说是通过讲述一个个复杂而漫长的故事来阐明某种理念。词，则在长短错落的句子中倾诉情感，会使阅读者产生像戴望舒《雨巷》所写的“撑着油纸伞，独自/彷徨在悠长、悠长/又寂寥的雨巷，我希望逢着/一个丁香一样地/结着愁怨的姑娘”那样的感觉。李煜还有一首《乌夜啼》也是这样，词云：“昨夜风兼雨，帘帏飒飒秋声。烛残漏滴频欹枕，起坐不能平。世事漫随流水，算来一梦浮生。醉乡路稳宜频到，此外不堪行。”这首词只是观察的视角变小了，从细微之处去体味永恒的人生主题。

作为被阐释者的李煜，可能仅仅是通过写词将自己的感受表达出来，而历代研究者的阐释则从他的词中找到了更具普遍性意义的合理内容，以意逆志也好，断章取义也罢，可以说都找到了属于自己时代的诠释视角。然而，如果我们都将自己的审美期望寄托在李后主的作品上，他的悲剧性审美体验就会被逐渐放大，而这则会使我们忽略他的作品的审美内蕴的丰厚性。

小说叙事纵谈

小说、史传与类传的叙事传承对于文本构成的影响

——以蒋防《霍小玉传》中的“李益疾”叙述为中心①

蒋防《霍小玉传》叙述的是唐代诗人李益的一段风流韵事。这段故事滋生的“李益疾”，后入《旧唐书》《新唐书》，再入《唐才子传》，这样从小说到史传完成节选式采撷过程后再入类传，就呈现出了与其他诗人传记文本的不同之处。从此，有许多诗家的名望、婚姻生活、仕宦之路与“李益疾”产生了关联，其中似有可发掘之空间。虽然有学者就《霍小玉传》《李益墓志》与史传相比较展开了研究，如何安平《〈霍小玉传〉〈李益墓志〉及史传中的李益形象比较研究》② 一文就对小说、墓志、史传进行了比较，但却仅就材料来源、文体特征等笼统言之，并未提出不同文体聚焦的问题所在。故而，本文聚焦于小说、史传、类传的传承性与出土文献相悖离所造成的文化叙事间隔，旨在彰显关于文人形象之文化记忆的重要性。

一、《霍小玉传》：“李益疾”与情爱叙事的关系

《霍小玉传》促进了“李益疾”的广泛传播，原因在于诗人始乱终弃而

① 原载熊明：《中国传记评论》（第一辑），中国海洋大学出版社2022年版，第86—96页。

② 参见何安平：《〈霍小玉传〉〈李益墓志〉及史传中的李益形象比较研究》，新疆大学学报（哲学·人文社会科学版）2018年第2期。

被诅咒患病的故事有些独特。《霍小玉传》的作者蒋防，是中唐时期一位与李益同一时代而非同一阵营的文人。周绍良《〈霍小玉传〉笺证》[①] 认为《霍小玉传》原名应为《霍王女小玉传》，李剑国《唐五代志怪传奇叙录》[②] 认为亦可能是《霍王小玉传》。此外，还有可能是《霍家小玉传》。《霍小玉传》当作于李益卒后不久，或在大和三年（829 年）。

《霍小玉传》写的是盛唐、中唐之际诗人李益与霍小玉之间的故事，小说围绕“李益疾”的形成，由“始乱终弃”与“克己复礼”构成了两个相互矛盾的叙事节点。陇西李氏乃是高门巨族，小说的开始，李益春风得意，欲觅得佳偶以满足情欲需求。《霍小玉传》云：“大历中，陇西李生名益，年二十，以进士擢第。其明年，拔萃，俟试于天官。夏六月，至长安，舍于新昌里。生门族清华，少有才思，丽词嘉句，时谓无双，先达丈人，翕然推伏。每自矜风调，思得佳偶，博求名妓，久而未谐。”[③] 这是情爱叙事的前提，以李益为中心展开故事情节。因之，媒婆鲍十一娘为他引见霍王之女小玉，并具体介绍道：“故霍王小女，字小玉，王甚爱之。母曰净持，净持即王之宠婢也。王之初薨，诸弟兄以其出自贱庶，不甚收录，因分与资财，遣居于外，易姓为郑氏，人亦不知其王女。资质秾艳，一生未见，高情逸态，事事过人，音乐诗书，无不通解。昨遣某求一好儿郎，格调相称者。某具说十郎，他亦知有李十郎名字，非常欢惬。住在胜业坊古寺曲，甫上车门宅是也。已与他作期约，明日午时，但至曲头觅桂子，即得矣。”李益遂令家童去借鞍马，自己开始“修饰容仪”，“通夕不寐”还不断地“引镜自照”。第二天中午，来到霍小玉住处，鲍十一娘引出小玉的母亲净持，李益获得了表决心的机会，谢曰：“鄙拙庸愚，不意顾盼，倘垂采录，生死为荣。”如此衬托，小玉方才出场。当然，还要有一个彼此相面的过程，以确认风流才子的诗与人是否对应。传云：

---

① 参见周绍良：《〈霍小玉传〉笺证》，《文学遗产》1986 年第 2 期。

② 参见李剑国：《唐五代志怪传奇叙录》（上册），南开大学出版社 1993 年版，第 452 页。

③ 《唐五代传奇集》，李剑国辑校，中华书局 2015 年版，第 1007 页。本篇所引《霍小玉传》原文均出自此书，不再一一注释。

遂命酒馔，即令小玉自堂东阁子中而出。生即拜迎，但觉一室之中，若琼林玉树，互相照曜，转盼精彩射人。既而遂坐母侧，母谓曰："汝尝爱念'开帘风动竹，疑是故人来'，即此十郎诗也。尔终日吟想，何如一见？"玉乃低鬟微笑，细语曰："见面不如闻名，才子岂能无貌？"生遽起，连拜曰："小娘子爱才，鄙夫重色。两好相映，才貌相兼。"母女相顾而笑。遂举酒，数巡，生起，请玉唱歌。初不肯，母固强之，发声清亮，曲度精奇。

才与貌合是李益与小玉恋爱的决定性因素，如果他长得像温庭筠那样，则不会有风流韵事发生。李益的诗在歌妓阶层中传播甚广，如《竹窗闻风寄苗发司空曙》云："微风惊暮坐，临牖思悠哉。开门复动竹，疑是故人来。时滴枝上露，稍沾（一作沿）阶下苔。何当一入幌，为拂绿琴埃。"[①] 这首诗充当了小玉与李益"遇见"的媒介。小玉对他一见钟情，两人遂定情，乃至于夜半时分李益援笔立誓。传云：

中宵之夜，玉忽流涕谓生曰："妾本倡家，自知非匹。今以色爱，托其仁贤，但虑一旦色衰，恩移情替，使女萝无托，秋扇见捐。极欢之际，不觉悲至。"生闻之，不胜感叹。乃引臂替枕，徐谓玉曰："平生志愿，今日获从，粉骨碎身，誓不相舍，夫人何发此言！请以素缣，著之盟约。"玉因收泪，命侍儿樱桃，褰幄执烛，授生笔研。玉管弦之暇，雅好诗书，筐箱笔研，皆王家之旧物。遂取朱丝缝绣囊，出越姬乌丝栏素缣三尺以授生。生素多才思，援笔成章。引谕山河，指诚日月，句句恳切，闻之动人。染毕，命藏于宝箧之内。自尔婉娈相得，若翡翠之在云路也。

故事讲到这里，依旧浪漫而富有诗意，对于李益来说已经达到愿望，对

① 王胜明：《〈李尚书诗集〉编年校注》，社会科学文献出版社2013年版，第146页。

于小玉来说已经以盟誓证实。接下来就发生变化了，“李益疾”的形成也开始有了征兆。第一次变化是李益的离开，传云：

> 如此二岁，日夜相从。其后年春，生以书判拔萃登科，授郑县主簿。至四月，将之官，便拜庆于东洛。长安亲戚，多就筵饯。时春物尚余，夏景初丽，酒阑宾散，离恶萦怀。玉谓生曰：“以君才地名声，人多景慕，愿结婚媾，固亦众矣。况堂有严亲，室无冢妇，君之此去，必就佳姻，盟约之言，徒虚语耳。然妾有短愿，欲辄指陈，永委君心，复能听否？”生惊怪曰：“有何罪过，忽发此辞？试说所言，必当敬奉。”玉曰：“妾年始十八，君才二十有二，迨君壮室之秋，犹有八岁。一生欢爱，愿毕此期。然后妙选高门，以谐秦晋，亦未为晚。妾便舍弃人事，剪发披缁，夙昔之愿，于此足矣。”生且愧且感，不觉涕流。因谓玉曰：“皎日之誓，死生以之，与卿偕老，犹恐未惬素志，岂敢辄有二三。固请不疑，但端居相待。至八月，必当却到华州，寻使奉迎，相见非远。”更数日，生遂诀别东去。

李益离别之际的二次发誓令人感动。这是两人的恋爱之过程，故事到这里堪称完满。唐传奇中多有此类描写，如《莺莺传》写张生与莺莺的幽会，一旦离别则故事即发生逆转。《李娃传》写郑生财尽，李娃就设计抛弃之。如果霍、李二人的故事就此不再继续，也就仅仅构成故事之片段，并不完整，而完整的故事则是以理念来引领过程的，需要发生、发展、延续和收尾环节。其中必有一个节点出现，即爱到深处则有别离。而一旦别离，或可相聚或不再聚，如若相聚则为喜剧，不再聚则为悲剧。前者如《李娃传》。郑生被李娃设计抛弃，沦落为唱挽歌者，后又遭父亲毒打和遗弃，成为乞讨者。故事讲到这里仅仅完成了一半，另一半则要让两人再次相遇。后者如《霍小玉传》。但是，悲剧仅仅是就两人中的一人而言的，虽然另一人也会因有过一段真情而黯然神伤，却不若对方伤得那么严重，甚至会付出生命的代价。

李益回家了，登科、授官，衣锦还乡，接下来面临的正是婚姻问题。第二次变化就此到来，即李益因婚姻而结束了与小玉的恋爱生活。小说写道："更数日，生遂诀别东去。到任旬日，求假往东都觐亲。未至家日，太夫人已与商量表妹卢氏，言约已定。太夫人素严毅，生逡巡不敢辞让，遂就礼谢，便有近期。卢亦甲族也，嫁女于他门，聘财必以百万为约，不满此数，义在不行。生家素贫，事须求贷，便托假故，远投亲知，涉历江淮，自秋及夏。"至此，李益负心已不可避免。在唐代小说中，《莺莺传》与《霍小玉传》有着叙事指向上的共通之处，而张生和李益也都是有愧于心并以不同方式进行了补偿的。两人堪称功成名就后负心的典型人物，张生尤以忍情而明理令人生厌。在《霍小玉传》中，李益的负心是有一个过程的。小说写道："生自以孤负盟约，大愆回期，寂不知闻，欲断其望，遥托亲故，不遣漏言。玉自生逾期，数访音信，虚词诡说，日日不同。博求师巫，遍询卜筮，怀忧抱恨，周岁有余，羸卧空闺，遂成沈疾。虽生之书题竟绝，而玉之想望不移，赂遗亲知，使通消息。"这相当于电影中的蒙太奇镜头，一边日日托词，尽显虚伪；一边相思日重，寻之心切。于是，又引出了紫钗的故事，明代汤显祖据《霍小玉传》改编的戏曲即名为《紫钗记》。霍小玉耗尽资财，觅李益不得，只好变卖首饰，将紫玉钗卖掉了。结果在卖钗的过程中竟然巧遇了老玉工，这紫玉钗正是当年他做的，而且是给霍王的小女儿做的。如今这个小女儿因家道中落而沦为歌妓，虽然爱上了一个诗人才子，却被对方负心抛弃。于是，老玉工将落难的小玉引荐给了延光公主，公主给小玉母女一笔钱，让她们继续寻找李益。此段铺陈，极力渲染小玉相思之深。然而，还是找不到李益，这可怎么办呢？这时此事又牵扯到了李益的亲属，于是开始出现转机，而故事也迎来了矛盾设置的高潮。小说写道："时生所定卢氏女在长安，生既毕于聘财，还归郑县。其年腊月，又请假入城就亲，潜卜静居，不令人知。有明经崔允明者，生之中表弟也，性甚长厚。昔岁常与生同欢于郑氏之室，杯盘笑语，曾不相间。每得生信，必诚告于玉。玉常以薪刍衣服，资给于崔，崔颇感之。生既至，崔具以诚告玉。玉恨叹曰：'天下岂有是事乎！'遍请亲朋，多方召致。生自以愆期负约，又知玉疾候沈绵，惭耻忍割，终不肯往，晨出暮归，欲以回避。玉日夜涕泣，都忘寝食，期一相见，竟无因由，冤愤益深，委顿床枕。自是长安中稍有知者。风流之士，共感玉之多情；豪侠之伦，皆怒生之薄行。”可见，不仅有通风报信的，还在社会舆论上形成了谴责李益的传播语境。李益的负心薄幸触动了两类人：“风流之士”和“豪侠之伦”。如果连“风流之士”亦觉得李益很过分，就会有“豪侠之伦”出面来拯救爱情。

小说写到这里，李益的负心者形象已经形成。小玉尚在苦苦寻找，李益则在苦苦躲避。即使关于寻找的故事传播开来，仍是不见小玉所要寻找的恋人。于是不在场的李益，便成为被谴责的对象。虽然李益的负心者形象已经形成，但还是要进行救赎，否则故事便不会波澜起伏了。与《李娃传》“大团圆”结局的完整性相比，《霍小玉传》可以说是彻头彻尾的悲剧。作为“风流之士”登场的是韦夏卿，大历年间尚在青年时期。韦夏卿是元稹的岳父，后来也是一位具有举足轻重影响的官员，他举荐了一批有志之士，如吕温、李景俭、窦群等。小说云：“时已三月，人多春游。生与同辈五六人，诣崇敬寺玩牡丹花，步于西廊，递吟诗句。有京兆韦夏卿者，生之密友，时亦同行。谓生曰：‘风光甚丽，草木荣华。伤哉郑卿，衔冤空室。足下终能弃置，实是忍人。丈夫之心，不宜如此，足下宜为思之。’”这话的意思是：你要想想，这么做合适吗？可是，“豪侠之伦”根本不给李益想一想的机会。叹让之际，忽有一豪士出现了，他“衣轻黄纻衫，挟朱弹，丰神隽美，衣服轻华，唯有一剪头胡雏从后，潜行而听之”。“胡雏”就是胡族小孩子，这在当时是常见的，“胡姬”“胡雏”遍布两京，李白、杜甫的诗作中亦均有所描绘。至此，故事又是怎么展开的呢？传云：

俄而前揖生曰：“公非李十郎者乎？某族本山东，姻连外戚。虽乏文藻，心尝乐贤。仰公声华，常思觏止。今日幸会，得睹清扬。某之敝居，去此不远，亦有声乐，足以娱情。妖姬八九人，骏马十数匹，唯公所欲，但愿一过。”生之侪辈，共聆斯语，更相叹美。因与豪士策马同行，疾转数坊，遂至胜业。生以近郑之所止，意不欲过，便托事故，欲回马首。豪士曰：“敝居咫尺，忍相弃乎？”乃挽挟其马，牵引而行。迁延之间，已及郑曲。生神情恍惚，鞭马欲回，豪士遽命奴仆数人，抱持而进。疾走推入车门，便令锁却，报云："李十郎至也！"一家惊喜，声闻于外。

豪士先是诱引，以显李益之薄情；过其门而不入，再显李益之薄情；后挟持李益去见小玉，复显李益之薄情。李益"来"之前，小玉还曾做了一个梦。梦在小说中往往具有预言的功能，而小玉的梦则预示着她一见到李益便是永诀。"先此一夕，玉梦黄衫丈夫抱生来，至席，使玉脱鞋。惊寤而告母，因自解曰：'鞋者，谐也，夫妇再合。脱者，解也，既合而解，亦当永诀。由此徵之，必遂相见，相见之后当死矣。'"事情发展到这个地步就严重了，相思之情虽可解，从此却阴阳相隔。于是，小玉让母亲为己梳妆，开始打扮自己，"妆梳才毕，而生果至"。那么，两人是如何相见的呢？传云：

> 玉沈绵日久，转侧须人，忽闻生来，欻然自起，更衣而出，恍若有神。遂与生相见，含怒凝视，不复有言。羸质娇姿，如不胜致，时复掩袂，返顾李生。感物伤人，坐皆欷歔。顷之，有酒肴数十盘，自外而来。一座惊视，遽问其故，悉是豪士之所致也。因遂陈设，相就而坐。玉乃侧身转面，斜视生良久，遂举杯酒酬地曰："我为女子，薄命如斯；君是丈夫，负心若此。韶颜稚齿，饮恨而终。慈母在堂，不能供养。绮罗弦管，从此永休。徵痛黄泉，皆君所致。李君李君，今当永诀！我死之后，必为厉鬼，使君妻妾，终日不安！"乃引左手握生臂，掷杯于地，长恸号哭数声而绝。母乃举尸置于生怀，令唤之，遂不复苏矣。

香消玉殒，小玉之有情人形象尽显而出；未履盟约，李益之负心汉形象尘埃落定。何以补救？"生为之缟素，旦夕哭泣甚哀。将葬之夕，生忽见玉穗帷之中，容貌妍丽，宛若平生。着石榴裙、紫褴裆、红绿帔子，斜身倚帷，手引绣带，顾谓生曰：'愧君相送，尚有余情。幽冥之中，能不感叹。愿君努力，善保辉光。'言毕，遂不复见。明日，葬于长安御宿原。生至墓所，尽哀而返。”这样李益才算是留下了“有情人形象”的侧影。可是这还不够，他的心中从此留下了阴影，那就是善妒，即两唐书所言之“李益疾”。小说云：“后月余，就礼于卢氏，伤情感物，郁郁不乐。夏五月，与卢氏偕行，归于郑县。至县旬日，生方与卢氏寝，忽帐外叱叱作声。生惊视之，则见一男子，年可二十余，姿状温美，藏身映幔，连招卢氏。生惶遽走起，绕幔数匝，倏然不见。生自此心怀疑恶，猜忌万端，夫妻之间，无聊生矣。或有亲情，曲相劝喻，生意稍解。后旬日，生复自外归，卢氏方鼓琴于床，忽见自门抛一斑犀钿花合子，方圆一寸余，中有轻绢，作同心结，坠于卢氏怀中。生开而视之，见相思子二，叩头虫一，发杀觜一，驴驹媚少许。生当时愤怒叫吼，声如豺虎，引琴撞击其妻，诘令实告，卢氏亦终不自明。尔后往往暴加捶楚，备诸毒虐，竟讼于公庭而遣之。卢氏既出，生或侍婢媵妾之属，暂同枕席，便加妒忌，或有因而杀之者。”后来严重到“大凡生所见妇人，辄加猜忌。至于三娶，率皆如初焉”。李益娶了三任妻子都怀疑其有外遇，家庭生活并不幸福。其实，他本来只是渴望一次没有结果的相遇，相遇而相欢即可，并无将恋爱转为婚姻之愿望，不料竟被小玉束缚，并且小玉以生命为代价制造了一个轰动京都的故事，而故事里的自己则愈加不堪。本来按照一般观念娶大姓女并不足怪，但“李益疾”却导致其终生无完满的婚姻。霍小玉之死，不仅仅是李益个人造成的，亦是门第观念作祟的结果。唐人重四姓，郑（荥阳）、卢（范阳）、李（赵郡）、崔（清河），后加上太原王氏，则为五姓，再将博陵崔氏、陇西李氏加上，便为七姓。① 据程国赋的统计，唐人小说以大姓为人物者有四十三篇，多是经典之作，如《枕中记》《柳毅传》《柳氏传》《李娃传》《莺莺传》《虬髯客传》《裴航》等。② 这种写法显然是来源于史传，史传的入传人物起笔便叙出身，并往往用“著姓”“世家”等词突出其门第。不过，史传的写法成为习见之写法则难以辨其源流了。

“李益疾”是如何造成的呢？是始乱终弃造成的。故事的叙事指向是以礼

① 参见程国赋：《唐代小说与中古文化》，文津出版社2000年版，第2—3页。
② 参见程国赋：《唐代小说与中古文化》，文津出版社2000年版，第4—6页。

抑情，此乃是克己复礼的结果。这样的结果招致了小玉的诅咒，尽管李益的深情送葬使得小玉以梦中相见的方式部分消解了诅咒，但却没能让李益避开“痴病”，最终反而成为其无法解开的心结。至此我们可以看出，这样一段缠绵悱恻的爱情故事，才貌双全是两人发生情爱的基点，叙事指向则是阐释“李益疾”。也就是说，蒋防《霍小玉传》是通过演绎情爱故事来叙述“李益疾”的产生及其影响的，而且与《长恨歌》一样，创作主题因情爱叙事而变得有些模糊。就“李益疾”的记述而言，《霍小玉传》并不是孤立的存在，散文、笔记中也多有叙及，如李肇《唐国史补》（卷中）云：“散骑常侍李益少有疑病，亦心疾也。”① 柳宗元《先君石表阴先友记》云：“李益，陇西姑臧人。风流有文词。少有僻疾，以故不得用。”② 李翱《论故度支李尚书事状》：“朝廷公议皆云：李尚书性猜忌，甚于李益，而出其妻。”③ 可见，《霍小玉传》的主旨就是解释“李益疾”生成的原因及其对李益婚姻生活和仕宦生活的双重影响。于是在唐人的笔下，文化记忆中的关于诗人李益的歌诗和“李益疾”成为两个叙事的要点。

二、两唐书：“李益疾”的入史文本

小说中的李益与真实的李益是一个人吗？这个故事是真的吗？关于此事，宋代便有争议，如姚宽《西溪丛语》认为实有其事，陈振孙《直斋书录解题》则疑为假托。④ 这个故事的影响结果便是“李益疾”被写入史传，成为记述李益形象的文本内容。《旧唐书》卷一三七云：

> 李益，肃宗朝宰相揆之族子。登进士第，长为歌诗。贞元末，

---

① 聂清风：《唐国史补校注》，中华书局2021年版，第159页。

② 尹占华、韩文奇：《柳宗元集校注》，中华书局2013年版，第768页。

③ ［唐］李翱、［唐］欧阳詹：《李文公集·欧阳行周文集》，上海古籍出版社1993年版，第52页。

④ 参见李剑国：《唐五代志怪传奇叙录》（上册），南开大学出版社1993年版，第452—453页。

> 与宗人李贺齐名。每作一篇，为教坊乐人以赂求取，唱为供奉歌词。其《征人歌》、《早行篇》，好事者画为屏障；“回乐峰前沙似雪，受降城外月如霜”之句，天下以为歌词。然少有痴病，而多猜忌，防闲妻妾，过为苛酷，而有散灰扃户之谭闻于时，故时谓妒痴为“李益疾”；以是久之不调，而流辈皆居显位。益不得意，北游河朔，幽州刘济辟为从事，常与济诗而有“不上望京楼”之句。
>
> 宪宗雅闻其名，自河北召还，用为秘书少监、集贤殿学士。自负才地，多所凌忽，为众不容，谏官举其幽州诗句，降居散秩。俄复用为秘书监，迁太子宾客、集贤学士判院事，转右散骑常侍。大和初，以礼部尚书致仕，卒。①

《旧唐书》将李益列入“善属文”的组合当中，与徐浩、赵涓、刘太真、李纾、邵说、于邵、崔元翰、于公异、吕渭、郑云逵、李贺等人同入列传第八十七。

涉及李益的传记文本主要包括三方面内容：一是李益歌诗的影响，二是“李益疾”的影响，三是李益的仕宦生涯。以一个人的名字命名一种因猜忌而呈现出来的病状，这大概是独一无二的。“李益疾”的叙事来源难以考察，从唐代留存的四个文本来看，其主体内容来自《霍小玉传》的可能性最大。②原因有二：一是在叙述李益和小玉的故事中，小玉所说的“我死之后，必为厉鬼，使君妻妾，终日不安”；二是评价李益的话“大凡生所见妇人，辄加猜忌”。《旧唐书》所用之言语与这两处言语遣词最近，当是以《霍小玉传》为主而又融合了《唐国史补》所述之内容。这是一个例证。另一个例证，便是关于李益诗名的评价亦采自《唐国史补》：“李益诗名早著，有《征人歌且行》一篇，好事者画为图障。又有云：‘回乐峰前沙似雪，受降城外月如霜。不知何处吹芦管，一夜征人尽望乡。’天下亦唱为乐曲。”③ 由此推测，《旧唐

---

① ［后晋］刘昫：《旧唐书》，中华书局1975年版，第3771—3772页。

② 参见傅璇琮：《唐才子传校笺》，中华书局1989年版，第104页。

③ 聂清风：《唐国史补校注》，中华书局2021年版，第257页。

书》史臣在撰写史书时采摭了中唐小说、笔记之叙事内容，并于五代时期将之写入史传，这相当于从形象上对李益的“盖棺定论”，而“李益疾”便也成为李益形象的组成部分。

在《旧唐书》的基础上，《新唐书》采取了“减法”叙事的方式，卷二〇三云：

> 李益，故宰相揆族子，于诗尤所长。贞元末，名与宗人贺相埒。每一篇成，乐工争以赂求取之，被声歌，供奉天子。至《征人》、《早行》等篇，天下皆施之图绘。
>
> 少痴而忌克，防闲妻妾苛严，世谓妒为“李益疾”。同辈行稍稍进显，益独不调，郁郁去。游燕，刘济辟置幕府，进为营田副使。尝与济诗，语怨望。宪宗雅知名，召为秘书少监、集贤殿学士。自负才，凌藉士，众不能堪，谏官因暴幽州时怨望语，诏降秩。俄复旧官，累迁右散骑常侍。大和初，以礼部尚书致仕，卒。
>
> 时又有太子庶子李益同在朝，故世言“文章李益”以辨云。①

可见，《新唐书》亦称“李益疾”，仅言“少痴而忌克，防闲妻妾苛严”，这显然出自宋祁的手笔。据李益《卢氏墓志铭》，卢氏十四岁嫁给李益，三十七岁卒，并没有被休掉。再据崔郾《唐故银青光禄大夫守礼部尚书致仕上轻车都尉安城县开国伯食邑七百户赠太子少师陇西李府君墓志铭并序》（以下简称《李府君墓志铭》），李益前后两度娶妻，均为范阳卢氏，有二子、一女。那么，为什么李益被写得如此不堪呢？卞孝萱认为，这与“牛李党争”有关系。《霍小玉传》的作者蒋防与李绅、元稹关系密切，受他们推荐得为翰林学士。李绅、元稹与“李党”领袖李德裕交好，而与令狐楚则相恶。令狐楚属“牛党”，最喜欢的诗人就是李益，他在编《御览诗》时选了李益三十六首作品，又曾荐拔过李益。于是，蒋防为迎合李绅、元稹等人便攻击“牛党”的

---

① ［北宋］欧阳修、宋祁：《新唐书》，中华书局1975年版，第5784—5785页。

令狐楚和李益。[①] 当然，这些都仅供参考，事实上也不一定会有如此深意。街头巷尾的议论传说往往会将一个人污名化，而“污点”一旦进入史传此人则难以翻身。

去掉爱情故事的渲染，两唐书将其以实录入史，原因亦在于故事的动人之处。李剑国评价《霍小玉传》云：“唐人传奇当推此传第一。情节委曲，性格鲜明，对话见其个性，细节见其心理：皆近于近代小说。小玉形象殊佳，唐稗实属鲜见。观其自知倡家非匹，但求八年之期，真沉静有识者也；被弃而想望不移，百计使通消息，终抱恨成疾，真笃情者也；见益而含怒，万恨聚心，一恸而卒，化厉鬼复仇，真刚毅者也。”[②] 评论可谓是切中肯綮，然尚可补充：见益而含怒复含情，因益之哭丧而同情，小玉真有情者也。日本学者小南一郎《唐代传奇小说论》云：“即使霍小玉本人原谅了李生，那些大众却无法原谅李生，根据他们的心情而形成小说叙事的因果关系支撑起了这一故事。”[③] 也就是说，虽然小玉的魂灵已经原谅了李益，但小玉因李益而死，所以李益的形象在大众的心中是难以扭转的，而小玉发出的诅咒也就依然有效。“负心人”遂成为李益的代名词，“李益疾”也成为负心的后果，被以不同的记载方式传布开来。小说中的叙事内容获得认可，而后被采摭入史，这样从小说到正史体现了叙事载体的变化。《旧唐书》以“李益疾”入史，坐实其事，《新唐书》再次认定其唯文艺而已，从而起到了为李益形象定型并予以强化的作用。

三、《唐才子传》：类传文本中的“李益疾”

随着“李益疾”与李益屡被提及的名篇《征人歌》《早行篇》《夜上受降城闻笛》一起成为传记文本的叙事核心要素，李益的形象也与诗人和心疾患

---

① 参见卞孝萱：《〈霍小玉传〉是早期“牛李党争”的产物》，《社会科学战线》1986 年第 2 期；卞孝萱：《唐人小说与政治》，鹭江出版社 2003 年版，第 292—305 页。

② 李剑国：《唐五代志怪传奇叙录》（上册），南开大学出版社 1993 年版，第454 页。

③ ［日］小南一郎：《唐代传奇小说论》，童岭译，北京大学出版社 2015 年版，第 173 页。

者密不可分。因诗家名望而有风流韵事，因风流韵事而落下心疾，因心疾发作而婚姻不谐，因婚姻不谐而影响仕途，可以说“李益疾”在李益一生的行事当中具有某种媒介功能，联结着他的恋爱与婚姻生活。不同的文体对“李益疾”的传布发挥了不同的作用，小说阐释成因，史传坐实其事，类传以为逸事。而叙事空间的变化则对我们如何面对其人其事提出了挑战：“李益疾”与李益的人生到底有着多大的关联度？“李益疾”是李益人生的一个小插曲，还是影响其一生的不道德因素？蒋防、柳宗元、李肇、李翱均是一时人物，《霍小玉传》《先君石表阴先友记》《唐国史补》《论故度支李尚书事状》又分别是不同的文体，这就足以说明当时之人的文化记忆是可靠的。《旧唐书》《新唐书》将李益的心疾采摭入传并命名为“李益疾”，既新鲜又有意味，从此“李益疾”便成为诗人吟咏的一个主题，也成为坊间谈论的话题。唐人已有《霍小玉歌》《惆怅诗》咏其事，但直到辛文房《唐才子传》问世，“李益疾”才以不同的方式出现在类传文本之中。

《唐才子传》在为李益作传时，所采取的记叙方式与两唐书不同。这部类传旨在为有唐一代诗人画像，所以诗人的生平、籍贯、名望、逸事、风格、评价等是必要的元素。而如何安排这些元素，使之呈现出自己所满意的样态，辛文房可谓是煞费苦心。《唐才子传》关于李益的传记文本内容，以记述其文学成就、仕宦生涯为主，并重点评价了其边塞诗文的影响。传云：

> 益，字君虞，陇西姑臧人。大历四年齐映榜进士，调郑县尉。同辈行稍进达，益久不升，郁郁去游燕、赵间，幽州节度刘济辟为从事。未几，又佐邠宁幕府。风流有词藻，与宗人贺相埒，每一篇就，乐工赂求之，被于雅乐，供奉天子。如《征人》、《早行》篇，天下皆施绘画。二十，三受策秩，从军十年。运筹决胜，尤其所长。往往鞍马间为文，横槊赋诗，故多抑扬激厉悲离之作，高适、岑参之流也。宪宗雅闻其名，召为秘书少监、集贤殿学士。自负其才，凌轹士众，有不能堪，谏官因暴其诗“不上望京楼”等句，以涉怨望，诏降职。俄复旧，除侍御史，迁礼部尚书，致仕。大和初卒。益少有僻疾，多猜忌，防闲妻妾，过为苛酷，有散灰扃户之谈，时

称为“妒痴尚书李十郎”。有同姓名者，为太子庶子，皆在朝，人恐莫辨，谓君虞为“文章李益”，庶子为“门户李益”云。有集今传。[①]

李益的基本生平叙述完毕后，才引出“李益疾”，却并未以之命名。《唐才子传》关于“李益疾”的文本内容是以《旧唐书》为蓝本，结合柳宗元《先君石表阴先友记》“僻疾”之说形成的。“妒痴尚书李十郎”的说法则不知出自何处。值得注意的是，辛文房并没有将“李益疾”与他的文学成就、仕宦生涯结合起来，而是将“李益疾”的影响定位于“少有僻疾”，这样叙事文本便有了想象的空间。由文本内容可知，李益初入官场时有“同辈行稍进达，益久不升”的说法，但这没有与“李益疾”联系起来；后入幕府，“自负其才”亦与之无涉。这就造成了一种可能：“李益疾”仅仅是李益少年时候的事儿，并未影响李益的一生。这与墓志的叙述是相符的。

事实上，“李益疾”既部分地消解了李益的诗家名望，也对他的婚姻生活、仕宦生涯造成了重大影响。而相较于《霍小玉传》及两唐书，《唐才子传》所重构的李益传记则将这种影响降到了最小。至此，我们再考察《李府君墓志铭》与小说及传记文本之间的关系，就会发现在《唐才子传》这个遮蔽“李益疾”的文本中，李益的诗家名望受到了推重。根据王胜明的研究，《李府君墓志铭》所述李益生平可补现存文本的缺失。[②] 但是，《李府君墓志铭》也极有可能将“对于李益形象不利的材料全部去除，有意规避不使人知，把有益的方面故意放大，惟恐人不知”[③]。王胜明、吴文静则依据《李府君墓志铭》欲为李益的“负心汉”形象“平反”，认为《霍小玉传》所言的李益

① 孙映逵：《唐才子传校注》，中国社会科学出版社 2013 年版，第 256—257 页。

② 参见王胜明：《新发现的崔郾佚文〈李益墓志铭〉及其文献价值》，《文学遗产》2009 年第 5 期。

③ 何安平：《〈霍小玉传〉〈李益墓志〉及史传中的李益形象比较研究》，新疆大学学报（哲学·人文社会科学版）2018 年第 2 期。

二十四岁结婚不实，当是四十九岁。[①] 问题也许就出在这里，四十九岁之前的李益是否有过婚姻，是否曾经娶过卢氏女并患上“李益疾”呢？《霍小玉传》明确地说李益“三娶”，而《李府君墓志铭》则仅仅记述了“二娶”，恰恰“遗漏”了曾有的一次婚姻。从现有史料来看，传记作者均聚焦于李益“少有痴病”，因此我们不能排除“李益疾”在其中年后治愈的可能性。根据卞孝萱的考述，李翱《论故度支李尚书事状》写于元和五年（810 年），李肇《唐国史补》完成于长庆时期（821 年—824 年），而柳宗元《先君石表阴先友记》则写于元和二年（807 年），是现存涉及“李益疾”的最早文本。根据王胜明《李益年谱新编》，元和二年李益六十二岁，而卞孝萱《李益年谱稿》则认为当年李益六十岁。此时，李益“少有痴病”一事已经广为流传，至长庆时期更是成为朝议的话题，并被李肇记录下来，收入《唐国史补》。细读《李府君墓志铭》不难发现，文本在突出李益“善属文”方面尤为用力，如总评云：“地望清华，推鼎甲之族；天才秀出，为文章之杰。尤以缘情绮靡、吟咏情性为意。自典谟绝，风雅缺，作者之制稍稍而变，公未尝不根六律，正五声，以古之比典，合今之律度，涵孕风骚，宪章颜谢，一赋一咏，必胜于众。”如写应试时期，云：“间岁，天子坐明庭策贤俊，临轩试问，以‘主文谲谏’为目。公词藻清丽，入第三等，授河南府参军。”再如：“德宗皇帝统临万方，注意六义，诏征公制述，令词臣编录，阅览终夕，精微动天，遂以副本藏于天禄石渠之署。及制使马宇奉命东夷，又见公雅什为夷人所宝，则中华之内，断可知矣！”再如：“克协汇征之告，雅符则哲之能，洎参掌纶綍，润色度，不虚美，不隐恶，文含奇律而直在其中。”再如：“元和中，因张广乐赏丽曲，问其所自，知公属词，又两征文集，一见别殿。子虚入听，喜相如同时；宣室延名，恨贾生来晚，由是有卫尉之命。”最后言：“著嘉词，享重誉，逾甲子矣。”[②] 从墓志所述履历来看，李益的文学家身份依然无比重要。与此相呼

---

① 参见王胜明、吴文静：《为“负心汉”李益“平反”》，《中州学刊》2014 年第 3 期。

② 王胜明：《〈李尚书诗集〉编年校注》，社会科学文献出版社 2013 年版，第 367—368 页。

应，在出土的李益之子李当墓志中，有关于李益的叙述："烈考益，大历中四登文科，贞元、元和间以歌诗擅名，为一时独步。其所赋咏，流在人口，播为乐章。德宗、宪宗尝命中使取去，仍诏以副本置于集贤阁。元和中，参掌纶诰，焕发书命，位至礼部尚书致政，赠太子少师，谥文公。以公之贵，累赠太傅。皇妣范阳卢氏，追封魏国太夫人。"① 李当墓志所述李益生平以文学、政事为主，诗家名望几乎贯穿于文本的始终，这与当时文人所记载的内容无异。墓志会为逝者讳，而小说、散文、笔记则不然，往往会将传播甚广的奇人异事及名人的风流韵事采录下来。面对自己所处时代的遗存文本，辛文房自然要筛选去留，况且以他对唐代文人的痴迷程度，采事入传必会细细考量。因此，《唐才子传》采摭"李益疾"入文本乃是经过理性的判断，并在广搜材料的基础上取舍成文的结果，从其言语间亦能体会出成文的严谨性。自《霍小玉传》至两唐书，涉及的是采摭小说入传与否以及取舍缘由的问题，由两唐书再到《唐才子传》，涉及的则是自史传入类传的叙事定位问题。叙事定位一旦发生变化，则会改变叙事的焦点。由此可知，在《唐才子传》中，"李益疾"已经不再是贯穿于文本的叙事中心，不过是一则有趣的名人逸事而已。换句话说，其"李益疾"已经治愈，并已不再为李益的诗家名望负责，也不再是他中年后的婚姻束缚，更与他平坦的宦途无关。

综上所述，有以下三点值得注意：

一是唐传奇侧重写实，乃是史传文学化的一个结晶。《霍小玉传》以人物命名而成传记，有一部分是写实的。总体来说，小说当是围绕"李益疾"进行演绎的，前半部分以才情而叙情爱，后半部分因情爱而成心疾。前半部分最为动人，却是为后半部分"李益疾"的形成做注解的。

二是《旧唐书》将"李益疾"作为叙事内容，联结了李益的诗才与婚姻生活、仕宦生涯。诗才因"李益疾"而消解，婚姻生活因"李益疾"而失败，仕宦生涯因"李益疾"而不调。《新唐书》延续了此种写法，将李益列入"文艺"专传之中，遂使"李益疾"二次入史，从而进一步强化了其诗才

---

① 胡可先：《新出土唐代文学家李当墓志考索》，《陕西师范大学学报》（哲学社会科学版）2018 年第 1 期。

与“李益疾”之间的关联性。

三是《唐才子传》采摭《旧唐书》原文入传，同时与《新唐书》内容相结合，进而形成了新的叙事文本，它使得“李益疾”仅仅成为名人逸事，并未在文本中发挥贯穿始终的作用。

从入梦到托梦：《水浒传》中宋江形象的梦幻书写[①]

非现实性因素介入小说的叙事空间，常常会在文本中发挥指向性作用。因此，作者在写作的过程中也就会注意让非现实性因素发挥出直接或者潜在的书写功能。梦境就是一种非现实性因素，梦幻书写则是一种以信息传递为中心，借助梦境通向叙事指向的隐性书写，也是一条合理的书写路径。《水浒传》作为一部小说，学界往往注重对其中的现实内容进行分析，而忽略对于非现实内容的考察，尤其是梦幻书写在文本叙事中所具有的隐性意义。而在《水浒传》中，其实正是由于隐性书写与显性书写相结合，才塑造了一个完满的宋江形象。李辰冬认为，“缘于资产者所处的是人的社会，不是神的世界，所以《水浒传》里，除楔子与宋江得的天书两段神话外，从始至终都是用写实的手法来表现现实的社会”[②]。大多数学者都持这样的观点，于是关于《水浒传》中的梦幻书写的分析也就比较少见了。笔者曾经发表文章讨论过梦幻书写这一话题，以“宋公明遇九天玄女”“徽宗帝梦游梁山泊”等情节为例探讨了梦幻书写的叙事意义。本文试图转换视角，就《水浒传》是怎样借由梦幻书写塑造宋江之形象的展开分析。

一、行义落难的梦幻解读

《水浒传》中运用梦幻书写的地方共有十余处，关键之处都涉及了宋江这

---

① 原载田恩铭：《中国文学与人生十五讲》，黑龙江大学出版社2015年版，第212—227页。

② 李辰冬：《李辰冬古典小说研究论集》，中华书局2006年版，第213页。

个人物，只是在内容上有详有略。详写的部分多是为宋江解难的过程，这种写法使他在入梦之际获得了智慧或者预言，以引领叙事文本的推进，如第四十二回“宋公明遇九天玄女”、第八十八回“宋公明梦授玄女法”、第九十七回“乌龙岭神助宋公明”等就是如此。略写的部分多是关于人物命运的暗示性质的托梦，这种写法以信息传递为目的，通过托“梦魂”将自己的死亡信息有选择地告知未知者，如第六十五回“托塔天王梦中显圣”、第九十四回“涌金门张顺归神”，以及戴宗梦见崔府君勾唤，宋江、李逵托梦吴用、花荣和宋江托梦宿太尉等情节。也就是说，作者往往借助梦幻书写来推动小说情节的发展，或者让梦成为一个桥梁，以实现文本内涵的过渡。作者让主人公在梦中避难，同时获得策略和信息，这样宋江自然就成了所属队伍中的一个先知者，而“天外来客”的点拨也使他成了一个智慧者，总是能以梦中的神灵附体来摆脱当下所面临的困境。危难之际，宋江总是能够得到神灵的庇护，这样的叙事选择意图十分明显，就是要让宋江在梦幻中摆脱困境，成为小说叙事走向的主导性角色。在梦幻书写下，宋江也成为一个集高智商与高情商于一身的角色，叙事文本的演进让宋江引领队伍走上梁山又归入朝廷，从反叛到被招安，直至最终受到惩罚。一次一次的入梦，使他遇难而解，而最终的托梦则是一场无处容身的心灵对话。

无论是入梦还是托梦，《水浒传》中的梦幻书写都有其自身的特点，首先，梦幻书写营构了独立的叙事空间。与《三国演义》中蜻蜓点水式的写梦相比，《水浒传》显然用墨更多，甚至可以说让梦幻引领了叙事主题。可是，以梦幻书写来确立相对独立的叙事空间并不容易，这需要让梦自身在文本中具有叙事统治力。为此，作者往往在旧有的格局上进行改写，同时注意减缓叙事的节奏，尤其是将解难行为融入了宏大叙事的梦幻体系之中。将《大宋宣和遗事》中的相关叙述与《水浒传》第四十二回“宋公明遇九天玄女”进行比较，可以发现讲史与创作小说在文本书写上的不同取向。作为讲史文本，《大宋宣和遗事》并不以宋江为中心来构思文本内容，涉及梁山人物的故事只是部分内容，文本中也只是书写了这支队伍的形成过程及最终结局。宋江因私放晁盖之事泄露而杀了阎婆惜，在被官兵追捕的过程中躲进了九天玄女庙避难，但他并没有遇见九天玄女，而是得到了一本天书。文本中直接宣示了天书的内容，而且将聚义者的姓名、绰号直接揭示了出来，宋江则接受天书的指引，完成了三十六人聚义之任务。① 九天玄女自始至终都没有现身，文本中也没有关于梦境的书写内容。依靠天书的指引，宋江组织和带领队伍走上梁山，而后又接受了招安。《水浒传》则不然，文本的宏大叙事让天书变得神秘起来，九天玄女则进入宋江的梦中，向他面授机宜。被逼上梁山之后的宋江，因归家省亲而被捕快追赶，慌乱之中逃入九天玄女庙，钻入殿上神厨，捕快进入庙中搜索时，宋江则因得到了九天玄女的护佑而悠然进入梦乡。首先，九天玄女为宋江解难，随后传书，让宋江成了一个先知者。这样“小说家言”就通过梦幻书写演绎了一个曲折离奇而又扣人心弦的传奇片段。其次，梦幻书写参与到叙事节奏的行进之中，并通过与非梦幻文本相互配合取得了良好的表达效果。这样宋江的形象就在梦幻与现实的交织中被书写得栩栩如生。在《水浒传》成书之前，存在着两种形象的宋江：一个是元代陈泰《江南曲序》中所说的“勇悍狂侠”的侠士宋江，一个是《大宋宣和遗事》中所说的“广行忠义，殄灭奸邪”的领袖宋江。《水浒传》作者显然是接受了宋江“广行忠义，殄灭奸邪”的一面，并基于此对他进行了重新书写，使他成为具有侠义心肠和忠义情怀的文士形象。小说文本是在对梦境进行详写的过程中，完成宋江的文士形象定位的。在宋江的梦境中，先是青衣童子呼唤宋江，引他去见玄女娘娘，而后是玄女娘娘赐他饮酒，最后则是传书过程，整个梦境描写得颇为细致入微。人物似在梦境而又不离实境，宋江醒来时袖有天书，口有酒香。这显然是精心设计的笔法，即通过九天玄女传书塑造一个先知者宋江形象。由此我们可以断言，此后英雄好汉们走上梁山的过程大都在宋江的掌控之中，并按照宋江的策略落实和演绎了“梁山英雄排座次”这样一个聚会场面。从此宋江知道了自己的领袖角色，后来的小说叙述也就都以他为中心来展开了。但实际上，此时梁山上坐头把交椅的是晁盖。这样的梦幻书写显然指引了主人公的理想化行为，并为文本生成提供了书写资源和发展指向。在第四十二回“宋公明遇九天玄女”的情节设计中，绿林好汉们开始从民间的小传统叙事步入庙堂的大传统叙事，而“招安”也从此成为确

---

① 参见《新刊大宋宣和遗事》，上海古典文学出版社1954年版，第35—44页。

定这支队伍归属取向的中心话题。关于大传统和小传统，李亦园说：“所谓大传统是指一个社会里上层的士绅、知识分子所代表的文化，这多半是经由思想家、宗教家反省深思所产生的精英文化（refined culture）；而相对的，小传统则是指一般社会大众，特别是乡民或俗民所代表的生活文化。”① 宋江的加盟使得梁山好汉们的生活发生了巨大的变化，从“聚义厅”到“忠义堂”，昭示着从江湖转向庙堂。只要我们认真阅读文本，尤其是关于梦幻书写的部分，就会发现宋江个人的价值取向与九天玄女所指引的方向有着相合的一面。比如，在第三十二回“武行者醉打孔亮”中宋江与武松有一段对话：

……宋江道：“兄弟既有此心归顺朝廷，皇天必祐。若如此行，不可苦谏，你只相陪我住几日了去。”……宋江道：“不须如此。自古道：送君千里，终有一别。兄弟，你只顾自己前程万里，早早的到了彼处。入伙之后，少戒酒性。如得朝廷招安，你便可撺掇鲁智深、杨志投降了，日后但是去边上，一枪一刀，博得个封妻荫子，久后青史上留得一个好名，也不枉了为人一世。我自百无一能，虽有忠心，不能得进步。兄弟，你如此英雄，决定得做大官。可以记心，听愚兄之言，图个日后相见。”武行者听了。酒店上饮了数杯，还了酒钱……②

这与九天玄女口中说出的“汝可替天行道，为主全忠仗义，为臣辅国安民。去邪归正，他日功成果满，作为上卿”正相契合。正如冯文楼所说，“只要我们稍加留心，就不难发现，宋江人生理想和价值取向的最终确立，乃是受九天玄女娘娘‘法旨’的教诲而致。可以说，是九天玄女娘娘的一篇‘道德启示’，进一步坚定了他的自律意识，建立了他的理想信念和政治关切，从而把他的思想纳入一个先验的理念框架和自觉的理性秩序中去，为他指明了

① 李亦园：《人类的视野》，上海文艺出版社1996年版，第143页。

② ［明］施耐庵、罗贯中：《水浒传》，人民文学出版社1997年版，第419—420页。本篇所引《水浒传》原文均出自此书，不再一一注释。

一条实践的道路，并预示出将来的结果”①。并且在预示结果的时候，只是给出了预设中的美满前程，而对于后来的“树倒猢狲散”则隐而不提，这也是后来“徽宗帝梦游梁山泊”最终被设计出来的一个原因。

小说在进行梦幻书写时并没有展开对话，而是在解难中完成了引导，并且在以全知叙事视角将人物的行为和盘托出的同时，展示了人物的心理状态。当然小说对这个“梦”颇费笔墨，不仅传书，而且精心刻画了人物的心理活动，采用的是细致的心理描写。小说先写的是宋江“梦”前的心理活动。在捕快的追赶和自身的处境不断变化的过程中，宋江逢难的惶恐心态被一层一层地展示了出来。文本详细描述了主人公“梦”前躲入神厨里的内心活动。这样的写法，到了“梦”中依然被延续下来：

> ……宋江寻思道：“原来这庙后又有这个去处。早知如此，却不来这里躲避，不受那许多惊恐！”宋江行着，觉道两边松树，香坞两行，夹种着都是合抱不交的大松树，中间平坦一条龟背大街。宋江看了，暗暗寻思道：“我倒不想古庙后有这般好路径。”……宋江见了，寻思道：“我生居郓城县，不曾听的说有这个去处。”心中惊恐，不敢动脚。……宋江觉道这酒馨香馥郁，如醍醐灌顶，甘露洒心。又是一个青衣捧过一盘仙枣，上劝宋江。宋江战战兢兢，怕失了体面，尖着指头拿了一枚，就而食之，怀核在手。……宋江便觉道春色微醺，又怕酒后醉失体面……宋江大叫一声，却撞在神厨内，觉来乃是南柯一梦。

宋江在与九天玄女接触的过程中仍不忘注意自身的形象。同时，文本还把他对于自身解难策略的思考以及喝酒之后的感受都写了出来。人在梦中，而行为却是清醒的。随着心理描写的推进，文本遮蔽了宋江作为侠士的一面，而是将一个文弱书生的心态书写了出来。但写到这里并没有结束，还有“梦”

① 冯文楼：《四大奇书的文本文化学阐释》，中国社会科学出版社2003年版，第211页。

后主人公对于梦境的思考和对于现实处境的心理反应。从梦前到梦中，再到梦后，主人公的心理描写贯穿于整个传书过程的始终，通过讲述和展示传达着叙事的感知力量。从作者的角度来说，这显然是叙述话语的操作与铺展的结果。书生身份的“及时雨”宋江，在逢难之际的怯懦表现被相当真实地描写了出来，这是文本追求大众效应的一种书写策略，也让我们看到了身份定位背景下英雄形象的另一个案。当然，宋江之所以成为领袖是因为具备一个特有的条件，那就是能够及时得到神灵的庇护。梦幻书写所展示的正是作为侠士的宋江在逃难时显露的书生本色，此后他就遵循天书的指引，一步一步地将英雄好汉们引入梁山泊，再走出梁山泊，最终踏上一条被招安收编的不归路。其实，宋江在梦中只是一个倾听者和接受者，他从九天玄女手中接过天书，就等于领了一道法旨。此外，宋江作为一个文弱书生形象的一面，也是通过他在梦境中的心理描写被展现出来的，而作者的叙述态度决定了梦境的可信度。实际上，作者在梦境与现实之间搭建了一座桥梁，而主人公的当前境遇则是他进入梦境的一个切入点。伴随着主人公当前境遇与梦境的交接，作者由写实状态进入非写实状态，又从非写实状态回到写实状态。梦境是虚拟的，而人物在梦境中的言语行为则是写实的，这就在虚拟的梦境中达到了形象书写的隐性目的。可见，非写实文本中同时又包含了写实的成分。

二、解难策略的梦幻预言

九天玄女不仅为宋江指明了前进的方向，而且在此后的故事情节中再度出现。在她的指引下，宋江依靠宿太尉的帮助成功获得招安，并且依靠九天玄女的解难，取得了征辽的胜利。而后九天玄女似乎完成了指引宋江的任务，再也没有出现。当然，九天玄女送给宋江的“遇宿重重喜，逢高不是凶。北幽南至睦，两处见奇功”的“天言”，只是为他勾画了美好的前程，并没有预示他的悲剧命运。但是，宋江作为领袖总是能够及时得到神灵的庇护，而“及时雨”也总会在危难之际飘落下来，然后一切随之云开雾散。在《水浒传》中，作者用不同的写法安排了两类具有预言功能的人物形象。一类是现实书写，如写得道高僧，他往往能够预知人物的命运，包括预知梁山英雄的结局、鲁智深的命运等。另一类则是梦幻书写，如写九天玄女、乌龙神邵俊，他们通过托梦引领宋江，为宋江解难。这样的写法既有助于推动情节的进展进而达到叙事目的，也有助于完成对宋江领袖形象的集中塑造。

宋江在梦中不仅得到了神灵的护佑，同时还获得了智慧，即解难的策略或者预言。只有这样，宋江作为领袖的合法性和权威性才能被确立下来，他才能成为这支队伍的灵魂。第九十七回“乌龙岭神助宋公明”中的梦幻书写，就是一个范例。而拥有这个“梦”的知晓权者，这支队伍中只有吴用一人。换句话说，获得神灵托梦可以彰显宋江的领袖地位，而获得解难的策略则展示了宋江个人的独有智慧。小说运用梦幻书写进行解难，主要有两种方式。一种是为主人公解难提供策略，如第八十八回“宋公明梦授玄女法”，就是九天玄女为宋江提供了克服困难的具体策略。另一种是在解难后给予预言，让主人公预知结果。值得注意的是，主人公的焦虑性体验是梦幻出现的一个因缘，有了这个因缘，主人公才能通过梦幻得到预示，或者在梦中获得解难策略。

“乌龙岭神助宋公明”这段书写由两个梦组成。第一个梦是为宋江解围、保护宋江，取得了平稳过渡的叙事效果。心理状态的失衡导致宋江落入险地，而后便在逢难的心境下进入了梦境：

> 宋江见了，下马受降，只称：“乞赐早死！”伏于地下，耳边只听得风雨之声，却不见人。手下众军将士，都掩面受死，只等刀来砍杀。须臾风雨过处，宋江却见刀不砍来。有一人来搀宋江，口称：“请起！”宋江抬头仰脸看时，只见面前一个秀才来扶。……宋江见了失惊，起身叙礼，便问：“秀才高姓大名？”那秀才答道：“小生姓邵名俊，土居于此。今特来报知义士，方十三气数将尽，只在旬日可破。小生多曾与义士出力，今虽受困，救兵已至，义士知否？”宋江再问道：“先生，方十三气数何时可获？”邵秀才把手一推，宋江忽然惊觉，乃是南柯一梦。

宋江在梦中虽然没有求得何时才能战胜方腊的预示，但还是受神灵的庇护而渡过难关。这样从写实直接入梦，在叙述中将梦与现实交织在一起，正如王文革所说，“文学梦与现实情节在时间轴上通常形成线性的顺承关系，梦境紧承其前面发生的现实事件，可以看作是在现实事件之后发生的另一事件。而且，叙述者在开始梦境的叙述时，常常并不明确交代这是梦，而是把梦境当作现实的事件来叙述，直到梦者醒来才说明这个梦的结束，这样实际模糊了梦境在开始时间和空间上与现实时间和空间的界限，看起来现实情节与梦境情节是连在一起的事件”①。

宋江以虔诚的行为及时回报了乌龙神邵俊，他和军师吴用入山寻访，找到了乌龙神庙，而庙中“龙君圣像，正和梦中见者无异”。宋江的虔诚祭祀获得了回报，随后邵俊又以托梦的方式为他预示了解决方腊的日期：

> 宋江觉道神思困倦，伏几而卧。只闻一人报曰：“有邵秀才相访。”宋江急忙起身，出帐迎接时，只见邵龙君长揖宋江道：“昨日若非小生救护，松树已被包道乙作起邪法，松树化人，擒获足下矣。适间深感祭奠之礼，特来致谢。就行报知，睦州来日可破，方十三旬日可擒。”宋江正待邀请入帐再问间，忽被风声一搅，撒然觉来，又是一梦。

这个“梦”发挥的是报恩式的预言作用。这两个梦，前一个在叙述时间上不是零占有，因此是实际存在的，具有现实意义；后一个则只在叙述空间上存在，因此具有指向性意义，即对事件的结局有所揭示。如此说来，预言式梦幻和解难式梦幻的设置的确增强了求奇求变的大众效应。小说将这样的传奇写法诉诸宋江的身上，显然增强了他作为领袖的合法性。主人公的焦虑性体验使得梦幻不期而至，而梦幻接踵而至则源于主人公的现实表现，即宋江在解围后对邵俊的虔诚拜谢，这为他赢得了下一步前进方向的预示。这些情节显然具有隐性的呈现功能，而不是被直接呈现于大众面前。小说通过这样的结构设置完成了对宋江的“神化”，即在关键时刻只有领袖才有可能获得

① 王文革：《文学梦的审美分析》，华中师范大学出版社 2006 年版，第 225 页。

神灵的庇护。有了这样的庇护，他就会获得事业上的不断进步。预言式梦幻书写同样引领了下文的叙事进程，将结果揭示出来可以形成一个合理的接受语境。后一个梦显然预言了宋江最终获得胜利的结局，而这既是主人公的期待结果，也是小说文本的叙事指向。《水浒传》中的梦幻书写正是充分利用了这一点，让主人公在合理的时间和特定的空间入梦，从梦中出来就能找到前进的方向，而作者自身也就由此找到了文本的叙事指向。

非现实内容的介入可以达到多种叙事效果，透过荒诞性的叙事设计使小说文本发生语境置换，可以增强文本的叙事张力，这样就与写实性内容形成了合理配置。这样看来，《水浒传》中的梦幻书写揭示了宋江这一人物形象在小说行文中的指引作用，也彰显了宋江在这支队伍中所特有的领袖地位。透过梦幻书写，宋江具备了作为领袖的合法性，而他作为“及时雨”的一面逐渐被消解，作为“孝义黑三郎”的一面则凸显了出来。情节设置往往是为了展现人物形象的性格转变过程，而梦幻书写的意图则是在隐性视域下为主人公指出向上一路，这些正是宋江形象的生成所不可或缺的。

三、忠而被害的梦幻呓语

《水浒传》中多次出现主人公逢难的情节，每次在关键时刻也都会出现解难者，或为九天玄女，或为乌龙神邵俊，他们成了主人公的保护伞。可是，功成名就之后，归入朝廷的宋江和他的队伍不仅没有获得合法性，反而面临被消灭的厄运。然而，神灵们却再也没有出现。他们可以指引宋江解难，却不能挽救宋江最终的悲剧结局。在现实生活中，正是昏君无道和奸臣当道迫使宋江和他的兄弟们走上梁山，最终也正是无道昏君和当道奸臣将这些替天行道者送上了不归路。与“宋公明遇九天玄女”形成对话或者呼应关系的正是“徽宗帝梦游梁山泊”，这是小说中的最后一个“梦”，也是一个无奈的、清醒的和更为现实的梦。小说只能借宋江在灾难性毁灭来临之前的托梦上达天听，而此刻宋江已经是“叫天天不应，叫地地不灵”了。文本通过宋江与宋徽宗的对话展开了梦幻书写。在这一次超越现实的隐性对话中，宋江不再是梦中人，而成了托梦之“魂”。可见，从“奸”逼民反到“奸”逼忠死，小说是在对皇权保持顺从的背景下展开叙事结构设计的。

在宋江入梦的叙事中，他只是一个倾听者或者接受者，只需解除困境并获得锦囊妙计；而在托梦的叙事中，他成为一个倾诉者，需要传递信息并发出自己的不平之鸣。在宋徽宗的梦境中，宋江依然以主人公的形象出现，这是作者无奈而又有意的选择。这个情节虽然采用了常见的托梦形式，却在叙事内涵上有着特殊的意义，即形成了多重对话效应。作者以全知叙事视角将宋江的“魂”引入宋徽宗的梦境，从而为主人公代言，代言者显然会向昏君发出灵魂拷问。在这种情况下，小说主要是对“事”本身进行书写，借梦来告诉不知情者，因为主人公找不到有效的申冤途径，只能以托梦的方式向皇帝传递信息，以表忠心。正是在这样的背景下，文本为宋江与宋徽宗安排了一场对话。总的来看，《水浒传》中托梦的情节不少，但多数只是用于传递信息，并没有形成对话。这种书写方式不一定是为了直接推动情节发展，而是带有预示或者暗示的意味，实际上发挥的还是引导作用，旨在引导入梦者按照梦中的意义指向选择行为方式。这样就能以插入材料设置叙事空间的方式，将文本所要表现的“忠”的主题烘托出来，从而达到透过梦境展示人物心态的书写目的。前面的阐述让我们明确了梦幻书写在小说文本空间有限的情况下所能发挥的作用，这当然也包括对于叙事进程在时间上的推动。通过这样的梦幻书写，宋江的形象就被全面地展示出来了，而他内心的矛盾与困惑也揭示出了小说主题的深刻性。先看小说中的对话：

> ……上皇大惊，连问道：“卿等皆是何人?”只见为头一个，凤翅金盔，锦袍金甲，向前奏道：“臣乃梁山泊宋江是也。”上皇曰：“寡人已教卿在楚州为安抚使，却缘何在此?”宋江奏道：“臣等谨请陛下到忠义堂上，容臣细诉衷曲枉死之冤。”上皇到忠义堂前下马，上堂坐定。看堂下时，烟雾中拜伏着许多人，上皇犹豫不定。只见为首的宋江，上阶跪膝，向前垂泪启奏。上皇道：“卿何故泪下?”宋江奏道：“臣等虽曾抗拒天兵，素秉忠义，并无分毫异心。自从奉陛下敕命招安之后，北退辽兵，东擒方腊，弟兄手足，十损其八。臣蒙陛下命守楚州，到任已来，与军民水米无交，天地共知臣心。

陛下赐以药酒，与臣服吃，臣死无憾。但恐李逵怀恨，辄起异心，臣特令人去润州，唤李逵到来，亲与药酒鸩死。吴用、花荣亦为忠义而来，在臣冢上，俱皆自缢而亡。臣等四人，同葬于楚州南门外蓼儿洼。里人怜悯，建立祠堂于墓前。今臣等与众已亡者，阴魂不散，俱聚于此，伸告陛下，诉平生衷曲，始终无异。乞陛下圣鉴。”上皇听了，大惊曰：“寡人亲差天使，亲赐黄封御酒，不知是何人换了药酒赐卿？”宋江奏道：“陛下可问来使，便知奸弊所出也。”

梁山英雄在蓼儿洼的死后相聚，成为聚义的结果再现。梦境中对话的双方一个是宋江，一个是宋徽宗，从而形成了君臣对立、君臣对话的两重效应。在这段对话中，宋江成了一个显灵意义上的预知者，即他对自己的身后事了如指掌。由宋江发出的意义指向有二：一是对出现的既有结果的不平之鸣，这是生前；二是对出现这种结果的处理方式（即托梦），这是死后。这样的对话直接体现了宋江内心深处根深蒂固的忠君思想，他甚至消除了自己身后对“忠”可能产生影响的因素。在宋徽宗的梦中有一段颇堪玩味的书写：

……上皇曰：“卿等何不诣九重深苑，显告寡人？”宋江奏道：“臣乃幽阴魂魄，怎得到凤阙龙楼。今者陛下出离宫禁，屈邀至此。”上皇曰：“寡人久坐，可以观玩否？”宋江等再拜谢恩。上皇下堂，回首观看堂上牌额，大书“忠义堂”三字。上皇点头下阶。忽见宋江背后转过李逵，手搦双斧，厉声高叫道：“皇帝，皇帝！你怎地听信四个贼臣挑拨，屈坏了我们性命？今日既见，正好报仇！”黑旋风说罢，轮起双斧，径奔上皇。天子吃这一惊，撒然觉来，乃是南柯一梦。浑身冷汗……

主人公生前忠心耿耿却反遭陷害，而采用托梦这样一种理想化的方式来为其申冤也是作者的一种书写本能。那么，作者借这样的神来之笔所传递的信息是否会产生效果呢？在文本中，宋江叙及了“衷曲枉死之冤”，也提供了惩奸的线索，而这些虽然引起了宋徽宗的注意，他也责骂了奸臣，但结果却是“上皇终被四贼曲为掩饰，不加其罪”。这才是小说最终的悲剧性结局，整个故事在“凄凄惨惨戚戚”中就这样结束了。文本之外是否还有潜藏的含义？假如他们都还活着，会不会再度被招安？凡此种种，作者可能无意发问，也不需要在文本意义指向上有所暗示，而只能以符合大众心理预期的选择结果来结束叙事，即让“英魂”不断地显灵以造福后代。从文本前后的联结来看，这可能形成了前后对话的隐性接受语境。

文本对最后一个梦的精心营构，让我们看到了一个无奈而又忠心耿耿的申诉者形象，他向皇帝表达的既有队伍结局方面的信息，也有自己的一片忠心，而这些则削弱了托梦的申冤功能。接下来，文本将个体在生死之间的体验写了出来，进而发出了被害者潜藏于内心的不平之鸣。宋徽宗梦中李逵手持双斧的行为，显然印证了宋江所说的对李逵的处置方式。这个情节安排本身意义并不大，主要是为了向皇帝申诉忠臣被害的现状和表白忠臣的忠义之心。换句话说，不求生前荣耀，但求死后美名。

叙事视角的设置和调动会展开一种独特的视境，而这在带来新的审美趣味的同时也会使对于人物形象的展示呈现出被深化的外在形态。[①]“宋公明遇九天玄女”中展示了梁山英雄聚义的前景，而“徽宗帝梦游梁山泊”中则书写了他们分散后的结局，这就达到了文本上的呼应效果。小说采用梦幻书写的方式形成了多重对话：宋江与宋徽宗的对话，这是直接对话；整个文本与九天玄女的对话，这是终点向起点发起质疑的对话，以此形成了小说的整体叙事结构；作者与叙事文本本身的对话，或者就某种意义来说这是作者与自我的对话，作者试图在自我对话中为当下面临的困惑找到一个联结点。从入梦到托梦，将生前移到死后，这样的梦幻书写展示了小传统并入大传统的被接受过程。“徽宗帝梦游梁山泊”在一定程度上与“宋公明遇九天玄女”的情节设计相互照应，使得小说形成了由分到合、合而又分、分而再合的叙事进程。主人公都是宋江，从聚义的实现到招安的成功，再到被奸臣迫害，这样的书写进程使人物形象的价值得到了实现，但也使其产生了对于“忠”的困惑。九天玄女之梦对“奸”构成了直接的威胁，而“忠”又导致了“奸”

---

① 参见杨义：《中国叙事学》，人民出版社1997年版，第195页。

带来的迂回性迫害，“徽宗帝梦游梁山泊”一回的梦幻书写的隐性意义就在这里。

总之，透过梦幻书写，我们看到了宋江这一形象的多重性格，而人物形象的身份特征被从细部层层予以揭示，也使之显得更加完整。小说文本在着力刻画宋江这个灵魂人物时主要采取了写实的方式，但是梦幻书写也并不少见。小说文本通过梦幻书写为主人公解难、提供策略或者预言，以隐性方式解读宋江作为领袖的内在根源与外在形象，同时也将主人公在困境中的思考展示了出来，从而达到了梦幻书写与写实性文本合理配置的效果。换言之，正是隐性书写与显性书写结合起来，形成一个刻画人物的功能场，才完成了对宋江形象的全知叙事视角呈现。

思、史、诗：纸上的故乡行旅[①]

记得上小学的时候就学过《少年闰土》，后来中学课文里还收有《故乡》，等于又复习了一遍，虽然年龄不同了，也没有细细思考过，只是机械地记忆了一些知识点以备考试。从对旧中国社会的批判的角度来说，《故乡》算不上鲁迅有代表性的作品，《狂人日记》《祝福》《药》都是经典之作。鲁迅的一部分归乡题材小说与《朝花夕拾》中的散文很像，都是从记忆中撷取人物剪辑而成的。那么，应该如何阅读《故乡》呢？日本学者藤井省三写过一本《鲁迅〈故乡〉阅读史——近代中国的文学空间》，展示了不同时期、不同人群对文学文本的阅读体验。把故乡的风土人情写得令人神往的自然是沈从文，《边城》里的故事让人心醉，也让人心碎，故事里的湘西风情诠释了“风景这边独好”的魅力所在。无独有偶，鲁迅的“弟子”中也有以写故乡而卓有成就的作家，来自黑龙江的萧红就是相当出色的一位。她的《呼兰河传》描述了旧中国呼兰小城里人们的生存状态，散散漫漫地述说了这家那家的故事，抒情与叙事相结合而形成的独特风格，让这部小说成为经典。下面我们就从鲁迅的《故乡》说起，聊一聊南北两地的不同性别作家笔下的“乡土中国”。

---

① 原载田恩铭：《中国文学与人生十五讲》，黑龙江大学出版社 2015 年版，第 228—257 页。

一、乡音无改鬓毛衰：《故乡》里的生活图景

《故乡》1921 年 5 月刊于《新青年》杂志，7 月被《晨报》转载，9 月郑振铎在给周作人的信中说："近来创作界产品虽多，好的却极少，鲁迅君的《故乡》可以算是最好的作品。"① 后其文收入《呐喊》，并被同步选入各类教科书中。按照藤井省三的说法，触动鲁迅执笔写下《故乡》的原因，只不过是鲁迅的个人体验和时代风习的介入，所以这是一个以童年的消逝为书写主题的追忆性文本。

当时的鲁迅深受俄罗斯文学和日本文学的影响，他在进行小说创作的同时正在从事俄、日文学作品的翻译工作，1921 年底翻译完成了契诃夫的小说《省会》。"小说描写一个离开故乡二十余年的作家重返故乡后对往事的怀念和追忆。"② 把这两部作品做一个比较，很有意思。两部小说都是以第一人称来写的，时间也都定格在过去和现在两个维度，过去的美好和现在的变化也都形成了鲜明对比。《故乡》里面，除了"我"还重点写了两个人物，杨二嫂和闰土；《省会》也主要写了两个人物，赛先加和副厅长。虽然都写对往事的追忆和怀念，但两部小说的叙述主题却大不一样。《故乡》主要是对少年时代往事的回忆，过去与现在的对比、此刻的一切，都对"我"造成了思想上的冲击，但也只能"怜取眼前人"；《省会》则是对青年时代的爱情和战斗的回忆，每到一处相关的人和事都会浮现出来，故事里传达出来的是怀旧的情绪。

鲁迅的这部小说采用了一种"归乡模式"写法，但这是否受到了《省会》的影响我们还不能确定。我们不妨比对一下两部作品的起始部分：

---

① 鲁迅博物馆、鲁迅研究室：《鲁迅年谱（增订本）》（第二卷），人民文学出版社 2000 年版，第 38 页。

② 鲁迅博物馆、鲁迅研究室：《鲁迅年谱（增订本）》（第二卷），人民文学出版社 2000 年版，第 64 页。

我冒了严寒，回到相隔二千余里，别了二十余年的故乡去。

时候既然是深冬；渐近故乡时，天气又阴晦了，冷风吹进船舱中，呜呜的响，从篷隙向外一望，苍黄的天底下，远近横着几个萧索的荒村，没有一些活气。我的心禁不住悲凉起来了。

阿！这不是我二十年来时时记得的故乡？

我所记得的故乡全不如此。我的故乡好得多了。但要我记起他的美丽，说出他的佳处来，却又没有影像，没有言辞了。仿佛也就如此。于是我自己解释说：故乡本也如此，——虽然没有进步，也未必有如我所感的悲凉，这只是我自己心情的改变罢了，因为我这次回乡，本没有什么好心绪。

我这次是专为了别他而来的。我们多年聚族而居的老屋，已经公同卖给别姓了，交屋的期限，只在本年，所以必须赶在正月初一以前，永别了熟识的老屋，而且远离了熟识的故乡，搬家到我在谋食的异地去。

第二日清早晨我到了我家的门口了。瓦楞上许多枯草的断茎当风抖着，正在说明这老屋难免易主的原因。几房的本家大约已经搬走了，所以很寂静。我到了自家的房外，我的母亲早已迎着出来了，接着便飞出了八岁的侄儿宏儿。

——《故乡》①

我所坐的那汽船，使我胸中起了剧烈的搏动，驶近我年青时候曾经住过的，一个小小的省会的埠头去了。又温和又幽静，而且悲凉的夏晚，笼罩了懒懒的摇荡着的伏尔迦的川水，和沿岸的群山，和远远的隔岸的森林的葱茏的景色。甜美的疲劳和说不出的哀感，从这晚，从梦幻似的水面，从繁生在高山上的树林映在川水里的影，从没到山后去的夕阳，从寂寞的渔夫的艇子，以及从白鸥和远

① 《鲁迅全集》（第一卷），人民文学出版社 1981 年版，第 476—477 页。本篇所引《故乡》原文均出自此书，不再一一注释。

方的汽笛，都吹进我的灵魂中来……自己曾经带了钓鱼具，徘徊过，焚过火，捉过蟹的稔熟的处所，已经看得见了。自己常常垂钓的石崖上，也有人在那里钓鱼呢。奇怪……而且正坐在自己曾经坐过的处所。我忽然伤心到几乎要哭了。我于是想，自己已经有了白发，有了皱纹，再不会浮标一摇，便怦怦的心动，或如那人一般，鱼一上钩，便跳进水里去捉的了。心脏为了一去不返的生涯而痛楚了……我所期待的是欢喜，但迎迓我的却是悲哀。一转弯，从伏尔迦的高岸间，又望见了熟识的教会的两个圆形的屋顶，和有着绿色和灰色屋顶的一撮的人家……我的眼眶里含了泪……从那时以来，这省会近于全毁的已有两回了。我们住过的家，还完全的留着么？我于是很想一见我和父母一同住过的，围着碧绿的树篱的老家。父亲已经不在，母亲也不在，便是兄弟也没有一个在这世上了。还是活着似的，记忆浮上眼前来。仿佛不能信他们都已不在这世上。我下了汽船，走过那洼地的小路——那时因为图近，常在这地方走——再过土冈，经过几家的房屋，便望见我家的围墙，……这样的想，……

"母亲，父亲！"

于是从门口的阶沿上，迸出了父亲和母亲和弟妹们的满是欢喜的脸来。……

——《省会》①

《故乡》的起笔似乎就是关于归乡的说明性文字，萧索的景象、悲凉的心情、归乡的缘由、到家的场景，字里行间暗含了少年时代的记忆，但这些却也只在"我"的眼里一带而过。《省会》中的"我"则深情款款地描述了归途中的所见所想，旧日痕迹激活了青年时代的记忆，脑海里想象着归乡的图景。两者布景的不同也为故事格局的不同推进埋下了伏笔。两部作品都以

① ［俄］契里珂夫：《省会》，载《鲁迅全集》（第十一卷），花城出版社2021年版，第161页。

第一人称追忆往事，《故乡》追忆了少年时代的人和事，关注的是乡风市井中的人的变化。《省会》则回忆了青年时代的恋情和激情，关注的是青春激情的逝去。《省会》的翻译和《故乡》的写作在同一年完成，藤井省三认为，两书“主要梗概有很多地方都非常相似，考虑到翻译和创作是在同一年展开的，可以认为鲁迅是在契里珂夫的《田舍町》（即《省会》——笔者注）的影响下创作了《故乡》的。但《故乡》并非一种单纯的翻版，它已经将契里珂夫式的对于青春时代的甜美怀旧予以了创造性的模仿和升华，使之成了探究1920年代中国知识分子心态的哲理化的作品”[①]。如此说来，两部作品都蕴含着作者的独立思考，鲁迅借着“我”离开故乡时的感慨，说了一段我们都非常熟悉的名言：“希望是本无所谓有，无所谓无的。这正如地上的路；其实地上本没有路，走的人多了，也便成了路。”契诃夫感慨青年时光的消逝，发出了“或者也如我一样，因为他也已经白发满头，在人生的长途上，早已失掉了生命之花的缘故罢”[②]这样的叩问。这两部作品在写法上都采用了“归乡模式”。所谓“归乡模式”，用钱理群的话来讲，就是一种“离去——归来——再离去”[③]的叙事模式。《孤独者》《祝福》《在酒楼上》等文本都是这种写法，不过，在我的阅读视野里，《故乡》是不同的，就内容书写来说，它和《社戏》有相同之处，都是写已经逝去的风景，而这些风景也都集中在童年时代。童年消逝之后，以成年人的眼光所追忆的童年生活的片段往往会与此在的状况形成一种反差。这中间存在着一个时间段上的差别，因为经历过风风雨雨，每个个体都在不同的生活空间里发生了形象上和观念上的变化。

每个人都有两个故乡，一个是实在的故乡，一个是心灵的故乡。在少年眼里，那个实在的故乡也是美的，无忧无虑的生活，自由自在的嬉戏玩耍，

① ［日］藤井省三：《华语圈文学史》，贺昌盛译，南京大学出版社2014年版，第5—6页。

② ［俄］契里珂夫：《省会》，载《鲁迅全集》（第十一卷），花城出版社2021年版，第172页。

③ 钱理群、王得后：《近年来鲁迅小说研究的新趋向》，载黄修己：《中国现代文学研究方法论集》，首都师范大学出版社1994年版，第278页。

都会带来几许快乐。而这一切在成年人的眼里就不一样了，他们要生活，所以早就在奔波之中没了童趣兴致。从少年到成人，社会环境的“煎熬”让同一个生命个体有了质的飞跃。许多年后，曾经在同一个空间生活过的小伙伴再度相遇，过去的回忆还在，而当下生活中的异质成分则渐多了。

在《故乡》中，贯穿于整部作品的一个字眼就是“变”，闰土变了，杨二嫂变了，“我”也变了。闰土是怎么变的？“我”和母亲的对话是小说的第一个层次，对话中引出了这个童年的玩伴：

> 这时候，我的脑里忽然闪出一幅神异的图画来：深蓝的天空中挂着一轮金黄的圆月，下面是海边的沙地，都种着一望无际的碧绿的西瓜，其间有一个十一二岁的少年，项带银圈，手捏一柄钢叉，向一匹猹尽力的刺去，那猹却将身一扭，反从他的胯下逃走了。

于是，小说在对过去和现在的叙述中“满纸是闰土”，过去他是什么样的，“我们”在一起的趣事，现在他要来干什么等等，都交织在了一起。而杨二嫂则直接从“我”和母亲的对话中“闯”了进来：

> 我吃了一吓，赶忙抬起头，却见一个凸颧骨，薄嘴唇，五十岁上下的女人站在我面前，两手搭在髀间，没有系裙，张着两脚，正像一个画图仪器里细脚伶仃的圆规。

杨二嫂的主动介入让故事丰富起来，她的乡村俗妇模样也引发了“我”的回忆：

> 哦，我记得了。我孩子时候，在斜对门的豆腐店里确乎终日坐着一个杨二嫂，人都叫伊“豆腐西施”。但是擦着白粉，颧骨没有这么高，嘴唇也没有这么薄，而且终日坐着，我也从没有见过这圆规式的姿势。那时人说：因为伊，这豆腐店的买卖非常好。

杨二嫂相貌的变化让“我”始料未及，行动的变化更是这样。这场无厘头对话是以人物的行为收场结束的，“‘阿呀阿呀，真是愈有钱，便愈是一毫不肯放松，愈是一毫不肯放松，便愈有钱……’圆规一面愤愤的回转身，一面絮絮的说，慢慢向外走，顺便将我母亲的一副手套塞在裤腰里，出去了”。其实，杨二嫂只是一个代言者，不过是将乡邻间的传言带入了文本之中，关于“我”的发迹史，一定是早在本地传播开了的，现在由这样的一个人物说出来，这段对话也就结束了。

随后，“我”与闰土的见面成为小说的第二个层次，这时出现的才是现在的闰土：

> 这来的便是闰土。虽然我一见便知道是闰土，但又不是我这记忆上的闰土了。他身材增加了一倍；先前的紫色的圆脸，已经变作灰黄，而且加上了很深的皱纹；眼睛也像他父亲一样，周围都肿得通红，这我知道，在海边种地的人，终日吹着海风，大抵是这样的。他头上是一顶破毡帽，身上只一件极薄的棉衣，浑身瑟索着；手里提着一个纸包和一支长烟管，那手也不是我所记得的红活圆实的手，却又粗又笨而且开裂，像是松树皮了。

当“我”依旧停留在童年的记忆中，并试图与现在的闰土续接起来的时候，一声“闰土哥”换来的却是一声“老爷”。这消解掉了曾经存在的一切，“我”终于意识到“我们之间已经隔了一层可悲的厚障壁了”。到哪里去寻找闰土过去的影子呢？“我”并不甘心，于是小说引出了闰土的孩子水生，让宏儿和水生延续“我”和闰土的过去。“我”和闰土的对话也主要以闰土的诉苦为主，以“我”和母亲的感叹收束，“母亲和我都叹息他的景况：多子，饥荒，苛税，兵，匪，官，绅，都苦得他像一个木偶人了”。如果说这部小说具有批判意义的话，那就是对社会变动中某一群体或者个人所发生的变化的反思。

小说的第三个层次则是“我”的全家启程的场景。开始是“我”和宏儿的对话，引出了离乡的落寞；之后是“我”和母亲的对话，引出了闰土和杨二嫂。母亲讲了一个故事：

那豆腐西施的杨二嫂，自从我家收拾行李以来，本是每日必到的，前天伊在灰堆里，掏出十多个碗碟来，议论之后，便定说是闰土埋着的，他可以在运灰的时候，一齐搬回家里去；杨二嫂发见了这件事，自己很以为功，便拿了那狗气杀（这是我们这里养鸡的器具，木盘上面有着栅栏，内盛食料，鸡可以伸进颈子去啄，狗却不能，只能看着气死），飞也似的跑了，亏伊装着这么高底的小脚，竟跑得这样快。

这段故事中两个人物都没有出场，却都成了“嫌疑人”。记得上学的时候，老师讲到这个话题就说是杨二嫂自己要的小聪明，把东西藏起来了，目的是得到“狗气杀”。朱湘《桌话之六——〈呐喊〉》分析了《故乡》中闰土的变化，认为这事是闰土干的，徐中玉也认同这个观点。后来，为此还引发了争论。藤井省三《鲁迅〈故乡〉阅读史——近代中国的文学空间》以“谁是小偷”为题，对这个问题进行了梳理和探讨。大家可以找来读读，很有启发性。如果把这个问题放在作者的思考中，我们就会认识到“小偷是谁”这个命题的意义并不在于找到答案，而在于对世事变迁的反思。用李欧梵的分析结论来说，就是这个问题反映了独异个人与庸众之间的关系，即社会精英面对无以计数的庸众产生了一种无助感，哀其不幸，怒其不争，却又难以改变。尽管朱湘认为篇末的思想对小说的意义不大，可是对于作者来说并不是这样的。现在我们朗读一下这些文字：

老屋离我愈远了；故乡的山水也都渐渐远离了我，但我却并不感到怎样的留恋。我只觉得我四面有看不见的高墙，将我隔成孤身，使我非常气闷；那西瓜地上的银项圈的小英雄的影像，我本来十分清楚，现在却忽地模糊了，又使我非常的悲哀。

母亲和宏儿都睡着了。

我躺着，听船底潺潺的水声，知道我在走我的路。我想：我竟与闰土隔绝到这地步了，但我们的后辈还是一气，宏儿不是正在想念水生么。我希望他们不再像我，又大家隔膜起来……然而我又不愿意他们因为要一气，都如我的辛苦展转而生活，也不愿意他们都如闰土的辛苦麻木而生活，也不愿意都如别人的辛苦恣睢而生活。他们应该有新的生活，为我们所未经生活过的。

我想到希望，忽然害怕起来了。闰土要香炉和烛台的时候，我还暗地里笑他，以为他总是崇拜偶像，什么时候都不忘却。现在我所谓希望，不也是我自己手制的偶像么？只是他的愿望切近，我的愿望茫远罢了。

这样诗意地描写心路历程并寻找希望之路，诚然是富于理想化的。抛开时代的环境，这部小说实际上叙写了一个永恒的主题：当童年成为往事，当事人的身份如果发生了较大的变化，那么留在当事人心目中的记忆也会发生变化。当童年的玩伴重新相遇时，境遇的不同会带来感官上的撞击。“流光容易把人抛，红了樱桃，绿了芭蕉”，自然界的一景一物中暗含了人和事的变迁。变了又能怎样？要发出由衷的感慨，要引起心理上的震动，尤其是时代的背景犹如夕照一般在映衬着这一切。鲁迅也不例外，他在“错把他乡作故乡”的同时，也会“错认故乡是他乡”，只是这种认识的主体体验是不可替代的。

鲁迅关于故乡的记忆在《朝花夕拾》中基本能读到一部分，如《从百草园到三味书屋》《阿长与〈山海经〉》《五猖会》等，此外他的杂文集中也有一部分，而有些就被他永远留在心底了。儿时故乡的诱惑让鲁迅不能自已，从中我们看到了一个热爱人生的鲁迅形象。大作家都有这样的回忆，不管有过多少苦痛和不幸，不管有过多少仇恨和愤怒，他们都会把故乡理想化的一面书写出来。鲁迅《朝花夕拾》“小引”说：“我有一时，曾经屡次忆起儿时在故乡所吃的蔬果：菱角，罗汉豆，茭白，香瓜。凡这些，都是极其鲜美可口的；都曾是使我思乡的蛊惑。后来，我在久别之后尝到了，也不过如此；

惟独在记忆上，还有旧来的意味留存。他们也许要哄骗我一生，使我时时反顾。"[1] 童真是无法替代的，故乡的野菜，开满山坡的野花，还有淳朴的人们，都在文学家极富趣味的讲述中闪闪发光。

根据周作人的回忆，闰土、豆腐西施都是有原型的人物，可见《故乡》也算是"非虚构性"小说了。钱理群说："《故乡》里分明有两个故事：他人的故事——闰土的故事与'我'自己的故事，两者互相渗透，影响，构成了一个'复调'。"[2] 从结构上说，这话自然有道理，但就文本来看，还有杨二嫂的故事，她也是不可或缺的人物。如果说《故乡》是"心灵的诗"，那也是一篇思考时间流逝以及世事变迁中人的变化的诗章。在今天看来，文本是指向过去的，它是一段历史中的独白故事；文本也是指向未来的，农民作为一个群体，不能再重复"兴，百姓苦；亡，百姓苦"的命运轮回。

读鲁迅的小说需要与传记对读，可以借此知人论世。关于鲁迅的传记和研究著作，现在给大家推荐几部，供大家了解对鲁迅本人及其作品的研究状况。关于鲁迅的传记，写得很有特色的是曹聚仁《鲁迅评传》。曹聚仁和鲁迅既是师兄弟，也是好朋友，可谓知之甚深。就像他自己所说，要把鲁迅当作普通人来写，而不是写成一个"神"。王晓明《无法直面的人生：鲁迅传》写得也很有个性，作品关注了鲁迅的心理状态，尤其是鲁迅后期的创作心理。王晓明的文字深邃而沉重，读来颇有意味。孙郁《鲁迅与周作人》也值得一读，我在大学毕业之后读过。作品将他们兄弟俩的人生历程同步推进，语言之优美在同类作品中是少见的。鲁迅的年谱有二：一是曹聚仁编的《鲁迅年谱》，最新修订的三联书店版还纠正并补充了部分内容，简单而清楚；一是鲁迅博物馆、鲁迅研究室编的《鲁迅年谱》（四卷本），详密而扎实，最近又以《鲁迅年谱长编》为名修订，已出了第一卷。有了上述这些著作，对鲁迅的生平事迹就能有个大体的了解。研究鲁迅的著作有很多，给大家推荐钱理群《走进当代的鲁迅》《钱理群中学讲鲁迅》，前者重分析，后者重讲述和引导。此外，《与鲁迅相遇》是钱理群先生在大学讲台的最后一次讲课稿，也值得一

---

① 《鲁迅全集》（第二卷），人民文学出版社 1981 年版，第 229—230 页。

② 钱理群：《〈故乡〉：心灵的诗》，《语文学习》1993 年第 6 期。

读。周作人的三本书《鲁迅的故家》《鲁迅的青年时代》《鲁迅小说里的人物》，对于了解鲁迅作品的写作背景和人物原型很有价值，作者就是鲁迅的弟弟，这重身份是不可替代的。李欧梵《铁屋中的呐喊》、汪晖《反抗绝望——鲁迅及其文学世界》这两本书，对鲁迅作品的思想性和文学性解读也各有独到之处。其实说到底，我们还是要读鲁迅自己的作品，读了原典才会具备理解的基础。鲁迅只有一个，却是一个多面折射的镜子，每个人用不同的眼光去看他，自然会有不同的想法。

我们只是解读了《故乡》，这部鲁迅四十岁时创作的作品，反映了一个中年人对于所生存的空间的无比忧虑。这是一个关于故乡的故事，通过几个片段展示了“我”与一个人的过去和现在。闰土、杨二嫂还有那个与作者本人重叠的“我”，都只是童年往事中飘荡的影子，在落寞之际从作者的内心浮现出来。如今，鲁迅已经远去，他的作品则将他的形象延续了下来。一部文本就如同作者身体的某一部分，但即使将作品全部组接起来，也不能还原作者的影像了。

翻开《故乡》，诗的语言、变革的渴望正是鲁迅所属时代的历史的册页。

二、隔水青山似故乡:《边城》里的爱情故事

提到沈从文，大家已经不陌生了。这位从 20 世纪初活到 20 世纪末的文学家饱经社会的变动，岁月的变迁将他的人生隔为三段，对应不同的身份：军人、文学家、文物研究者。沈从文比鲁迅小二十一岁，算是晚辈。据说，他也给鲁迅写过信，只是没有得到回复，大概是当时鲁迅对他有些误解，后来鲁迅对他取得的文学成就评价很高。郁达夫《给一位文学青年的公开状》是很有影响的一篇文章，这里的“文学青年”就是沈从文。在人生最艰难的时候，落魄的沈从文得到了郁达夫在经济上和道义上的帮助。那时候的沈从文就是一个“北漂”青年，他离开军队，赴京到心向往之的学校听课，其间写了一些不断被退稿的文字。即使遭受打击，他也毫不气馁，而且不断进步，他的不懈努力终于迎来了写作的成功。这听起来好像是一个励志的故事，当事人所经受的磨难却是我们无法想象的。如果真有“文坛”这个坛子的话，

那他曾经就是坛子里的一杯苦酒，后来成了一杯醇酒，再后来又成为流淌到坛子外面的美酒了。从当代转入古代，对铜镜、服饰等物件的琢磨，填补了他眼前空白的纸页。

这些故事说来话长，关于沈从文的生平我们就不絮叨了，先给大家推荐几本书，供各位补课时一用。金介甫《沈从文传》、凌宇《沈从文传》、张新颖《沈从文的后半生：1948—1988》是了解沈从文很可信的传记作品，前两位作者和沈从文都有过深层次的接触，张新颖是复旦大学的教授，他的著作是在充分研究前两位作者的作品基础上写成的。汪曾祺《晚翠文谈》、陈徒手《人有病 天知否：一九四九年后中国文坛纪实》提供了一些关于沈从文的资料，刘洪涛、杨瑞仁《沈从文研究资料》收集得更全一些。吴世勇《沈从文年谱》按照时间线一年一年地记录了沈从文的成长过程。有了这些阅读积累，我们至少可以知道他的人生经历、他的文学生涯的变化情况，以及反映他的心理变化的一些故事。

不过，与阅读鲁迅一样，最为重要的还是阅读沈从文所写的文字。《沈从文全集》已经出版，大体收全了沈从文现存的作品，共三十二卷，前二十七卷是文学作品，后五卷是关于物质文化史研究的文字，此外还有一个附卷。沈从文是一位多产作家，触笔成文，作品既有散文、小说，也有诗歌和评论。他还特别长于写信，每一封信都是优美绝伦的散文，《湘行散记》就是一个精彩的例证。沈从文最擅长的也是最有影响力的文体自然是小说。我们能随口说出的他的小说怕是只有《边城》了，这位自称“乡下人”的作家在《边城》里对故乡的描写无人能够替代。当然，《边城》只是沈从文写湘西风俗的作品中的一部，他的《萧萧》《柏子》《长河》等小说和《湘行散记》《湘西》等散文也都是名作，它们经过岁月风尘的洗礼，于浮浮沉沉间已然成为经典。

《边城》这部小说讲的是一个具有悲剧色彩的爱情故事，故事隐没在充满风俗人情意味的画卷中，呈现出了凄美的色调。爱情是文学家书写的永恒主题。在鲁迅的笔下，“人必生活着，爱才有所附丽”，他本人也曾为爱而踌躇不前，他写给许广平的书信里少有浪漫的色彩。在张爱玲的笔下，爱情则掺杂了更多的社会因素，这消解了爱情的纯粹性。她笔下的女性面对爱情时往往冷酷无情，如她少女时代的作品《天才梦》就说“生命是一袭华美的袍，爬满了蚤子”，只有散文《爱》写出了追忆背景下的“于千万人”中寻觅的淡淡忧伤。读《小团圆》，我们还是能够见到张爱玲本人的爱情往事的种种烙印。创作时间上居中的沈从文则不一样，他也给张兆和写了很多信，把自己的生活体验活生生地写了出来，充溢着爱情和婚姻的甜蜜感。《边城》于1933年开始写，1934年发表，在《国闻周报》连载，写的正是女主人公翠翠的爱情初体验。这一年沈从文三十二岁，正是精力旺盛的时候，也是爱情结出硕果的时候。值得注意的是，沈从文写湘西的重要文字主要集中在20世纪30年代，即发表《边城》后的五年以内。读《边城》，首先要读沈从文1948年在北平写的《〈边城〉新题记》，这段文字非常重要，传达了他在特殊时期的人生体验。以下是全文：

民十随部队入川，由茶峒过路，住宿二日，曾从有马粪城门口至城中二次，驻防一小庙中，至河街小船上玩数次。开拔日微雨，约四里始过渡，闻杜鹃极悲哀。是日翻上棉花坡，约高上二十五里，半路见路劫致死者数人。山顶堡寨已焚毁多日。民二十二至青岛崂山北九水路上，见村中有死者家人“报庙”行列，一小女孩奉灵幡引路。因与兆和约，将写一故事引入所见。九月至平结婚，即在达子营住处小院中，用小方桌在树荫下写第一章。在《国闻周报》发表。入冬返湘看望母亲，来回四十天，在家乡三天，回到北平续写。二十三年母亲死去，书出版时心中充满悲伤。二十年来生者多已成尘成土，死者在生人记忆中亦淡如烟雾，惟书中人与个人生命成一希奇结合，俨若可以不死，其实作品能不死，当为其中有几个人在个人生命中影响，和几种印象在个人生命中影响。①

前两个部分分别写了小说故事的来源。1921年，沈从文作为军人在湘

① 沈从文：《边城》（汇校本），金宏宇、曹青山汇校，长江文艺出版社2009年版，“新题记”。本篇所引《边城》原文均出自此书，不再一一注释。

西的一段经历，为小说提供了书写的背景；1933年，沈从文在去青岛的路上，“见村中有死者家人‘报庙’行列，一小女孩奉灵幡引路”，这触发了他的创作灵感，将这个小女孩融入湘西的山水灵境中。第三个部分写了沈从文创作这部小说的诱因和过程，有两个细节很重要：一是“与兆和约”。邂逅爱情和婚姻是大喜事，这让小说写起来很欢快，正如1934年罗曼所说，“文字的玲珑简直像是一脉清水在心里流过似的，美丽的词句，固会陶醉了人的灵魂”[①]。二是“入冬返湘看望母亲”。母亲的病让作者中断了写作过程，这是小说连载出现间隔的原因。在沈从文的记忆中，1934年是悲喜交加的一年，《边城》的出版和母亲的去世都历历在目，于是过去的“悲伤”与眼前的文本很自然地就联系起来了。1948年是沈从文矛盾重重也顾虑重重的一年。文学的意义是什么？第四部分给出了一种解读，那就是活的生命在文字中延续下来，使“作品能不死”，更能留下文本内外的生命影像。这篇文字留下的是追忆的片段，为我们解读《边城》提供了不可忽略的背景材料。

《边城》一开头就在湘西风俗中讲述了一个悲剧性的爱情故事，这是关于翠翠父母的故事：

> 女孩子的母亲，老船夫的独生女，十五年前同一个茶峒军人唱歌相熟后，很秘密的背着那忠厚爸爸发生了暧昧关系。有了小孩子后，这屯戍兵士便想约了她一同向下游逃去。但从逃走的行为上看来，一个违悖了军人的责任，一个却必得离开孤独的父亲。经过一番考虑后，屯戍兵见她无远走勇气，自己也不便毁去作军人的名誉，就心想：一同去生既无法聚首，一同去死应当无人可以阻拦，首先服了毒。女的却关心腹中的一块肉，不忍心，拿不出主张。事情业已为作渡船夫的父亲知道，父亲却不加上一个有分量的字眼儿，只作为并不听到过这事情一样，仍然把日子很平静的过下去。女儿一

① 罗曼：《读过了〈边城〉》，载刘洪涛、杨瑞仁：《沈从文研究资料》（上），天津人民出版社2006年版，第195页。

面怀了羞惭，一面却怀了怜悯，依旧守在父亲身边。待到腹中小孩生下后，却到溪边故意吃了许多冷水死去了。

小说交代翠翠父母轰轰烈烈的殉情故事意在说明翠翠的来历，但是也为人物的出场预设了忧郁的基调。茶峒的这种古朴之风，却也不只演绎了“淡淡的一幕悲剧”①。从整部作品来看，这个故事中还有一个人物，那就是后来照顾翠翠的杨马兵，小说结尾写道：“杨马兵想起自己年青作马夫时，牵了马匹到碧溪岨来对翠翠母亲唱歌，翠翠母亲不理会，到如今自己却成为这孤雏的唯一靠山唯一信托人，不由得不苦笑。”翠翠的母亲、年轻的军人、杨马兵三人之间的故事就这样被带过去了。故事一开场就让老船夫经历了一次发生在自己女儿身上的爱情“事故”，“事故”的结果就是留下了翠翠，“在一种奇迹中，这遗孤居然已长大成人，一转眼间便十三岁了。为了住处两山多篁竹，翠色逼人而来，老船夫随便给这个可怜的孤雏拾取了一个近身的名字，叫作‘翠翠’”。

翠翠在风日里长养着，故把皮肤变得黑黑的，触目为青山绿水，故眸子清明如水晶。自然既长养她且教育她，为人天真活泼，处处俨然如一只小兽物。人又那么乖，如山头黄麂一样，从不想到残忍事情，从不发愁，从不动气。平时在渡船上遇陌生人对她有所注意时，便把光光的眼睛瞅着那陌生人，作成随时皆可举步逃入深山的神气，但明白了面前的人无机心后，就又从从容容的在水边玩耍了。

人物的叙事格局中依然延续了一个老人和一个女孩守着渡口的镜头，只

① 汪伟：《读〈边城〉》，载刘洪涛、杨瑞仁：《沈从文研究资料》（上），天津人民出版社2006年版，第178页。

是已经物是人非了。正如汪伟所说，“《边城》整个的调子颇类牧歌”①，这曲牧歌中的灵魂人物就是老船夫，他经历了两幕亲人的悲剧，一幕已经结束，一幕正在进行，而他却倒下了。他的坚韧品格在文本中随处可见，汪伟说：“边城里最让人难忘的是老船夫，在他身上我们看到一种男性的伟大，凡百委屈莫不可以包含，凡百苦难莫不可以忍受，凡百罪恶莫不可以宽容。大老怪他，二老怪他，顺顺怪他，连翠翠也不很清楚他。”② 翠翠的渐渐长成还是触发了老船夫对于女儿的记忆：“祖父明白这类事情对于一个女子的影响，祖父心情也变了些。祖父是一个在自然里活了七十年的人，但在人事上的自然现象，就有了些不能安排处。因为翠翠的长成，使祖父记起了些旧事，从掩埋在一大堆时间里的故事中重新找回了些东西。”那是一些什么样的记忆呢？老船夫从翠翠的身上发现了女儿的影子，还有自己内心深处的父爱：

> 翠翠的母亲，某一时节原同翠翠一个样子，眉毛长，眼睛大，皮肤红红的，也乖得使人怜爱——也懂在一些小处，起眼动眉毛，机伶懂事，使家中长辈快乐。也仿佛永远不会同家中这一个分开。但一点不幸来了，她认识了那个兵。到末了丢开老的和小的，却陪了那个兵死了。这些事从老船夫说来谁也无罪过，只应“天”去负责。翠翠的祖父口中不怨天，心中却不能完全同意这种不幸的安排。到底还像年青人，说是放下了，也正是不能放下的莫可奈何容忍到的一件事。

小说的第十三节有一段老船夫讲故事的描写：

---

① 汪伟：《读〈边城〉》，载刘洪涛、杨瑞仁：《沈从文研究资料》（上），天津人民出版社2006年版，第179页。

② 汪伟：《读〈边城〉》，载刘洪涛、杨瑞仁：《沈从文研究资料》（上），天津人民出版社2006年版，第179页。

两人作饭时，祖父为翠翠述说起一些有趣味的故事。因此提到了死去了的翠翠的母亲。两人在豆油灯下把饭吃过后，老船夫因为工作疲倦，喝了半碗白酒，因此饭后兴致极好，又同翠翠到门外高崖上月光下去说故事。说了些那个可怜母亲的乖巧处，同时且说到那可怜母亲性格强硬处，使翠翠听来神往倾心。

翠翠抱膝坐在月光下，傍着祖父身边，问了许多关于那个可怜母亲的故事。间或吁一口气，似乎心中压上了些分量沉重的东西，想挪移得远一点，才吁着这种气，可是却无从把那种东西挪开。

……

祖父夜来兴致很好，为翠翠把故事说下去，就提到了本城人二十年前唱歌的风气，如何驰名于川黔边地。翠翠的父亲，便是当地唱歌的第一手，能用各种比喻解释爱与憎的结子，这些事也说到了。翠翠母亲如何爱唱歌，且如何同父亲在未认识以前在白日里对歌，一个在半山上竹篁里砍竹子，一个在溪面渡船上拉船，这些事也说到了。

翠翠问："后来怎么样?"

祖父说："后来的事当然长得很，最重要的事情，就是这种歌唱出了你。"

祖父于是沉默了，不曾说"唱出了你后也就死去了你的父亲和母亲。"

随后翠翠就听到了二老唱歌，情由心生，而这也间接导致了大老的死，美好的爱情蒙上了一层难以拨开的雾霾。老船夫死于两个爱情"事故"的叠加压迫：一个是来自女儿的，一个是来自外孙女的。翠翠的故事里不时地插入了老船夫关于女儿的记忆，刻骨铭心的记忆，只是这些往事散布在茶峒的民俗里。风土人情以白描来写，人物形象靠对话展现，这就让人物活在了边地风俗之中，有了生根的土壤，同时也让叙事进程不急不缓。这样的娓娓道来，令人读起来难以释卷。这是小说所以精彩的缘故，于山清水秀处闪烁着智慧的火花。

现在，让我们回到翠翠与二老的相遇主题。翠翠与二老傩送的三次见面，完成了朦胧的爱情的前奏部分。双方第一次见面是在小说的第四节，老船夫带着翠翠进城。后来翠翠自己回到渡船上，焦急地等着爷爷。二老捉鸭子的时候，他们见面了。二老邀请翠翠到他家里待一会儿等爷爷，可是翠翠并不认识二老，也误解他了，一急之下骂了他。随后，在二老和翠翠的对话中就出现了“鱼咬人”的典故：

话虽轻轻的，那男的却听得出，且从声音上听得出翠翠年纪，便带笑说：“怎么，你骂人！你不愿意上去，要呆在这儿，回头水里大鱼来咬了你，可不要叫喊！”

翠翠说：“鱼咬了我也不管你的事。”

这是两人初次见面时一次不愉快的对话，但是唯有误解才会带来进一步了解和理解的可能性。老船夫喝醉了，后来还是二老派人把翠翠送了回去。这个“鱼咬人”典故的作用不可小觑，传言在民间观念中的影响力很大。在小说的第五节，祖孙俩遇见了那天送翠翠回家的人，“那人一看是守渡船的，且看到了翠翠，就笑了。‘翠翠，你长大了！二老说你在河边大鱼会吃你，我们这里河中的鱼，现在吞不下你了。’翠翠一句话不说，只是抿起嘴唇笑着。这一次虽在这喽啰长年口中听到个‘二老’名字，却不曾见及这个人。从祖父与那长年谈话里，翠翠听明白了二老是在下游六百里外青浪滩过端午的”。于是，当年的故事再度浮现出来，虽然翠翠没见到二老本人，却也传递了相关的信息。翠翠见到了大老，老船夫还和翠翠开玩笑，说大老要是想娶她会怎么样。在小说的第九节，翠翠第二次见到了二老：

翠翠斜睨了客人一眼，见客人正盯着她，便把脸背过去，抿着嘴儿，很自负的拉着那条横缆，船慢慢拉过对岸了。客人站在船头同翠翠说话：

“翠翠，吃了饭，同你爷爷到我家吊脚楼上去看划船吧？”

翠翠不好意思不说话，便说：“爷爷说不去，去了无人守这个船。”

“你呢？”

“爷爷不去我也不去。”

“你也守船吗？”

“我陪我爷爷。”

“我要一个人来替你们守渡船，好不好？”

嘭的一下船已撞到岸边土坎上了，船拢了岸。二老向岸上一跃，站在斜坡上说：

“翠翠，难为你！……我回去就要人来替你们，你们赶快吃饭，一同到我家里去看船，今天人多咧，热闹咧。”

翠翠不明白这陌生人的好意，不懂得为什么一定要到他家中去看船，抿着小嘴笑笑，就把船拉回去了。到了家中一边溪岸后，只见那个年青人还正在对溪小山上。好像等待什么，不即走开。

翠翠和二老对话的结尾处，意味着两人再次对话的开始。接下来，翠翠和爷爷的对话传递了更多的信息，从而把她和二老的对话延续下去了。翠翠尝试着通过爷爷来确认自己想知道的那个人，问爷爷是否去看渡船，并提到了二老。老船夫笑着提醒她：“翠翠，你不记得你前年在大河边时，有个人说要让大鱼咬你吗？”对于翠翠来说，这相当于一次强化记忆，二老在她的心目中又加深了印象，同时也暗示了未来一场无须较量的情场兄弟战的结局。双方的第二次见面话虽不多，却引出了第十节碾坊和渡船之争，这一节再次提到了那个典故。小说是通过翠翠的心理活动表现出来的：“翠翠眼见在船头站定摇动小旗指挥进退头上包着红布的那个年青人，便是送酒葫芦到碧溪岨的二老，心中便印着两年前的旧事，‘大鱼吃掉你！’‘吃掉不吃掉，不用你这个人管！’‘好的，我就不管！’‘狗，狗，你也看人叫！’想起狗，翠翠才注意到自己身边那只黄狗，早已不知跑到什么地方去，便离了座位，在楼上各处找寻她的黄狗，把船头人忘掉了。”这一次心理活动说明翠翠心中早已有了二老的位置，典故的几度出现发挥了追忆的确认功能。也是在这个时候，翠翠知道了有人给二老提亲。接着在看“龙船竞渡”的时候，翠翠又遇见了二老，这是他们的第三次见面。这次见面翠翠没有同二老说话，但“此时无声胜有声”，我们引录两个片段体会一下：

（翠翠）从河街一个盐店旁边甬道下河时，正在一排吊脚楼的梁柱间，迎面碰头一群人，拥着那个头包红布的二老来了。原来二老因失足落水，已从水中爬起来了。路太窄了一些，翠翠虽闪过一旁，与迎面来的人仍然得肘子触着肘子。二老一见翠翠就说：“翠翠，你来了，爷爷也来了吗？”

翠翠脸还发着烧不便作声，心想：“黄狗跑到什么地方去了呢？”

二老又说：

“怎不到我家楼上去看呢？我已要人替你弄了个好位子。”

翠翠心想：“碾坊陪嫁，希奇事情咧。”

二老不能逼迫翠翠回去，到后便各自走开了。

这段“对话”实际上是二老一个人在说话，翠翠并没有回应他，只是展现了她的心理活动，但无言之言更有说服力。接下来，作者花费了大量笔墨写翠翠的心理反应，她把有人给二老提亲对自己造成的不快情绪发泄在黄狗的身上。此时还是爷爷继续引出了碾坊的话题。这是一种叙事时间上发生的两人世界之间的疏离活动。碾坊和渡船放在了二老的面前，也放在了翠翠的面前。翠翠和爷爷的这次对话，与翠翠和二老第二次见面时的情形相同：

翠翠同黄狗各处找祖父去，在河街上一个木行前恰好遇着了祖父。

老船夫说：“翠翠，我看了个好碾坊，碾盘是新的，水车是新的，屋上稻草也是新的！水坝管着一绺水，急溜溜的，抽水闸板时水车转得如陀螺。”

翠翠带着点做作问：“是什么人的？”

“是什么人的？住在山上的员外王团总的。我听人说是那中寨人为女儿作嫁妆的东西，好不阔气，包工就是七百吊大制钱，还不管风车，不管家私！”

“谁讨那个人家的女儿？”

祖父望着翠翠干笑着，“翠翠，大鱼咬你，大鱼咬你。”

翠翠因为对于这件事心中有了个数目，便仍然装着全不明白，只询问祖父：“爷爷，什么人得到那个碾坊？”

“岳云二老！”祖父说了又自言自语的说：“有人羡慕二老得到碾坊，也有人羡慕碾坊得到二老[①]！”

“谁羡慕呢，爷爷？”

“我羡慕。”祖父说着便又笑了。

翠翠说：“爷爷，你喝醉了。”

“可是二老还称赞你长得美呢。”

翠翠：“爷爷，你疯了。”

祖父说：“爷爷不醉不疯，……去，我们到河边看他们放鸭子去。可惜我老了，不能下水里去捉只鸭子回家焖姜吃。”他还想说：“二老捉得鸭子，一定又会送给我们的。”话不及说，二老来了，站在翠翠面前微笑着。翠翠也笑着。

于是三个人回到吊脚楼上去。

“鱼咬人”典故的再次出现，翠翠的装糊涂，统统集中在了碾坊的话题上。祖父和翠翠的对话刚结束，二老就出现了，这也预示了答案。这个年轻人在碾坊和渡船之间选择了渡船，而有情人也终于进行了会心的有效的沟通，那就是两人都笑了；三次相见，终于升华了彼此的情感体验。爱情的基础有了，结果还会远吗？到这里，故事的第一个单元就结束了，翠翠的青春懵懂阶段也结束了，当然对于这对祖孙来说，悲喜交加的生活也从此开始了。

有趣的是，翠翠和二老的这三次相见都发生在水边。沈从文曾在《湘

---

① 原书误写成“老二”。

西》“题记”中说：“我生长于凤凰县，十四岁后在沅水流域上下千里各个地方大约住过七年，我的青年人生教育恰如在这条水上毕的业。”① 人生经历往往与作家的创作息息相关，沈从文把这段人生经历写进了《从文自传》，也写进了关于湘西的大部分作品中。1934 年，也就是《边城》出版的这一年，他还发表了《我的写作与水的关系》一文，文中说：“我虽离开了那条河流，我所写的故事，却多数是水边的故事。故事中我所最满意的文章，常用船上水上作为背影，我故事中人物的性格，全为我在水边船上所见到的人物性格。我文字中一点忧郁气分，便因为被过去十五年前南方的阴雨天气影响而来，我文字风格，假若还有些值得注意处，那只因为我记得水上人的言语太多了。”② 这段话为我们体味《边城》里的山光水色提供了最好的注脚。

大老和二老的车路、马路求婚是故事的第二个单元。先前碾坊和渡船之争集中在了二老的身上，接下来的笔墨就集中在翠翠的身上了。大老和二老都喜欢翠翠，其实在翠翠看来这是一个简单的问题，但对于老船夫来说却很是为难。一女只能嫁一夫，翠翠日后还要和他们哥俩在一个家族中生活，人情上的难处可想而知。大老找了媒人带着礼物来求亲，老船夫不置可否；二老喜欢翠翠就和大老说了。兄弟两人坦坦荡荡地进行了沟通，结果是一起去给翠翠唱歌。可是到了唱歌的时候，大老觉得不如二老，就没有唱。于是翠翠每晚听到的歌声都是二老唱的，她还梦见了虎耳草。在爱情的面前，太现实的方式往往不如浪漫的举动更容易打动女孩的心，也更容易被女孩接受。翠翠置身事外又身处其中，是兄弟两人的追求目标。她听着歌度过了几个美妙的夜晚，二老的歌声让她动情，也让她锁定了爱的对象。本来一切都很圆满，故事却又发生了转折。大老的意外离开结束了这种“竞争”行为，亲情与爱情之间本已疏离，现在又造成了情感接受上的冲突状态，而这直接拉开了翠翠和二老的距离。老船夫被夹在了大老

---

① 沈从文：《湘西》，岳麓书社 2013 年版，第 21 页。

② 沈从文：《我的写作与水的关系》，载刘洪涛、杨瑞仁：《沈从文研究资料》(上)，天津人民出版社 2006 年版，第 44 页。

和二老之间，他的暧昧态度后来受到了二老的指责。自责击溃了这位老人，这也是他的死因之一。

老船夫之死是故事的最后一个单元。老船夫与二老进行了两次会面，这是爱情“事故”导致的严重后果。老船夫死后，曾经追求过翠翠母亲的杨马兵成为翠翠又一位重要的亲人，他替翠翠打理了凌乱的场面。当二老的父亲想把翠翠作为二老的媳妇接回去时，杨马兵没有同意，他要让翠翠体面地成为别人的新娘。就这样，杨马兵和翠翠继续过着摆渡生活，翠翠在渡口等待着二老的归来，可是会有结果吗？沈从文在小说的结尾处也只是说了一句含糊的话：“这个人也许永远不回来了，也许‘明天’回来!”

这三个单元是我们按照自己对作品的理解划分的，其实小说沿着故事发生的时间顺延下来，并没有在哪里断开。我们只是基于翠翠和二老的爱情在向婚姻转化的过程中发生的“事故”，才划分出了后面的两个单元。这两个单元，我们没有进行详细解读，二老和翠翠也没有同时出场。翠翠和老船夫的对话，二老和老船夫的对话，推动了小说的叙事进程，也延续了以爱情为中心的故事，只是大老、老船夫的死为这个故事蒙上了一层阴影，挥之不去的阴影。谁都不希望故事就这样戛然而止，尤其是在“大团圆”结局常常成为中国文学作品的一个阅读焦点的情况下。换言之，只有团圆了，我们的心才能放下，并从文本中脱离出来。就这一点来说，杨绛的《洗澡之后》堪称典范。不过，尘埃落定的故事结局带给读者的可能会是更大的失望。

《边城》还会继续写下去吗？1938 年，身在昆明的沈从文在给张兆和的信中透露了继续写下去的想法，信中说：“我想写雷雨后的边城，接着写翠翠如何离开她的家，到——我让她到沅陵还是洪江？桃源还是芷江？等你来决定她的去处吧。”① 读罢小说，我还是给出了否定的答案。沈从文如果接着写，写出的恐怕也是另外一部作品了。

青春期的故事是不可重复的，再演绎下去，翠翠会经受更多生活上的

---

① 沈从文：《给沦陷在北平的妻子——1938 年 7 月于昆明》，载《沈从文别集》（卷二），沈虎雏编选，广西民族出版社 1994 年版，第 104—105 页。

变动，而她无论是孤独地等下去，或者和二老过上了平常的家庭生活，都不会再有美妙的故事发生了。这让我想到了《红楼梦》，里面的诸多女孩也都是在婚前尽情展示着生命的活力，一旦结婚，随着“大观园”的日益败落，曾经如鲜花一样的她们也都渐次凋零了。可以说告别青春后，一切都无足观了。所以，日本学者城谷武男认为《边城》的主题就是“生命的燃烧”，他说：“‘爱情’、‘道德’、‘人生’、‘人情’虽形成了确切的主题，可是，怎样也抓不住统领《边城》的总体的、本质的主题，这些都是现象的主题或者部分的主题。”[①]“从《边城》作者写《边城》的经过来看，它是一首痛苦的青春的挽歌，一首歌颂女主角翠翠一心等待恋人归来的青春的赞歌。”[②]一段青春的旅程结束了，故事里的人停住了，读故事的人也要从故事中走出来，就像大家一样，还要循着下课的铃声到食堂去吃饭，过自己日常的生活。

总之，《边城》是一部关于乡村女性的青春小说，各位同学也正值这样的年龄段，这样的作品对于你们来说应该还是很有吸引力的。

三、散上峰头望故乡：《呼兰河传》里的底层生态

读了萧红的大部分作品后，总感觉她是年轻的。如果她还活着的话，也该是一百多岁的老人了，可惜刚过而立之年就随风而去，留下了“半部红楼”未曾写完的遗憾。在我的阅读视野里，萧红应该是我所熟悉的那个女孩，那个我生于斯长于斯的乡村的女孩。读她的影像，总觉得她就是我小时候玩伴中的一员，她的小说、散文所追忆的童年的欢快之处也是如此。然而她很不幸，仅仅活了三十一岁就含恨客死他乡。

以萧红为主角的电影《黄金时代》，拍得很不错，但票房一般，有点曲

---

① ［日］城谷武男：《〈边城〉主题考》，载刘洪涛、杨瑞仁：《沈从文研究资料》（下），天津人民出版社2006年版，第642页。

② ［日］城谷武男：《〈边城〉主题考》，载刘洪涛、杨瑞仁：《沈从文研究资料》（下），天津人民出版社2006年版，第645页。

高和寡的意思。这部电影有激情、有氛围、有情调，虽然影片中的个别人物不是很像原型，如萧军，但至少反映了在那个逝去的时代他的几个人生片段。电影中再现的所谓“黄金时代”其实是萧红抹不去的流浪的记忆，从这个角度说，那个时代绝不是什么“黄金时代”。哈尔滨、上海、香港，这三个城市是萧红一生中最重要的写作停靠站，她的文学生涯从哈尔滨起步，途经上海，最后在香港结束，空间的距离也是时间的延续。萧红的根深深地扎在黑土地上，《生死场》《牛车上》《小城三月》《呼兰河传》这几部经典的文字莫不如此。电影宣传曲《只得一生》我听了一遍又一遍，歌词写出了这位民国才女的忧伤，写得执着而又深情，那句“人生太短故事太长，你不要回眸”写出了萧红一生的辛酸，“一个人自由地笑，自在地哭”写出了萧红的孤独，“不懂你的为你忧愁，明白你的叹此生值得一游”则写出了读者的心声。听完这首歌，一个人坐在书桌前恍恍惚惚，良久才缓过神来。

以上算是我的阅读、观影和听歌的感受，我们还是得从萧红的履历入手，了解一下这位天才而不幸的女作家。萧红原名张迺莹，1911 年 6 月 1 日生于黑龙江省呼兰县（今黑龙江省哈尔滨市呼兰区），幼年丧母，祖父对她疼爱有加。1927 年，在哈尔滨就读东省特别区第一女子中学。1930 年，逃离家庭，辗转奔波后与汪恩甲同居并怀有身孕。后来汪恩甲不辞而别，萧红被困在哈尔滨的一家旅馆，因在报上发文求助而认识萧军。在萧军的帮助下，萧红逃出了旅馆，两人开始一起生活，其间萧红产下一名女婴，送了人。他们结识了一些文学同道，萧红也开始发表作品，“悄吟”是她常用的笔名。1933 年 10 月，“二萧”出版了《跋涉》。1934 年 6 月，他们去了青岛，萧红完成《生死场》的写作，他们与鲁迅取得了联系。同年 11 月，“二萧”抵达上海，得到了鲁迅的帮助。1935 年，《生死场》出版，并首次以“萧红”署名。在上海期间，萧红结识了很多文学家，也开始大量发表作品，陆续出版了《商市街》《桥》等。1936 年 7 月，因与萧军的感情出现裂痕，萧红远走日本。1937 年 1 月，萧红回国，9 月与萧军去了武汉，1938 年 1 月又到了临汾，两人最终分手。1938 年 5 月，怀有身孕的萧红与端木蕻良走到了一起，11 月萧红生下一子，可惜孩子夭折。1940 年 1 月，萧红与端木蕻良到了香港，萧红完成《呼兰河传》并出版。1942 年 1 月 22 日，萧红因病在香港逝世，年仅三十一岁，从此她“将与蓝天碧水永处”了。萧红病重期间，除端木蕻良陪伴左右外，还得到了骆宾基的照顾。后来，骆宾基在《萧红小传》中记述了萧红惨淡的人生末路状态。除《生死场》《呼兰河传》外，萧红的作品《牛车上》《旷野的呼喊》《回忆鲁迅先生》《马伯乐》等，也都是很有影响力的。

萧红漂泊的灵魂，“从异乡又奔向异乡”，想要找到的都付之流水了，作品出版得越来越多，生命却变得越来越短。在她的眼里，“女性的天空是低的”，想要飞起却担心掉下来。萧军爱她吗？端木蕻良爱她吗？骆宾基爱她吗？他们都是作家，都是东北乡亲。当她需要拯救的时候，萧军出现了；当她孤独无助的时候，端木蕻良出现了；当她即将油尽灯枯的时候，骆宾基守候在身旁。萧红是幸福的，还有人在她需要的时候及时出现，她所不甘心的是自己作为女性无法拥有广阔的天地。茫茫人海，没有人能够取代祖父和鲁迅在她心目中的位置。

夏志清认为《中国现代小说史》没有评论萧红的作品是一个极大的疏忽和遗憾，称她是 20 世纪中国最优秀的作家之一。茅盾《〈呼兰河传〉序》认为《呼兰河传》是“一篇叙事诗，一幅多彩的风土画，一串凄婉的歌谣”①。《呼兰河传》写的是萧红记忆中故乡的影像，这些影像时而清晰，时而模糊。她试图在笔下写出芸芸众生之相，城区、街道、店铺，只要住满了各色人等，就会在风霜雨雪中留下岁月的印痕。文贵良认为“《女神》开创的是人对物的超越，《边城》开创的是人与物的交融，而《呼兰河传》开创的是人与物分别在回归自身时显示了同等而独立的语意价值”②。这个评论颇有些道理。萧红写物，因为物中有人；萧红写人，因为人在物中。其实，《呼兰河传》和《边城》的写法大体一样，只是没有演绎一以贯之的故事。这里面除了地域的

---

① 茅盾：《〈呼兰河传〉序》，载萧红：《呼兰河传》，浙江文艺出版社 2014 年版，第 7 页。

② 文贵良：《〈呼兰河传〉的文学汉语及其意义生成》，《文艺争鸣》2007 年第 7 期。

差别以外，还有一个如何写故事的问题。一位是认真地写故事，一位是找寻过去的影像，两者的写作目的并不相同。虽然都是创作，但沈从文是把故事融入故乡，而萧红讲述的就是故乡和自己的故事。读《呼兰河传》，并没有给人以虚构的感觉，这些故事就是真的，“我”就是当事人，也是目击者。这个“我”更像是萧红本人，她把与自己有关的故乡往事信手拈来，恍如就发生在昨日。

《呼兰河传》的前三章犹如画家执笔，于漫不经心间就勾勒出了故乡的整体印象。先用两章的篇幅把记忆中的片段写出来，再单独用一章写“我”最爱也最爱“我”的祖父，是祖父让“我”享有了童年的温馨。

第一章写的是呼兰河小城街头巷尾的雨雪风霜。那时候冬天的寒冷是现在的人所难以想象的，赶车的、卖豆腐的、卖馒头的，都是走街串巷的，这些人的感触最深。就像张竹坡评论《金瓶梅》给人的感觉一样，读《呼兰河传》也好像有个人在不远处看着这座小城的人和事，然后向你慢慢道来。萧红先把印象中的一个镜头捕捉下来，“这寒带的地方，人家很少，不像南方，走了一村，不远又来了一村，过了一镇，不远又来了一镇。这里是什么也看不见，远望出去是一片白”①。接着，萧红的记忆回到这座小城，先从“十字街”说起，数落着店铺的分布；再写东二道街的火磨、学堂，并着重写了东二道街的大泥坑子。这个大泥坑子是整节的亮点，掉进去的苍蝇、蚊子、燕子和马，各自的命运有所不同。帮忙的、看热闹的心态也各不一样，说不上哪天就成了看热闹者的节日，或者比节日还要热闹。马掉进去了，人掉进去了，猪掉进去了，就有了呼兰河的新闻故事。萧红写吃猪肉的风波，乡风市井的面相也就出来了。记得小时候，吃猪肉就是村里的新闻，一家杀猪，全村吃肉，相当于一年忙过的答谢宴。接下来就是碾坊、豆腐坊、扎彩铺了。萧红写豆腐坊、写粉坊，很是生动。比如，萧红写卖豆腐的场景：“所以卖豆腐的人一来了，男女老幼，全都欢迎。打开门来，笑盈盈的，虽然不说什么，

① 萧红：《呼兰河传》，载《萧红全集》（3），黑龙江大学出版社2011年版，第4页。本篇所引《呼兰河传》原文均出自此书，不再一一注释。

但是彼此有一种融洽的感情，默默生了起来。……买不起豆腐的人对那卖豆腐的，就非常的羡慕，一听了那从街口越招呼越近的声音，就特别的感到诱惑，假若能吃一块豆腐可不错，切上一点青辣椒，拌上一点小葱子。”类似的记忆，五十岁以上的人并不感到陌生。此外，萧红还在第四章里这样写粉坊：“粉房的门前搭了几丈高的架子，亮晶晶的白粉，好像瀑布似的挂在上边。……等粉条晒干了，他们一边收着粉，也是一边的唱着。那唱不是从工作所得到的愉快，好像含着眼泪在笑似的。”这里面还有萧红自己的理解。收粉的时候，一边收一边吃倒是真的。在我的记忆里，粉坊、豆腐坊和马圈是村子里很重要的地方。那时候，外祖父去喂马，我经常跟着，铡草机、马粪味儿和一匹匹等待吃“饭”的马都留在儿时的记忆里了；爷爷去粉坊，我也跟着，偶尔还能吃上“粉耗子”——把粉面子和好了，放在灶坑里烧熟。对于当时的我来说，那就是美味佳肴。还有村里老李家的豆腐坊，我经常去那里吃豆腐脑儿、喝豆浆，一待就是一天。他家有个女孩，很漂亮，和我是同学，后来辍学了，嫁给我的一位男同学的哥哥。这些细节，如果不是讲《呼兰河传》，我早都忘了。萧红还写了卖麻花的、卖凉粉的，以及小胡同里的买卖风波。写得最美的还是小时候课本里出现的“火烧云”，原来那篇叫《火烧云》的文章出自这里。

第二章写的是鬼神弥漫的乡土中国的一角，写了呼兰河的节目万象。跳大神、放河灯、野台子戏、娘娘庙大会，萧红都写了。据说跳大神的会治病，在当时可以说取代了医生的部分工作，其实折腾一圈儿并不管用，小团圆媳妇就是个例子。乡村迷信活动是萧红必须面对的一种现象，说是现象，其实在当时已经成为一种常态，谁有病了就请跳大神儿的。这种场景我小时候也见过，谁家的孩子被吓着了，哪家的媳妇得了病，经常会请跳大神儿的。这一章写得最生动的就是关于野台子戏的内容，很是有点鲁迅《社戏》的味道，虽然并非以儿童的视角，却写出了乡土人情，方言俚语夹杂在故事里，大有生活如看戏的意思。搭台的搭台，打扮的打扮，好一派过节的气象。戏台上下都会有故事发生，相亲的相亲，拉家常的拉家常，解决了不少累积的事情。绅士有绅士的“看”法，乡下人有乡下人的“看”法，这台戏真是被萧红给写活了。

细瞅的写了，粗看的写了，远景写了，近景写了，呼兰河在萧红的眼里已经一览无余。还写什么？第三章该写生活在这里的具体人物了。第一个登场的自然是祖父，“我”从小就感受到了家庭中冷酷的一面，“可是从祖父那里，知道了人生除掉了冰冷和憎恶而外，还有温暖和爱”①。或许这也是铸就萧红坚韧品格的一个原因吧。写到祖父，她的笔下暖意和快乐一起赶来了：

> 呼兰河这小城里边住着我的祖父。
>
> 我生的时候，祖父已经六十多岁了，我长到四五岁，祖父就快七十了。
>
> 我家有一个大花园，这花园里蜂子，蝴蝶，蜻蜓，蚂蚱，样样都有。蝴蝶有白蝴蝶，黄蝴蝶。这种蝴蝶极小，不太好看。好看的是大红蝴蝶，满身带着金粉。
>
> 蜻蜓是金的，蚂蚱是绿的，蜂子则嗡嗡的飞着，满身绒毛，落到一朵花上，胖圆圆的就和一个小毛球似的不动了。
>
> 花园里边明皇皇的，红的红，绿的绿，新鲜漂亮。

萧红从日常生活中最难忘的小空间——“我”家的花园写起，“我”跟着祖父铲地，“我”的错误在祖父那里都是快乐。慈祥的祖父让“我”情不自禁地荡开手中的笔，洋洋洒洒地叙述着童年里最快乐的那些时刻。“祖父的眼睛是笑盈盈的，祖父的笑，常常笑成和孩子似的。”萧红写了祖父的生活习惯，也写了“我”并不喜欢的祖母。萧红还写了这个花园的秋冬，冬天的花园没什么看头，她就写和祖父祖母在一起的日子。对于祖母的死，“我”没有多少悲伤，萧红的笔下处处透露着对于生命逝去的冷意。剩下祖父自己了，“我”开始在祖父的诱导下背诗，并去理解背下来的作品。“祖父一过了八十，祖父就死了”，小说的结尾，萧红似乎写得很淡然。她曾很多次面对死者，没

---

① 萧红：《永久的憧憬和追求》，载《萧红全集》(4)，黑龙江大学出版社2011年版，第166页。

少写这样的场景，在《呼兰河传》里也写了，只是没有详细写祖父的死。萧红有一篇《祖父死了的时候》，可以说是补遗吧，文章写了祖父对我的疼爱，写了祖父衰老之际的无奈，也写了埋葬祖父的场景，而她最想说的话是："我懂得的尽是些偏僻的人生，我想世间死了祖父，就没有再同情我的人了，世间死了祖父，剩下的尽是些凶残的人。"① 在《永久的憧憬和追求》中，萧红就把打她的父亲和爱她的祖父放在了一起。雪、父亲、祖父、挨打、读诗，都是萧红童年记忆中的关键词。心中有诗，可能是萧红跟随祖父学习时最先打下的基础吧，她也爱写诗，写心灵的歌哭。

第四章可以算作独立的一章，也可以说是前三章的收束。萧红终于回家了，开始写"我"生活过的院落。夏天，长出蒿草的园子，门前的砖头，墙边破了的缸和坛子，漫画一般。从东壁到西边，再到房顶，萧红饶有兴味地写"我"家的粉坊。那是一座当时很平常的草房子，"一刮起风来这房子就喳喳的山响，大柁响，马房梁响，门框、窗框响"。总而言之，"我家是荒凉的"。那么，对家的印象呢？萧红说："我家的院子是荒凉的。"荒凉成了主旋律，老太太、有二伯、孙子媳妇，都在这荒凉中出现了。在这章的最后一节，萧红又说了一遍"我家是荒凉的"，只有祖父和"我"念诗的场景，才为这无边无际的荒凉增添了一丝暖意。

向外延伸，该写小城里的"外人"了。后三章写了被放在"看与被看"视野中的三个人物：小团圆媳妇、有二伯、冯歪嘴子。小团圆媳妇真够惨的，娶回来就开始被"修理"，大家都在拯救她，她的死和祥林嫂不一样，祥林嫂是在"世人皆欲'怜'"的语境中死去的，而小团圆媳妇则是被活活地折腾死的。这是萧红发出的呐喊，她关注的人物是如此卑微，如此凄惨，她把自己的思考融入了其中。我觉得，这当中应该也有鲁迅作品的影子。祥林嫂是在众人的目光下变得越来越呆滞的，看客对于表演一直是有着强烈的渴望的，那就是只管看，看完了就看完了。鲁迅《野草》里面有一篇《复仇》，写两个人裸身在旷野上，像是要杀戮，像是要拥抱，看客们围了过来，但他们就

① 萧红：《祖父死了的时候》，载《萧红全集》（4），黑龙江大学出版社 2011 年版，第 157 页。

是不动，冷了看客的心。或许让看客的渴望落空，就算是复仇吧。写小团圆媳妇，萧红可是用了心的：

我一走进祖父的屋去，只有祖父一个人坐在饭桌前面，桌子上边的饭菜都摆好了，却没有人吃，母亲和父亲都没有来吃饭，有二伯也没有来吃饭。祖父一看见我，祖父就问我：

“那团圆媳妇好不好?”

大概祖父以为我是去看团圆媳妇回来的。我说我不知道，我在草棵里边吃天星星来的。

祖父说：

“你妈他们都去看团圆媳妇去了，就是那个跳大神的老胡家。”

祖父说着就招呼老厨子，让他把黄瓜菜快点拿来。

醋拌黄瓜丝，上边浇着辣椒油，红的红，绿的绿，一定是那老厨子又重切了一盘的，那盘我眼看着撒在地上了。

祖父一看黄瓜菜也来了，祖父说：

“快吃吧，吃了饭好看团圆媳妇去。”

老厨子站在旁边，用围裙在擦着他满脸的汗珠，他每一说话就乍巴眼睛，从嘴里往外喷着唾沫星。他说：

“那看团圆媳妇的人才多呢！粮米铺的二老婆，带着孩子也去了。后院的小麻子也去了，西院老杨家也来了不少的人，都是从墙头上跳过来的。”

他说他在井沿上打水看见的。

经他这一喧惑，我说：

“爷爷，我不吃饭了，我要看团圆媳妇去。”

谁家娶了新媳妇大家去看，也曾是城镇乡村生活的一景儿，大人、小孩甚至挤满了屋子。小团圆媳妇还是一个小姑娘，她的落落大方让大家品头论足，她也不能和“我”一起玩儿。好景不长，小团圆媳妇挨打了，源于她的反抗，打媳妇就是为了给个下马威，打服了以后就好管了。她的哭声与“我”

和祖父的读诗声交织在一起，这是世道的悲哀。一个冬天，跳大神的把小团圆媳妇给“跳出毛病来了”，“不过还是笑呵呵的”。为了“拯救”她，大神、二神，还有街坊邻居，大家想尽办法来整治她，闹了好一阵子。萧红用了浓墨把这顿折腾的细节都写了下来，结论是小团圆媳妇的身上有“鬼”。那怎么驱“鬼”呢？洗澡。在众目睽睽之下洗澡！我不知道萧红写到这里的时候是什么表情，她的这句话正写出了看客的欲望。“这种奇闻盛举一经传了出来，大家都想去开开眼界，就是那些患了半身不遂的，患了瘫病的人，人们觉得他们瘫了倒没有什么，只是不能够前来看老胡家团圆媳妇大规模的洗澡，真是一生的不幸。……公鸡抓来了，开水烧滚了，大缸摆好了。”其间，插入了“我”和祖父关于小团圆媳妇有病没病的争论，还有她活泼可爱的表现。可是，当愚昧冲昏了理智的时候，善良也是罪恶的帮凶。小团圆媳妇的挣扎已经没有效果了，她被热水烫了三次，为的是强行驱“鬼”，她终于倒下了，大辫子掉了下来。“老胡家那小团圆媳妇一定是个小妖怪”，愚民们又有了新的论断。小团圆媳妇终于死了，老胡家的人，疯的疯、跑的跑，家道败落了。

小团圆媳妇之死，引出了在“我”家帮忙的有二伯，引出了“我”和他关于死的对话，可谓是童言无忌。有二伯并不是最先出现在《呼兰河传》里的，1936 年，萧红在日本的时候写过一篇《家族以外的人》，有二伯就是其中一个重要人物。在那篇小说中，萧红写了有二伯对她的爱护，写了有二伯偷东西，写了有二伯喝酒，也写了有二伯挨打，日常琐事构成了文本的主要内容。在《呼兰河传》里，萧红把有二伯直接融入家的氛围里，花了两节写他的古怪性情，写他一口的东北话；用九个字占了一节，写他不吃羊肉。《家族以外的人》里面已经花了很大篇幅写这一点，所以在这里就不费笔墨了。这倒是能看出两篇小说之间的关系，不过没读过那篇小说的人是不知道的。萧红写了有二伯在“我”家的生活史，或者说是生存史。“有二爷”时代的他，还是蛮有威风的。萧红经常写他的两面性，如对“毛子”的态度。有二伯的行李、草帽、衣裳、鞋子都有故事。萧红也写了他偷东西，但故事与《家族以外的人》里面写的并不一样，这里写得更有趣味性。还写了事情败露后，他与老厨子的争吵，老厨子一句“绝后”让他痛不欲生。上吊、跳井，都是有二伯的拿手好戏，也成为孩子们的笑柄。当然，萧红也写了有二伯伺候人之余的不平之言。他是一个插科打诨的人物，和祖父形成了映照。

最后一章，萧红写了磨坊里的冯歪嘴子，而祖父、有二伯、老厨子也都出现了。冯歪嘴子这个底层的生存者，一天到晚乐乐呵呵的，干活、聊天、卖黏糕。后来他成家了，媳妇是王大姑娘，两人有了孩子。这时候闲言碎语就又来了，各种流言也传播起来。和小团圆媳妇一样，王大姑娘也成了大家的一个关注点。在生第二个孩子的时候，王大姑娘难产死了，冯歪嘴子带着两个孩子继续生活。萧红写了人们的所谓"预言"："东家西舍的也都说冯歪嘴子这回可非完不可了。那些好看热闹的人，都在准备着看冯歪嘴子的热闹。可是冯歪嘴子自己，并不像旁观者眼中的那样的绝望，好像他活着还很有把握的样子似的，他不但没有感到绝望已经洞穿了他。因为他看见了他的两个孩子，他反而镇定下来。他觉得在这世界上，他一定要生根的。要长得牢牢的。他不管他自己有这份能力没有，他看看别人也都是这样做的，他觉得他也应该这样做。于是他照常的活在世界上，他照常的负着他那份责任。"萧红也写了他生活的艰难："他在这世界上他不知道人们都用悲观绝望的眼光来看他，他不知道他已经处在了怎样的一种艰难的境地。他不知道他自己已经完了。他没有想过。他虽然也有悲哀，他虽然也常常满满含着眼泪，但是他一看见他的大儿子会拉着小驴饮水了，他就立刻把那含着眼泪的眼睛笑了起来。"不管怎样，冯歪嘴子都要生活下去，接下来命运会有什么变化他也不知道。很多读者都说萧红在他的身上写了生存的希望，我觉得就是一种常态化描写，写他和孩子艰难地活着，不一定有什么深层的意思。

祖母、小团圆媳妇、王大姑娘的死，《呼兰河传》里关于死亡的话题可是不少。这是时间流逝中，每个人都逃避不了的归宿。要结尾了，萧红又写了祖父，写了花园，写了一些难忘的瞬间，这些都是不能忘却的，正如她所说，"只因他们充满我幼年的记忆，忘却不了，难以忘却。就记在这里了"。这本来只是故事的一个阶段性结尾，据说萧红本来要写一个宏大的主题，后来改了。现在的《呼兰河传》也仅仅是她原计划的第一部，只是她没有时间去写第二部了。

萧红就是自己写的那个"在草棵里边吃天星星"的孩子，电影《黄金时代》里女主角顺着窗户向外看的眼神最像她了。讲到这里，我忽然想起了戴望舒《萧红墓畔口占》："走六小时寂寞的长途/到你头边放一束红山茶/我等待着，长夜漫漫/你却卧听着海涛闲话。"从戴望舒的这首即兴之作中，我们能够想象到他祭拜萧红的场景，落红无言，她已经在春风里远去了。

《呼兰河传》与《家族以外的人》《后花园》《北中国》《小城三月》等作品一样，写的都是思乡主题。漂泊者一定会思乡的，"月是故乡明"，尽管有时候会让人丧气一点。最后，给大家推荐两本萧红的传记：季红真《呼兰河的女儿：萧红全传》，资料全，写得细，女性是最懂得女性的；林贤治《漂泊者萧红》，抓住了萧红的灵魂，写出了萧红坚韧的一面，值得精读。此外，迟子建有一篇《落红萧萧为哪般》，写自己在香港祭拜萧红的感受，这是一篇出自同性手笔的为萧红招魂的好文章。

萧红是一个短命的生灵，一位伟大的女性，一位伟大的作家，"她大胆地追求，勇敢地反抗，顽强地挣扎，为了一个梦想（知识分子喜欢称作'理念'），一直坚持到生命的尽头"①。今天，萧红已经广为人知，她的作品的价值穿越时空，经受住了考验，尤其是《呼兰河传》，已然成为经典中的经典。我们应该好好读读，哪怕仅仅是为了纪念这位人类文学史上杰出的女性。

---

① 林贤治：《漂泊者萧红：电影特别版》，人民文学出版社2014年版，"再版后记"。

路遥：变革时代的耕耘者

作家笔下的社会变革图景，往往是通过塑造典型人物实现的。梁生宝、王才、高加林、孙少安、孙少平等均是陕西作家塑造的典型人物。梁生宝、王才、孙少安是一类，高加林、孙少平是另一类。与柳青、贾平凹不同，路遥关注的是青春期叙事，在爱情与事业的交叉中完成对于人物的身份定位。《人生》《平凡的世界》均是诞生于改革开放初期的文学文本，报刊、广播、影视的助力，让作品迅速经典化了。路遥因书写“城乡交叉地带”的人和事而成为当之无愧的“改革先锋”，更是文学史上“最美奋斗者”之一。

一、我的路遥小说阅读史

路遥是属牛的，属牛的人大都肯把奋斗的目标拉成长线，然后一点一点地耕耘着靠近目标，每前进一点都要耗费很多的力气，却并不吝惜。这位文学园地的耕耘者，沿着创作道路义无反顾地走了下去，他走在黄土地上，走得艰辛而疲倦，用辛勤的汗水换来了累累硕果。

未读其书，先听而知之。我是从广播剧中知道《人生》的，虽然如今印象有些模糊了。记得读初中的时候，有一次我走在县城的年货大集上，看见一本压在对联上的书，这本书便是路遥的成名作《人生》，是由中国青年出版社出版的。我不想买对联，想买这本书，却被拒绝了。由此我的记忆中便留下了那本压对联用的《人生》。实在想不起来第一次读《人生》的具体时间了，故事与我的生活并无交叉，却与我在城乡交叉地带的生活有些关联。读中师期间，我听过广播剧《平凡的世界》，也读过这部小说，孙少平成了自己模仿的对象。那时的自己极想离家出走去创业，可惜仅出发一天便力不能支，很快就败下阵来。相信读过《平凡的世界》而且像我这样产生过冲动的，一定不在少数。

当代文学史中必然会有路遥的一席之地。1994 年，我迈入了大学的校门，此时路遥已离开尘世两年了，《平凡的世界》获得的茅盾文学奖余温尚在。再次读《人生》，读《平凡的世界》，读《惊心动魄的一幕》《在困难的日子里》《黄叶在秋风中飘落》，很容易随之入境。直到读罢《早晨从中午开始》，掩卷后久久处于烦闷之中。文学创作的艰辛与路遥的执着追求并置，远远地超出了我的期待视野。此刻的我，自以为已经了解路遥，读懂了路遥的文学世界。不知何时，我开始前所未有地倾慕盛唐之音，向往走在长安大道上。读研究生的时候，人在西安。与路遥的距离近了，地摊上时常见到《路遥文集》，却没买，以为自己早已过了读路遥的年龄。2008 年，读书时代结束。告别长安，告别大唐，我以为再也不会读路遥了。回到东北，仍在高校任教，便开设了一门《中国文学与人生》课程，尝试着将时代、作家、作品和生活结合起来，在诗情画意中享受教学的过程。一门关于古典文学的课程竟然以《人生》开篇，我一边讲述高加林的青春期爱情故事，一边喟叹故事中从乡村到城镇，再回到乡村的身份变化，甚至产生了续写《人生》第二部的冲动。高加林究竟会向何处去？他和刘巧珍还会有故事吗？实际上，路遥写不出《人生》的第二部了，我更是没有本事续写出来，高加林的青春期故事已经收尾了。20 世纪 80 年代到 90 年代，中国乡村社会正处在快速的变革中，《人生》所呈现的仅仅是社会变革启幕的部分缩影，即使继续写下去也应该是另外的时代乐章。因了文学经典与现实人生的关系，学生们喜欢听这门课。从文学与人生的关系来看，路遥离不开属于他自己的生活空间，离不开乡村周边的故事，更是需要透过精心营构的叙事蓝图呈现出大时代的变动轨迹。

再读路遥，已经人到中年。2015 年，我有机会去西安参加学术会议，其中有两天要去延安大学进行研讨，因此得以奔向革命圣地。延安大学文学院院长梁向阳教授给参会的每位学者送了一本《路遥传》，我抚书在手，感慨良久，不禁被唤起了深埋许久的阅读记忆，高加林、刘巧珍、田晓霞、孙少平等人的面庞重新又浮现脑际。一问才知道，这本《路遥传》的作者厚夫就是梁向阳本人，于是赶忙让厚夫先生签名留念。书拿回来，读罢便收藏起来了，大概是彼时心存古典文学之念，一时难以走进路遥的世界。最近整理图书，翻出《路遥传》，重读犹如初读，读起来竟然难以释卷。一口气读完后，想要进一步走近路遥的愿望愈加强烈，于是又读了王刚《我渴望投入沉重：路遥年谱》、张艳茜《路遥传》、海波《人生路遥》。这些著作都是一口气读完的，速度之快自己都没想到。至此，已被勾起的阅读路遥作品的冲动并未停下来，于是开始重读《路遥全集》，再次步入了路遥所营构的文学空间。

二、从《人生》到《平凡的世界》

路遥是真诚的，时常思考作品如何才能打动别人的心灵，他在《出自内心的真诚》中写道："在我看来，要达到这样的目的，最重要的是作家对生活、对艺术、对读者要抱有真诚的态度。"① 读路遥的小说应该知其人，但又不能与其本人直接画等号，因为小说是综合多人的故事虚构而成的。路遥善于融合多种材料，借用他人的故事并站在时代的前沿来书写中国故事。从黄土地生出的话语加上路遥的思想，使得文本传递出了一位普通劳动者的真心告白。早年的贫困生活让路遥改变自己命运的想法无比坚定，从他对婚姻、事业的强烈追求便可知晓。弟弟对他的支持太重要了，高加林、孙少平的身上均有其弟的影子。路遥渴望通过努力劳动改变命运，同时不断地超越自我，他是一个生活在矛盾中的人物。从《惊心动魄的一幕》到《人生》是一个飞跃，从《人生》到《平凡的世界》则是同一种类型的创作的延伸与扩展，这样他的作品就从双线结构进入了三维空间。在《人生》中，县城是一条线，农村是一条线，一头是黄亚萍，一头是刘巧珍，靠高加林串起来。彼时，路遥并没有突破固有的思维方式。城里人歧视农村人，农村人又自有一个相互勾连的小社会，高加林躁动的心向往外面的世界，却又无法融入进去。到了《平凡的世界》中，主人公孙少安居于农村，践行着自己的人生追求；孙少平出去闯荡，追求着自己的理想；田福军等人则构成了另一个官场社会。这个

① 路遥：《早晨从中午开始》，北京十月文艺出版社2009年版，第175页。

三维空间并不平衡，政治生活、乡村社会与城市空间相互融合而又各自独立。在我看来，路遥的整体叙事结构是有缺陷的。把这部小说放在现代主义盛行的文学空间里，就像《陈奂生上城》一样，陈奂生得靠大人物的帮助才能进入旅馆，被人识破后必然会逃回乡村。话说回来，城乡交叉地带乃是中国社会某个时期发展的一个联结点，选择这个联结点进行创作契合路遥的身份。路遥不仅没有因小说的第一部出版后受挫而气馁，反而不懈努力继续写作第二部、第三部，最终完成了这部史诗般的著作。

写自己熟悉的人是作家取得成功的前提条件和生活基础，鲁迅、萧红、沈从文、张爱玲等人莫不如此。路遥的创作历程可以称为苦难的历程，但由于置身其中，他忽略了很多，来自平凡的世界，追求的恰恰是不平凡的人生。路遥将书写的地理空间定位于城乡交叉地带，正如他在《致〈中篇小说选刊〉》一文中所说，“我是一个血统农民的儿子，在大山田野里长大；又从那里走出来，先到小县城，然后又到大城市参加了工作。农村我是熟悉的；城市我正在努力熟悉着；而最熟悉的是农村和城市的‘交叉地带’。我曾长时间生活在这一地带，现在也经常‘往返’于其间”①。路遥从中找到了写作的素材，他说：“我自己感到，由于城乡交往逐渐频繁，相互渗透日趋广泛，加之农村有文化的人越来越多，这中间所发生的生活现象和矛盾冲突，越来越具有重要的社会意义。”② 路遥关注城市和农村各自的变化，关注两者之间的相互冲撞，关注两种生活方式的冲突与融合，故而选择了叙事空间的“立体交叉桥”，立足于此书写与自己密切相关的故事。如果谁说路遥是“殉道者”，那恐怕是在渲染。路遥算是醒来后无路可走的求索者，恰如酒喝得正酣，岂能罢饮？喝多了，痛快了，难受的时候也就到了。路遥的小说描写了处于社会重大变革中的人物，他们的婚恋、事业等生活故事均在时代的大背景下被铺展开来。其中，小说的婚恋主题涵括了路遥对于“门当户对”观念的思考，可以视为他在以现代意识挑战传统观念。其实，“门当户对”确有其合理性，门户差异造成的观念差异往往难以弥补，需要彼此之间的用心磨合。路遥的

---

① 路遥：《早晨从中午开始》，北京十月文艺出版社2009年版，第13页。

② 路遥：《早晨从中午开始》，北京十月文艺出版社2009年版，第13—14页。

小说并没有回避恋爱、婚姻中的出身问题，待一切安排停当后，他便兀自寻找自己的世界去了。

读《平凡的世界》，总觉得路遥把对于爱情的浪漫幻想寄托在了孙少平和田晓霞的身上，却又不得不让田晓霞过早逝去，仅留下日记供读者品享爱情的醇香。这种醇香是虚幻的，孙少平和田晓霞的爱情还没有转换为婚姻，还没有度过狂热的阶段，便戛然而止了。据厚夫《路遥传》所载，路遥写到田晓霞之死的时候，把弟弟叫了回来，就为了告诉他：爱情死了。可见，作家已将自己的内心世界融入其中了，过度的心灵震撼使他需要一个可以对话的人，而对话者克服困难赶过来倾听他克服文本障碍的过程，也是路遥克服心理障碍的过程。爱情的狂热过后呢？那就是平平淡淡的生活，真实的生活不仅仅是二人世界，还有孩子，有彼此的亲眷以及由各种社会关系构成的网络。路遥一旦写到婚姻生活便是另一副笔墨，与写恋爱时的满怀激情并不一样，如果将《黄叶在秋风中飘落》与《人生》《平凡的世界》加以比较的话，就不难得出这个结论。

三、路遥的艺术追求

当代文学并不能脱离中国文学的叙事传统。路遥虽然读了大量的世界名著，但他的作品同样根植于传统，这在叙事手法上表现得尤其明显。例如，《陌上桑》写道："行者见罗敷，下担捋髭须。少年见罗敷，脱帽著帩头。耕者忘其犁，锄者忘其锄。来归相怨怒，但坐观罗敷。"《人生》中写高加林和刘巧珍一起骑自行车去县城的情景："村里立刻为这事轰动起来。没出山的婆姨女子、老人娃娃，都纷纷出来看他们。对面山坡和川道里锄地的庄稼人，也都把家具撇下，来到地畔上，看村里这两个'洋人'。有羡慕得咂吧嘴的，有敲怪话的，也有撇凉腔的。正人君子探头缩脑地看；粗鲁俗人垂涎欲滴地看。更多的人都感到非常新奇和有意思。尤其是村里的青年男女，又羡慕，又眼红；川道一组锄地的两个暗中相好的姑娘和后生，看着看着，竟然在人背后一个把一个的手拉住了！”①路遥的叙事手法与《陌上桑》有异曲同工之妙。这是乡村爱情叙事中的经典一幕，从传言到坐实，高加林和刘巧珍以他们的“傲慢”努力地挣脱乡村社会存在的偏见。这样的情景也为后来高加林的迷失增加了分量。路遥太关注人物的出身了，身份认同中又有明确的指向性，即干部家庭与农民家庭，农村户口与城镇户口。其实，贯穿小说始终的还是那个走出小世界、走向大世界的精神指向。路遥写出了自己对于生活和土地的热爱，后来塑造的卢若琴、郑小芳也均是如此。《黄叶在秋风中飘落》《你怎么也想不到》接踵《人生》中所描写的“高中后”们的恋爱与事业交织的生活空间，呈现出的是另一种青春之歌。可以说，路遥的经典作品主要书写的是关于青春、爱情和婚姻的交叉地带，几无例外。

路遥在《作家的劳动》中说：“文学艺术创作这种劳动，要求作家具备多方面的优秀品质。在塑造艺术形象的过程中，同时也塑造自己。”②真实的路遥不可复现，作为文学家的路遥却一直都在。展卷开来，高加林和刘巧珍、孙少安和田润叶、孙少平和田晓霞，路遥一面在撕碎浪漫，一面又在营构浪漫。这个狂热的劳动者从荒谬的年代闯过来，马上就投入了纸上的火热战斗。毫无疑问，路遥在一定程度上混淆了生活与写作的关系，生活介入了文本，写作搅乱了生活，他是一个驻足于城乡交叉地带而无所适从的孤独者，一个追求深刻而无法自拔的思想者，一个被生活折磨而不甘平凡的奋斗者。

因为英年早逝，路遥留下的文学作品数量并不算多，但是《人生》《在困难的日子里》《平凡的世界》《早晨从中午开始》均堪称经典之作。好作品是作者、编辑与媒体共同玉成的。作者的不断反思、编辑的审读意见、长篇广播剧的无死角传播和影视的叙事重构，是《人生》《平凡的世界》经典化进程的关键环节。如果正值青春年华，你一定要读《人生》，要读《平凡的世界》，走进路遥的文学世界，你能够从中悟出奋斗的真谛。四十年后，新一代读者再读路遥的《人生》《平凡的世界》，或许会对小说中的时代环境有些陌生，但想来仍会产生情感上的震动。路遥对于文学、文化有着很深的思考，

---

① 路遥：《人生》，北京十月文艺出版社2009年版，第75页。

② 路遥：《早晨从中午开始》，北京十月文艺出版社2009年版，第174页。

认为人应当有责任感和使命感，他说：“我们必须有深度地认识我们的文化和外来文化。我认为一个民族的成熟首先应该是文化方面的成熟，文化的成熟就是怎样吸收全世界优秀的东西，在我们自己文化的这个基础上产生出新的更高层次的一种文化。”①

从黑土地到黄土地，再回到黑土地，我一直在读路遥的路上。面朝黄土，匆匆行路，远去的路遥依然在用文字与我们对话。那个人正在走向大世界，留给我们的则是一个平凡的世界，而那些扎根于黄土地的青春期叙事，也已经驻扎在路遥与他的“平凡的世界”中了。一个痴迷于书写乡村生活的作家远去了，一个扎根于土地的耕耘者远去了。“像牛一样劳动，像土地一样奉献”，这是路遥留下的分量最重的一句话。

① 路遥：《早晨从中午开始》，北京十月文艺出版社2012年版，第220页。

纪实与虚构之间：一位人民艺术家成长史的叙事策略选择[①]

杂技艺术源远流长，书写杂技艺术家形象的小说却不多见。王如的长篇纪实小说《撂地儿》，讲述了杂技艺术家赵凤岐的成长史。赵凤岐实有其人，从旧社会的民间杂技艺人成长为人民艺术家，他的前半生经历了一个蝶变的过程。这部被列入“中国作家协会重点作品扶持项目”的小说，克服了叙事上的难度，不仅以现实主义写法取得了令人眼前一亮的创作效果，而且体现出了纪实小说的写作品格。漂泊与还乡构成了赵凤岐成长史的两个维度，而这两个维度又经历了一个从并行到并拢的过程。

一、叙事结构：讲述中国故事的双线叙述理路

这部小说取名为“撂地儿”，是有来由的，它非常贴切地抓住了主人公的身份认同及负重生活。这是一个专有名词，所谓“撂地儿”，据谭汝为先生《这是天津话》所述：

> “撂地儿”的字面义，就是放在地上的意思。例如“两岁的孩子，别总抱在怀里，撂地上，让他自己走。”但是在北方话里，“撂地儿”特指曲艺、杂技、武术等方面的民间艺人在庙会、集市、街头空地上演出。像马三立、侯宝林、刘宝瑞等著名相声演员，早年

① 原名《纪实与虚构之间：关于一位人民艺术家成长史的叙事策略》，载《文艺评论》2021 第 5 期。

都有“撂地儿”演出的经历。例如：“李润杰那时经常撂地演出，每天的收入刨去棚钱、地钱、板凳钱，所剩无几。”街头卖艺者、摆地摊儿卖药的人，被称为“撂地儿的”；街头卖艺的群体，被称为“撂地帮”。①

“撂地儿”演出是艺人谋生的一种方式，杂耍则是表演的一个种类。小说《撂地儿》叙述了来自杂技之乡河北省吴桥县的一个杂技班子的撂地儿演艺生活。小说取名“撂地儿”具有一种象征意义，即象征着旧社会底层艺人寻求生存的苦辣辛酸。小说叙述了以小福（即赵凤岐）为代表的江湖艺人的苦难生活，但这苦难生活也拓展了小福的求知视野，他把杂技只是作为谋生糊口的手段上升到了追求杂技艺术的中西融合的高度。小福在吴桥艺人赵氏兄弟的带领下，到处撂地儿以谋生，并在这一过程中萌发出了自觉的艺术追求，最终成长为优秀的人民艺术家。

细读文本可以发现，《撂地儿》提出并试图解决一个问题：一名优秀的人民艺术家是如何炼成的？为了讲述人民艺术家的成长过程，这部小说采取了双线叙述结构：中华民族的抗战救亡史是一条线，艺人的个人成长史是另一条线。小说的前半部分双线并行，到第六章开始逐渐并拢，直至结尾才完成双线合一。

中华民族的抗战救亡史是小说时代背景的一部分，更是人物成长的典型环境。主人公小福从与典型环境的疏离到融合，经历了一个漫长的过程，这个过程与他靠撂地儿演出的谋生生活以及由此而来的恋爱生活密不可分。主人公小福七岁就开始了他的撂地儿生活，为增强谋生本领，他受尽各种“苦刑术”的折磨，终于在这一行里获得了生存空间。故事从1932年讲起，河北省吴桥县申庄的赵保山、赵保有兄弟带走了赵保真的儿子小福，去撂地儿谋生。接着小福的二哥赵凤瑞出场了，他与莫先生一起为了翻身得解放而去闹革命。这样小说的双线叙事结构从一开始就确立了：一边是为谋生而撂地儿，一边是为谋生而革命。赵保山、赵保有、小福、小亮、小陶组成了一个杂技

① 谭汝为：《这是天津话》，天津教育出版社2009年版，第169页。

班子，小福的闯江湖生涯开始了。与此同时，十四岁的赵凤瑞则在家乡继续其革命生涯。小福随着杂技班子闯荡江湖，走遍大江南北，受尽了欺凌，艰难地活着，后来又赴海外寻找生路。在这样的来来往往中，他逐渐艺有所成，尤其是在孟买加入印度大马戏团遇上卓别林，使他改变了撂地儿演出仅为谋生的初衷，开始由负重生活转而追求艺术生活。他在高难度技艺的基础上赋予杂技以诙谐幽默的喜剧因子，使杂技与滑稽戏相互融合，同时还对传统技法进行改造，进而逐渐自成一家，被誉为“东方卓别林”。从小福到麻子红，再到赵凤岐，一个旧社会的江湖艺人蝶变成为走进朝鲜战场对志愿军战士进行慰问演出的人民艺术家，而且服从国家需要，后半生扎根东北为祖国培养了一大批杂技英才。

小福对于自己的艺人身份的认同和思想障碍的存在增强了小说叙事的张力，但是这需要一个长序列的叙事进程。小说的第一章“酷刑”，以离家和在家建构了两个叙事视角：小福的流浪生活和寻找小福的过程。同时，也铺就了叙事的两条线：一条是小福跟着赵氏兄弟在连镇撂地儿，开始接受《踩鸭子》《别杆子》的磨砺；另一条是莫子镇、赵凤瑞带领革命群众，要彻底改变命运，不让小福再受苦。可见，第一章的前两部分虽然主要叙述的是小福加入杂技班子的过程，却也注意了对历史背景的铺陈。第三部分在介绍了军阀混战的格局后，有一段描述：“在这腥风血雨的年代，吴桥人为了生存，只能借一技之长，结伴同行，远走天涯。于是，他们跋山涉水风餐露宿，在风霜雨雪中四海为家，甚至穿越西伯利亚北抵欧洲，或者途经香港客走南洋。”①正是这样的背景构成了叙事的指向性，可以说这段叙述影响了小说的整体叙事格局。花开两朵，各表一枝。小福完成在连镇的两次撂地儿演出之后，第四部分叙事回到了申庄，父母要去寻找小福，这时莫子镇出场并引出了革命的话题，他对小福父母的劝慰坚定了赵凤瑞的革命决心，他要跟着共产党走，用革命改变中国的现状。至此，小说开始穿插叙事。第五部分叙述了小福从连镇到达天津，继续撂地儿生涯，而他的想家情绪也越来越强烈。第六部分叙事又回到家里，奶奶、爷爷相继去世后，赵凤瑞和莫子镇商量着去上海寻

① 王如：《撂地儿》，太白文艺出版社 2021 年版，第 12 页。

找小福。第七部分叙述了小福一行人从天津到上海靠表演渡过难关的过程。第八部分叙述的是莫子镇和赵凤瑞来到天津后，得知小福已经去了上海，于是决定去上海继续寻找。寻找小福与坚定革命信心是同步的，这凸显了具有关联性的人生选择。莫子镇的一段话非常重要，他说："凤瑞，你要记住，身为中国人，一定要为民族解放而尽力。希望你做一个进步青年，为革命事业奉献力量。只有国家和民族解放了，老百姓才能过上好日子，小福才能不再忍饥挨饿。"① 在上海，小福见到了大哥赵凤池，赵凤池是一个工人。杂技班子在大上海的第一次撂地儿演出以惨遭劫掠收场，由此发现在这里难有立足之地，遂决定去异国卖艺求生。赵凤瑞赶到上海，见到了赵凤池，可是这时小福已随杂技班子离开了。至此，故事的第一个叙事单元结束，主人公小福的第一阶段生存叙事也告完成。

作品既要忠实于历史，又要呈现出文学虚构的合理性。《撂地儿》以双线结构并行的方式来推进叙事进程，进而在典型环境中完成了人物的技艺进步与思想升华的书写过程。第二章"漂泊"是整部小说的关键章节。值得强调的是，这部小说作者处处设有伏笔，如第一章就有一段关于杂技班子准备出洋的叙事：为了能够出国撂地儿，解决船票和吃饭问题，杂技班子来到了浦东亚细亚码头的一艘轮船上，并遇见了船长。现场的撂地儿表演，获得了船长的认可。这段与船长的相遇成为小福艺术人生开始的标志，这预示着漂泊海外既是不得已的生存选择，也是使技艺水平得到提升的机会。对于七岁就离家谋生的小福来说，生存是第一位的。长期的底层流浪生活，懵懵懂懂中受尽的"苦刑术"，撂地儿过程中看尽的世人白眼，都令他十分珍惜好不容易在英国皇家马戏团过上的不错的生活，他感到很满足。正是在努力获得满足感和获得感的路上，小福遇见了两个人：船长和卓别林。与船长相遇不仅解决了杂技班子面临的现实困难，也提升了小福对自家本领的认识。听船长讲自己的漂泊故事，与船长探讨人生的道理，小福认识到了一个人不仅要吃饱肚子，还要有理想和追求；自己不仅要挣钱养家，还要成为艺术家。船到新加坡，与船长分别时，"小福脸颊挂着泪水。七岁的小福，始终与苦难、饥饿

① 王如：《撂地儿》，太白文艺出版社2021年版，第45页。

和漂泊相伴。七年来，仅有的快乐时光，就是在轮船上的日子，而快乐却那么短暂，这让小福十分不舍，又感到那么伤心”①。小说在第二章进入了苦难叙事。小福继续学“苦刑术”，学着适应苦难并苦中作乐，从而赢得了赵氏兄弟的认可，显然这与船长的鼓励是分不开的。三年的撂地儿生活，新加坡、印度尼西亚、菲律宾遍布杂技班子的足迹。整个第二章都是单线叙事，其中关于漂泊新加坡的文学书写成为中心话题。可见，作者善于抓住重点建构叙事单元。第二章“漂泊”与第三章“棚演”、第四章“闯荡”连在一起，构成了异国卖艺的完整叙事图景。

家国情怀的生成是思想蝶变的标志。漂泊与还乡构成了小福成长史的两个维度，而这两个维度又经历了从并行到并拢的一个过程。在前两章的叙事中，小福仅仅是旧社会生活在底层的艺人群体中的一员，第三章他开始发生变化，至第四章则完成了蝶变。两次还乡在小福的内心造成了冲突：一次是卖艺生活与思想认识的冲突，一次是恋爱生活与家国情怀的冲突。小福第一次还乡是在 1931 年春，杂技班子离开英国后，一路撂地儿回到了吴桥，十五岁的小福也终于见到了爹娘。在莫子镇的影响下，二哥赵凤瑞此时已经成长为独当一面的共产党员了，他们以兴办合作社为掩护从事革命宣传工作。随着杂技班班主江海河的来访，第一次冲突发生了，他要带着杂技班子去日本。母亲不愿意小福再离开，二哥赵凤瑞更是坚决不同意，一个是出自亲情，一个是出自爱国情。赵凤瑞认为战事吃紧，日本觊觎中国的土地，已经发动侵华战争，而此时去日本是毫无国耻之心的表现。在这种情形下，小福的思想出现矛盾是不可避免的，他认为战事和自己没关系，自己就想挣钱养家，让家人过上好日子。就在大家僵持不下的时候，莫子镇关于九一八事变的一番话使小福陷入了沉思，他的思想认识从只顾着卖艺糊口上升到了不能做有辱国格的事情。由此，小福迈出了成为一个爱国者的关键的第一步。然而作者深刻地认识到，让主人公快速地发生转变是不合理的，也是不现实的，文学生活应当来自现实生活并反映现实生活。于是在莫子镇的引导下，大家终于认识到了小福是可以去日本撂地儿的，而莫子镇也为小福此次赴日提供了帮

① 王如：《撂地儿》，太白文艺出版社 2021 年版，第 59 页。

助。第四章叙述的是江海河带领小福他们一班人先去朝鲜，加入木下马戏团并取得了棚演成功，后又随团赴日。也正是在日本展开棚演期间，小福学会了马术，遇到了花子——一个日本女孩儿。为了留住小福这个杂技人才，木下马戏团老板蒲田促使两人的恋情不断升温。1935 年末，另一伙赴日吴桥艺人捎来了家信和母亲的一绺头发，信中只有八个字："中日战争，娘盼儿归。"处于热恋中的小福尽管万般不舍，但最终还是选择了回家，花子想要跟随未果，两人不得不分开。回到家里的小福面临的第二次冲突最为激烈，这次冲突体现在两个层面。第一个层面的冲突源于小福能否娶一个日本女人为妻。在此，作者花费了不少笔墨交代中日战争的背景以及"华北事变""一二·九运动"，当时整个华北已经放不下一张课桌，而小福却要娶日本女人为妻，这自然不能为家人所理解和认可。毫不意外，小福与二哥赵凤瑞再次起了冲突。这时齐冀生的出现改变了叙事进程，小福加入他的大棚，想要去西征，而二哥赵凤瑞却让小福跟着自己一起参加革命，由此造成了第二个层面的冲突。对于小福来说，"亲情、理想、艺术和革命，这些都沉甸甸的"①。正在这时，花子赶来了。恋爱生活与家国情怀的冲突又来了。经过抗争，小福与花子的婚事总算获得了家人的认可，但这时花子那里却又发生了变化。原来蒲田是一个日本特务，他决定派遣山根到中国来刺杀共产党人，花子要来中国只有助纣为虐才能得到蒲田的许可，而为了来中国找小福，她真的做了错事，而且认为自己这么做是出于"爱国"之心。山根事件把小福的爱情幻梦彻底粉碎了，他终于认识到在民族大义面前，自己的事都是小事。至此，小福的故事讲完了，他也完成了第二次蝶变，成为一个具有家国情怀的艺人。接下来，他开始以"麻子红"的艺名随光技马戏团西征了。从第五章到第八章，小说叙述了麻子红随光技马戏团西征和光技马戏团从兴盛到覆灭的过程，以及麻子红创业失败后办动物园想要还乡却屡受波折的故事，叙事进程中结合了麻子红结婚成家、成名等事件，从而构成了一个独立的叙事单元。

从漂泊无依的麻子红到人民艺术家赵凤岐，这第三次蝶变是在第九章"新生"中完成的。第九章先是叙述了麻子红还乡后处理家事的过程。随后他

① 王如：《撂地儿》，太白文艺出版社 2021 年版，第 165 页。

以本名赵凤岐的身份加入了文化馆，由此开始对杂技表演艺术做进一步的改造，同时注重为国家培养人才，他的努力获得了党组织和群众的认可。抗美援朝战争爆发后，赵凤岐主动要求参加赴朝鲜战场慰问演出艺术团，从此成为真正的人民艺术家。

作者将主人公放在家国情怀的背景下加以观照，使艺术境界与爱国境界融合在一起，最终完成了赵凤岐的人民艺术家形象塑造。

二、叙事进程：人民艺术家成长史的中西融合图景

小说塑造人物离不开历史背景。就塑造底层人物而言，与近些年表现比较突出的作家陈彦的《装台》相比，《撂地儿》的主人公是特殊时代“被看”的群体中的一员。这一群体是纯粹的依靠表演而生存的演员，他们只有通过一遍遍的重复性表演才能获得生存的机会，同时获得微不足道的成就感。作为表演者，杂技艺人的工作其实非常危险而艰辛，他们出入街头巷尾、剧院大棚，不仅要看别人的脸色，而且要有绝活，还常常会受到凌辱和伤害。

《撂地儿》毕竟不是非虚构性的传记，而是一部纪实小说。整部小说在叙事上按照主人公的成长过程，可以分为漂泊、闯荡、新生三个阶段，即小说由三个叙事单元构成。小说的“楔子”和前四章是一个叙事单元，第五、六、七、八章是一个叙事单元，第九章和“尾声”是一个叙事单元。三个叙事单元结合起来构成了主人公的成长史。不容否认的是，要想使小说具有纪实性，其实在叙事上是有难度的。那么，这个叙事上的难度体现在哪儿呢？金圣叹在比较了《史记》和《水浒传》之后说道：“其实《史记》是以文运事，《水浒》是因文生事。以文运事，是先有事生成如此如此，却要算计出一篇文字来。虽是史公高才，也毕竟是吃苦事。因文生事即不然，只是顺着笔性去，削高补低都由我。”[①] 按照这一观点，如果主人公的人生轨迹就摆在那儿，故事的框架是现成的，那么又该如何使用文学虚构的手法“以文运事”，进而完成文学创作呢？《撂地儿》并没有拘泥于线性叙事，而是注重厘清叙事的脉

① 《金圣叹全集》（修订版），陆林辑校整理，凤凰出版社2016年版，第29—30页。

络，厘清主人公成长史的关键阶段，并从中析出有效的叙事镜头，作为引领叙事的典型环境、典型人物及其转变的标志点。裴斐《文学原理》在论及文学与人生的关系时说道："文学的对象是人生，所谓人生即主要指人的社会生活，各人所经历的千差万别的社会生活，各人在自己经历的生活中所产生的欢乐、痛苦、渴望、思索等等。要之，文学所关心的是具体的人，而任何人都是同他所置身的社会分不开的。"[①] 在《撂地儿》中，小福锻造修炼技艺的过程、卓别林与小福的两次相遇过程以及小福将传统杂技与滑稽戏融合在一起的过程三者彼此交融，汇为了赵凤岐的成长过程。

下面我们就从技艺提升的层面分析赵凤岐的成长过程。这个成长过程分为三个阶段：小福的学艺阶段、麻子红的成名阶段、赵凤岐的回归人民阶段。加入印度大马戏团，让小福开启了自己的艺术追求之路。与喜剧大师卓别林的同台演出、合作演出，到最后获得卓别林和国家领导人的高度赞赏，正是小福技艺升华的三个阶段。小说开篇就采取插叙的方式从整个故事中掏出一把"钥匙"，通往本来是锁着的艺术之"门"的钥匙。在"楔子"中，作者以虚实结合的笔法叙述了小福与卓别林的第二次相见，此时小福已经成长为一个健壮的少年，而卓别林则是享誉全球的艺术家。小说先是虚写小福见到卓别林的惊喜情景，而后是纪实性语言，犹如电影中的独白："一九三〇年九月，卓别林来到英国皇家马戏团，听说一个中国马戏班子在这儿，特别是演《倒吃大菜》的小福，是一个技艺超群的孩子。"[②] 然后，叙述者并不做过多的渲染，又回到了想象性叙事情节中。这就是传记和小说的区别，对话式写法容易让我们混淆纪实与文学虚构之间的界限，采用第三人称叙事则是两种文体的共同选择。《撂地儿》合理地处理了纪实与文学虚构之间的关系。实际上，"楔子"是从第三章中拿出来的，这部分内容可独立存在，也可插入第三章中以增强叙事的张力。叙述完见面的事儿，仅用"小福喜极而泣，他一下扑了过去，差点把卓别林扑倒，卓别林踉踉跄跄，半天才站稳脚跟。然后，

---

① 《裴斐文集》（第一卷），人民文学出版社 2013 年版，第 66 页。

② 王如：《撂地儿》，太白文艺出版社 2021 年版，第 2 页。

他紧紧地把小福拥进怀里"[①] 一段话，就描述出了小福和卓别林都喜出望外的情感波动。卓别林和小福是师徒关系，正是因为受到了卓别林的影响，他才有意识地改造了杂技的表演方式。两人不断地切磋技艺，师徒情感也得到了进一步升华，于是第三章接着叙述两人合演《拧螺丝》的场景。然后，叙述两人的再次分别，回到了"楔子"的对话部分。卓别林的一句"我会去中国，一定会去中国。小福，我要去中国看你"，既是师徒情感升华的标志，也为"尾声"描述卓别林来到中国埋下了伏笔，并形成了前后照应的关系。"楔子"是小福杂技表演生涯的分水岭，回到家乡尤其是经历山根事件之后，他就是麻子红了，从此开启事业的第二个周期。作者显然抓住了关键环节做文章，可谓是横云断岭之中别有深意在焉。

我们对"楔子"和第三章进行了叙事场景的还原后，就要追问：小福和卓别林的第一次见面是什么样的？小说写了两人认识的三个场景：看、学和交流。卓别林出现在印度孟买的杂技大棚中，小福有幸看到了他的滑稽戏表演，演出完毕，"小福默默望着台上，他完全被卓别林征服了。他觉得这种丑角表演，才是最有艺术特色的，便暗暗下了决心，一定要把他的滑稽表演学过来"[②]。于是，此后在自己的演出中，小福加入了滑稽戏的元素。从叙事来看，卓别林应该是看过小福演出的。接着，小福开始有意识地接近卓别林，卓别林则把他当作小孩子。慢慢地，随着接触的增多，两人逐渐熟悉起来。通过让小福表演鸭子步，卓别林教他学习滑稽戏表演，从形象、技巧到经验都传授，后来卓别林则要跟小福学顶功。就这样，两人结下了深厚的情谊。临别之际，卓别林送给小福一顶帽子，并相约在中国见面。作者花费很大的篇幅写小福与卓别林的第一次相见，实际上是为了表现小福学艺的一个转折阶段：从撂地儿到棚演，从"苦刑术"到杂技艺术。从此，小福开始有了自觉的技艺追求，具备了成为人民艺术家的潜质。现在，我们不妨快速读一下"结尾"部分，这部分内容集中叙述了国家领导人在日内瓦会见卓别林的情景，并以对话的方式呈现。在对话中，卓别林提到 1927 年在孟买看过小福的

① 王如：《撂地儿》，太白文艺出版社 2021 年版，第 110 页。

② 王如：《撂地儿》，太白文艺出版社 2021 年版，第 87 页。

杂耍，从而引出了关于小福的介绍。临别，卓别林再次提到小福，说小福虽然是个孩子，但极具艺术天赋。这样就自然而然地引出了寻找小福的话题，在国家领导人的关心下，赵凤岐以艺术家的身份参加了国庆五周年活动。正是因为参加这次活动，杂耍才被更名为“杂技”，而赵凤岐也由此成为一代杂技表演人民艺术家。

上述与卓别林相关的叙事单元构成了一个叙事主题：民间艺人是如何修炼技艺进而成为艺术家的？可是，艺术家距离人民艺术家还有思想上的差距，这就与抗战背景、新中国成立背景建立起了必然的联系。艺术追求只有与家国情怀融合在一起，才能锻造出人民艺术家。遵循这样的写作原则，小说在精神引领与审美启迪方面达成了高度一致。

三、叙事维度：现实主义写法的内在张力

时间叙事与空间叙事的进一步融合形成了小说现实主义的叙事特色。就此而言，卢卡契的观点值得重视，“卢卡契基于‘总体性’理论，要求文学书写必须受到‘历史本质’的规约，因而现实主义在表现对象、表现手法上都不应陷于碎片化的‘表现主义’”①。注重总体性是《撂地儿》的一个特色，小说叙述了一个具有家国情怀和高远追求的人民艺术家的成长史，堪称一部现实主义的优秀之作。如同林超然在分析《杜晚香》时所说，“景、情、事、理彼此互证，实现了艺术与政治的高度融合、统一”②。在《撂地儿》中，作者总是能够依据时代背景和政治背景来叙述人物成长的过程，围绕赵凤岐从卖艺谋生到有艺术追求、从单纯的艺术家到人民艺术家的蝶变过程来刻画人物形象，从而赋予人物以时代的情感与思想。正如裴斐所论，“用托尔斯泰的话说，艺术乃是一种感情的传达，这种传达必须具有感染力才会被对方接受。而一件作品是否能对社会上大多数人具有感染力，除了艺术方面的因素外，

① 陈培浩：《现实主义：典型、总体性和能动性之辩——从陈彦长篇小说〈喜剧〉说起》，《中国当代文学研究》2021 年第 4 期。

② 林超然：《〈杜晚香〉与丁玲北大荒文学记忆》，《小说评论》2020 年第 6 期。

主要就取决于作家的社会经历和思想感情在多大程度上能和大多数人取得一致。历史经验证明，一个真正伟大的作家，总是把人生意义同社会、时代以至整个人类的命运连在一起，中外古今无一例外”①。如此说来，作者只有把个体的人生意义与社会、时代联系在一起，才会构成现实主义的叙事空间，而故事围绕这个空间展开，自然就会产生具有艺术吸引力的审美效果。

我们不妨考察一下这种现实主义写法的阶段性特征。《撂地儿》叙述了新中国成立前麻子红的艺术家理想破灭的辛酸史。作者善于在宏观叙事的背景下不断地转换叙事主题，这种叙事策略能够在客观地再现社会现实的基础上塑造人物形象。从养家糊口到追求艺术境界，再到深化家国情怀，几经磨砺，赵凤岐终于具备了作为人民艺术家的基本素质。小说的第一个叙事单元可以看成是儿童文学文本，这是一个孩子从七岁到十五岁闯荡世界过程中的旅行记。作者善于描写杂技表演场面，试图透过这个场面呈现出在以生存为主题的年代主人公的“没有童年”现象。特殊年代的残酷现实形成了这样一个叙述视角：社会现实造就了主人公的生存空间，给予他无法逃避的选择。遇见船长，遇见卓别林，促使小福认识到自己应当追求艺术创造，追求超越自我，从而找到了奋斗的起点。小福追求艺术创造是小说的一个独立的叙事主题，这个叙事主题是从他使用艺名“麻子红”开始的。前面已经说过，第五、六、七、八章构成一个独立的叙事单元，讲述的是麻子红成名成家的创业故事，描述了他在乱世中的艰苦卖艺生活状况。尊重事实是纪实性的表现，合理虚构是文学性的表现。因此，某种程度上来说，作者自己选择了一个叙事上的难题：在纪实与虚构之间寻找平衡点。第六章“西征”的第一部分叙述了齐冀生、麻子红等人组成的光技马戏团在德州棚演的过程。作者不惜花六页的篇幅描述了《爬刀山》的演出场景，窥一处可见其惊心动魄的艺术魅力。同时，略写了在山西由于政局动荡光技马戏团没有生意的现实处境，细写了转场途中一路遇到大批难民的真实场面。第二部分叙述了光技马戏团在陕西进入演出繁荣期的盛况，麻子红通过赶堂会表演了自己独创的节目，并一举获得成功，从此杂技艺术家麻子红家喻户晓。作者善于选择叙事的中心内容，

① 《裴斐文集》（第一卷），人民文学出版社2013年版，第73页。

进而决定如何分配笔墨。例如，在详细叙述完光技马戏团的“黄金时代”没多久，他们在陕西三原境内就遭遇了县令用武力敲竹杠一事，最后大家不得不花重金救回了齐冀生。第三部分是西征西安的环节。小说进一步叙述了光技马戏团的江河日下境况，虽然在与另一家杂技团的竞争中站稳了脚跟，却有一人离团而去，随后齐冀生又因急火攻心而失明。这时大哥赵凤池也来找麻子红，因为家里已为他定了一门亲事，让他回去完婚。赵凤池还告诉麻子红莫子镇已经牺牲、赵凤瑞参加了八路军，以及日军烧杀抢掠的恶行。第四部分叙述了光技马戏团在兰州的境遇。小说先是交代了红军长征的历史背景，随后讲述了军阀马步青看上马戏团里的女孩吴双，而且这时又有八路军战士需要搭救。最后在二哥赵凤瑞的策划下，吴双和八路军战士都成功获救。可是，紧接着灭顶之灾就来了。1938 年农历八月十五，光技马戏团在乘船渡河时，不幸触石沉没，中国第一个马戏大棚——光技大棚就此覆灭。在叙事的间隙，作者反复强调了遭逢乱世老百姓是无法安身立命的，麻子红唯有参加革命才能彻底改变自己的命运。在第七章“磨难”中，麻子红从船难中死里逃生，被一位老妇人救了。大哥赵凤池被淹死，大家各奔东西，他感到无颜去见乡亲，于是决定和两个伙伴一起重新开启撂地儿生涯。随后麻子红陆续加入了中国魔术团、河南武术团、山西梆子剧团，最后又和万能脚一起去了成都。在成都演出了一段时间后，麻子红急于回乡探亲，买票却被骗，无奈之下只好重回中国魔术团参与表演赚钱，不料钱又被人偷走了。这使他陷入了有乡不得还的困境，只能继续待在中国魔术团。家乡亲人、二哥赵凤瑞、麻子红构成了这部分叙事的三个方面：一边是家里给麻子红定下的未婚妻爱娣照顾着他的母亲，同时救了八路军战士；一边是二哥赵凤瑞率部与日军作战；一边是麻子红的婚姻问题。麻子红先是因爱生恨离开了中国魔术团，随后与韩风武结婚并加入了河南武术团，但在屡屡被骗后又回到了中国魔术团。至此，小说放缓了叙事节奏。这个叙事单元原本因地域空间的不断转换而形成了较快的叙事节奏，到了第八章，需要描述麻子红的婚姻生活和艺术生活了，才开始放缓节奏。第八章“转机”又回到生存话题，讲述了麻子红的负重生活。麻子红为了一家人的生计在贵阳办起了动物园，虽然生意做得风生水起，却早已偏离了本行。值得强调的是，作者特别注意对时间节点的把控，对于纪实性内容就采取直叙手法，不做过多的想象性描写，而讲故事的时候则进行合理的艺术性虚构。比如，在讲述1949年11月二姐夫见到麻子红的情形时，小说就以叙述者的口吻实写其事。小说讲述了父亲病故、二哥赵凤瑞牺牲等家里的变故以及爱娣参加八路军的事情。这是在继续采取双线结构进行叙事，但同时又呈现出了双线并拢的趋势。麻子红要回家了，尽管经历了买票被骗的事儿，但他还是克服困难踏上了回家的路。小说在这部分叙事中插入了麻子红与八路军接触的故事，从而为他还乡后的行为选择做了铺垫。麻子红只有回到家乡，投入新中国的怀抱，才能真正实现成为一个艺术家的人生理想。小说的最后一章叙述了赵风岐随团赴朝鲜战场慰问演出的情形，有这样一段内容："战争的残酷，战士们大无畏的精神，像一粒种子，在麻子红的心里扎根、拔节、开花、结果……之后的日子里，他去过上甘岭、金城川、鱼隐山……在枪林弹雨、战火纷飞、命悬一线的朝鲜前线，麻子红一行人，为志愿军战士演出了一百五十多场。"① 这样，小说就在精神引领与审美启迪方面达成了高度一致。

读罢《撂地儿》，掩卷深思：如果我们写一部《赵凤岐前传》的话，会与《撂地儿》有什么不同？纪实性是传记文学最为基本的特征，却仅仅是小说的特征之一。如何在纪实的基础上确定虚构的限度，是一个值得我们认真思考的问题。小说无疑具有强大的叙事感染力，从中我们可以体会到作者的创造性劳动及其强度。就《撂地儿》而言，尽管作者在努力发掘人物的内心世界，但是关于文化记忆的图景的描绘还是显得不够充分，尤其是小福闯荡海外所形成的文化记忆并不是仅用他与卓别林相遇的故事就能替代的，还需要用追忆性描写和心理描写来补充。同时，主人公从儿童到青春期少年，再到成年人的成长过程也并未得到深度关注。历史图景与人物成长过程应该建立起更加密切的联系，最好能够做到形散而神聚。对于一部文学作品来说，阅读者能够提出的建议一定会有很多，但这仅仅是对作品产生影响的要素之一，况且阅读者未必能够真正地进入文本，多是表达一下美好的愿望罢了。

韦勒克曾说："现实主义作为一个时期概念即作为一个规定性概念，是一

① 王如：《撂地儿》，太白文艺出版社2021年版，第378页。

种不可能由任何一部作品完全实现的一个理想类型。这种理想在每部具体作品中无疑会结合一些不同的特性，如保留过去的旧东西，开创未来的风气，以及带有完全属于本身的特点。”① 总的来看，《撂地儿》是一部既能呈现家国情怀，又能突出典型人物的叙事文本。杂技艺术本身就是具有极大挑战性的，而以杂技艺术家的生活为主题的叙事在一定程度上又属于陌生化叙事，所以对于本书作者来说这更是一个挑战性极强的工作。这部小说所反映的人民艺术家赵凤岐在新中国成立之前的成长史，更是一段富有悲情的艺术家创业遭际史。文学文本与艺术史的相互交融，使小说兼具了美育功能。

赵凤岐是一位扎根龙江的人民艺术家，不仅为共和国培养了大批文艺人才，而且献了青春、献子孙，体现出了身为一个文艺带头人的独特价值。继《撂地儿》之后，作家王如还会继续拿起笔，撰写一部关于赵凤岐后半生的纪实文本吗？我们期待着。

① ［美］雷内·韦勒克：《批评的概念》，张金言译，中国美术学院出版社 1999 年版，第 242—243 页。

闲说域外汉学研究

文化与文类之间：对文学史书写样态的省思

——以《剑桥中国文学史》和《哥伦比亚中国文学史》“唐代”部分为例①

文学发展的长河苍茫浩瀚，究竟哪些文学家能被写入文学史？他们在文学史谱系中的面貌与本时代评价是否具有密切的联系？这个问题看起来有些简单，或者有人以为研究意义不大，但是从文学接受史的层面来看，却是一个不能忽略的议题。命名为“中国文学史”的著作浩如烟海，经过大浪淘沙被继续传播开来的都是具有相关特质的“经典”文本。自林传甲以来，国人书写文学史在特定的时段形成了一些共生现象。从私人化写作到集体化写作，中国文学史的书写形态面目不一，形成了与时俱进的演进轨迹，亦呈现出不尽相同的传播效果。

如果针对20世纪中国文学史文本的书写形态及考量因素就谱系生成、话语书写、身份认证等方面进行关联性研究，就会发现在传统与现代之间有很多变化，而这些变化均与身份、文本有直接关联，即与文学史中文学家地位之高下、文学史作为教材的引领和传播作用、文本之价值以及作品的流传范围与影响等因素息息相关。进入21世纪后，国内外出版了多个版本的中国文学史著作，其中影响较大者至少有四：台静农《中国文学史》、龚鹏程《中国文学史》、孙康宜和宇文所安《剑桥中国文学史》以及梅维恒《哥伦比亚中

① 原载《中国海洋大学学报》（社会科学版）2019年第1期。

国文学史》。前两部是个人独立撰写的，后两部则是集体编撰的。就唐代文学史的书写来说，台静农是以文化为背景来讲述的，他将科举、士风等因素融入文学史文本之中。龚鹏程则是将唐代文学分为十八个专题，然后按照时间段、文学家、文学风貌、文体等关键词将文学史串联起来。另外两部域外学者所撰文学史则各具特色，本文试图以中古为研究时段，以“唐代文学”为讨论范围，以两部域外文学史的书写样态为研究重心，对中国文学史古今之变与书写样态的关系略陈浅见。

一、文本遗留与文学史书写的难度

文学史是书写文学的发展史，从这一点来看，它与任何学科的发展史书写性质是同样的。台静农《中国文学史方法论》认为，“文学史之作，不外乎以历史为经，以作家作品为纬，故文学史的方法应注意研究作家、分析作品”①。循此路径写出的文本如果有所不同，那就是因为这是“文学”的发展史。综观已有的文学史文本可知，如何处理“文学”的发展与“文学”发展史之间的关系还真是一个难题。文学史家颇为喜欢在文学史书写样态中加上文本艺术分析的内容，其用意或者旨在突出审美风格的发展史。这样一来，当阅读者停留在文学欣赏的世界里的时候，文学史的脉络就被弱化了。然而，文学史一旦具备了选本、鉴赏、评价的功能，那么其梳理发展线索、展示文学图景的一面就会在立体化建构中迷失本质。

中国文学史研究始终是中国文学研究中的热点，因此“文学史学”作为专门的研究领域，在陈伯海、董乃斌等先生的倡导下成为一门学科的意义呼之欲出。② 然而，一部中国文学史还是在断代与地域之间徘徊，于是跨时期、跨地域就渐次构成了文学观念转型的有利时机。陈寅恪曾经指出，研究历史应以地域、人事为关键要素。把这两个要素放在文学研究的领域同样适用，

① 台静农：《中国文学史》，上海古籍出版社2012年版，第659页。

② 《文学史学原理研究》一书中设有“文学史学的问题与方法”一节。参见董乃斌：《文学史学原理研究》，河北人民出版社2008年版，第16—21页。

空间与人物之间构成了对应关系，不同身份的人物在同一个空间相遇，同一个人物在不同的空间出现，都会引发文学经典的生成和传播。有些文本消失了，有些留了下来，消失了的经过一段历史的沉积也许还会被发现，《秦妇吟》就是一个例子。留下来的也要经受时间的筛选，一旦阅读空间发生变化，有些会沉入海底，有些则会浮出水面，《春江花月夜》的被解读也是一个例子。故而，宇文所安在《剑桥中国文学史》（上卷）的“导言”中，开篇就从作品的收集、保存、散佚等问题说起。① 文本遗留与学术研究成果一起构成了文学史书写的凭借资料。近年来，大量出土文献的发现已经引发了文学与家族研究的热潮，如胡可先《出土文献与唐代诗学研究》等著作就是值得注意的成果。② 这些成果对于文学史文本的重构会产生多大的作用虽然还是未知的，但是对于还原更符合原生态的文学发展图景则意义重大。

那么，我们有可能还原昔日的文学发展图景吗？求真是文学研究追求的目标，后人的文学史著作更像是文学传播史，以本时代的观念在现存文献中梳理出来的文学史已经是新的文本了。曹操、陶渊明、徐陵、陈子昂、李商隐等文学家在本时代的地位各不相同，却都被文学史重新认定。文本遗留在一定意义上决定着文学家进入文学史的可能性。有相当一部分文人在正史“文苑传”或者诗话、文话中都获得了较高的评价，可是作品并没有保存下来，这就给文学史的重构带来了极大的困难。旧评价如果没有文本的支撑，则很难符合当下的新标准。如此，被记录下来的文学图景就会越来越走样。新旧之间，究竟是哪一个更符合我们千呼万唤的“重写文学史”之初衷呢？文学史是会一直重写下去的，出土文献会对过去的文学图景进行“查漏补缺”，但遗留文本可供发掘的资源却是越来越少，而研究视角千变万化也离不开文学的特质。

采摭文本入史是构成文学史风貌的一个影响要素，文本的流动性会对文

① 参见［美］孙康宜、［美］宇文所安：《剑桥中国文学史》（上卷），刘倩等译，生活·读书·新知三联书店2013年版，第12页。

② 参见胡可先：《出土文献与唐代诗学研究》，中华书局2012年版；胡可先、孟国栋、武晓红：《考古发现与唐代文学研究》，浙江大学出版社2014年版。

学史书写样态产生影响，尤其是对史传文本的重构影响会更大一些。被采摭的文本要与古今中外的研究成果印证、融通，再经过文学史家的挑选而介入文学史文本之中。挑选文本就是要从能看见的文本中去粗取精，这看起来取决于文学史家的文学史观，但个人的文学史观不是一个纯粹的存在，很难摆脱时代、环境等外在因素的影响。也就是说，挑选文本和处理文本都会受到书写空间的影响，如果这些行为都取决于个人就会容易得多，可惜总会有各种因素发生作用。现代时域意义上的文学史书写受教科书体例的影响很深，早期的林传甲、谢无量等人自不必说，胡适、郑振铎、刘大杰、林庚等人的著作尽管有各自的书写维度，还是很难摆脱既定模式的影响，即使在学术理念上的个性化特征非常明显。时代风气之移易不可忽略，非文学因素会融入进来，强制性的文本书写理念会让学者们将主观想法与客观环境结合起来，因此文学史的书写样态自然会融入现代意识。“正史”中的史传文本就是如此，集体观念取代了个人意愿，关键是向后看更是如此。20 世纪 60 年代进入高校的三种中国文学史都是这样，游国恩主编本①、社科院本、刘大杰本（修改版）都无一例外地受到了意识形态的影响，刘大杰本中国文学史更是社会观念变化的一个倒影。集体化书写模式导致的各种文学史书写的极端化倾向让文本多多少少偏离了文学的本质。进入 20 世纪 90 年代以后，文学史书写出现了生机，知识性、审美性与思想性的交融与分野成为一个主体。以章培恒、骆玉明主编的复旦版中国文学史为起点，文学史书写的多元化格局渐次形成，文学史学史的研究也开始成为学术精英的议题。② 更加有意味的是，文学史重写也成了一个有趣的话题，无论是林庚所著的《中国文学简史》，还是章培恒和骆玉明主编的《中国文学史新著》、袁行霈主编的《中国文学史》，都出现了补写或者重写的情况，人性中心观或者“三古七段双视角”也都各领风骚，成为高校中文系课堂上飞扬的旋律。

---

① 游国恩主编的《中国文学史》20 世纪末也有过一次修订，遵循的是减法规则，旨在增强作为教材的适用性。

② 参见莫砺锋：《“文学史学”献疑》，载莫砺锋：《文学史沉思拾零》，中华书局 2013 年版，第 1—5 页。

补写或者重写中国文学史的原因很多，剥离浓重的旧痕迹，努力形成新样态是根本原因。时代观念变了，书写者的观念变了，审视文学史的角度变了，多维书写空间也就生成了。但是，以求真为目标的文学史究竟应该是何等尊容呢？至少应该呈现出两种风貌：一是复原了文学发展史的文学史，即符合本时代文学观念的文学史；二是书写者笔下的文学接受史，即以我们自身的文化观念书写的文学史。后者更像是文学传播史，而不是原生态的文学史。就这个意义来讲，重写文学史也是文学研究的一个重要议题，研究成果就是文学史学史。无论何种书写样态的文学史，都必须具备对文学现象的分析能力。文学史家要从文学风貌中寻绎文学发展的规律，循着规律行进，就可能形成文学史的演进轨迹。我们完全可以就林庚重写文学史的审美解读、游国恩《中国文学史》重写中遵循的减法规则、刘大杰重写文学史的影响因素考量分析①，以及章培恒和骆玉明《中国文学史新著》的文本生成与重构等议题展开系统性的重写主题研究。② 章培恒为《中国文学史新著》撰写的“原序”和“增订本序”，把从《中国文学史》到《中国文学史新著》的变化过程说得很清楚，从开创先河到尘埃落定，这部文学史的重写行为实现了主编者心目中的新文学史之建构，“人的文学”自是贯穿其中的主题。学界的研究成果已经成为文学史书写的创新元素，只是如同照相时的选取角度一样，新视角、新方法对于文学经典传播史来说算是扮了“时世妆”，与“粗服乱头，不掩国色”比起来未必有什么两样。

文学史是人所创造的文学的历史，无论是以人性论、文学本位论、文学文化学、意识形态等哪一种观点为主线，展现的都是文学发展变化的图景，

---

① 龚鹏程认为，“以刘大杰《中国文学发展史》来看，第一版是‘五四’新文化运动后启蒙型的产物，后来两次改写就显示了国家文学建构的过程”。载龚鹏程：《中国文学史》（上册），世界图书出版公司北京公司 2009 年版，“自序” 第 3 页。

② 这类研究成果已经不少，如董乃斌对刘大杰《中国文学发展史》的论述、陈国球对林庚《中国文学史》的论述、戴燕对北京大学中文系红皮本《中国文学史》的评论，都颇具影响力。参见董乃斌：《近世名家与古典文学研究》，上海大学出版社 2005 年版；陈国球：《文学史书写形态与文化政治》，北京大学出版社 2004 年版；戴燕：《文学史的权力》，北京大学出版社 2002 年版。

这个图景可能时而汇集、时而分散，然而一旦从现象分析到总结概括就必然会有所忽略、有所伸张。接近现场非常重要，彼时的文学环境才有其特有的文学风貌。文学史家还要回到当下，接受自身文化环境的影响。文学史的面相难以定稿，因为可能继续发生变化。沿此路径，文学史家还在继续重写文学史，还会创造出面目各异的文学史文本。这些文本不分域内、域外，都会以独有的形态参与到文学研究中来。域外学者对文学史的阅读和研究相对来说较为纯粹，所书写的中国文学史也不会受到中国本土诸多因素的影响。正因如此，将外来之观念与中国文学的历史融合起来进行考察，当有特别的发现，也许会给我们带来一些有益的启示。

二、《剑桥中国文学史》：唐代文学时段的文化书写

《剑桥中国文学史》是一部在国内出版不久的由域外学者书写的中国文学史，所面向的本是说英语的国家或地区的读者。该书上卷由宇文所安主编，由于宇文所安的唐代文学研究在国内外久负盛名，此书一出版即引起了较大的反响，评论此起彼伏。①《剑桥中国文学史》中虽然依旧保留了“唐朝”的概念，但是唐朝文学版图却被割裂了，其中田晓菲撰写的第三章“从东晋到初唐（317—649）”将武后当政之前的初唐部分纳入进来了。宇文所安曾经谈过这样书写的缘由，认为文化延续性问题是重要的考虑因素。②孙康宜在“中

① 这些评论集中刊载于会议论文集、报刊上，如蒋寅：《一个中国学者眼中的〈剑桥中国文学史〉》，首都师范大学学报（社会科学版）2014 年第 2 期；陈文新：《〈剑桥中国文学史〉商兑》，《文艺研究》2014 年第 1 期；顾伟列、梁诗宸：《“文学文化史”：〈剑桥中国文学史〉的编撰新范式》，《中国比较文学》2014 年第 3 期；侯敏：《域外文学史观下的中国文学：也谈〈剑桥中国文学史〉》，《中国诗歌研究动态》2014 年第 2 期；何李：《〈中国文学史新著〉与〈剑桥中国文学史〉比较》，齐齐哈尔大学学报（哲学社会科学版）2014 年第 5 期；朱泽宝：《得失参半的创新之作——〈剑桥中国文学史〉评议》，哈尔滨工业大学学报（社会科学版）2015 年第 2 期；等等。

② 参见［美］孙康宜、［美］宇文所安：《史中有史（上）——从编辑〈剑桥中国文学史〉谈起》，《读书》2008 年第 5 期。

文版序言”中称之为“文学文化学”。[1] 将文学与文化结合起来，国内也不乏成功的例子，如傅璇琮、蒋寅主编的《中国古代文学通论》划分时段，采取的是时段内的专题论述方式，而《剑桥中国文学史》采取的则是将文化融入文学史文本中并落实到具体的书写方式。这样就使影响文学发展的文化元素占据了主要的书写空间，尤其是唐太宗及其之前的“唐朝”被作为宫廷文化的组成部分而与南朝组合起来，同时只有王绩被视为可评议的文学家，其他人则仅仅提到了与文学发展的关系。第四章“文化唐朝（650—1020）”是由宇文所安亲自操刀的，他在“概述”中做了简要的文学传承分析，“文学文化的唐代转型”是核心概念。之后，就进入了“武后时期（650—712）”，文化政策与文学发展的关系仍然占据主体地位，“初唐四杰”、“沈宋”和陈子昂依旧是书写的主旋律。宇文所安将史学、类书、选本等文化元素融入进来，于令人眼花缭乱的线索中找寻走向盛唐的发展路径。走进盛唐，是从唐太宗的文学集会开始的，最先出场的人物是起着过渡作用的张说。但宇文所安并没有在他的身上多费笔墨，而是直接进入王维、孟浩然、李白的文学世界。为“避免通过后世形成的诗歌经典来思考那个时代”[2]，宇文所安转向《国秀集》《河岳英灵集》寻求文化与文学传播的关系，并继续通过引入丝绸之路、对外关系、宗教等文化元素将主题导至边塞诗歌，于是王昌龄、杜甫、高适、岑参成为讨论的对象，盛、中唐之交的萧颖士、元结、李华引领了“走出盛唐”的节奏，但是如何走出盛唐呢？要回答这个问题，中唐文学观念的生成是需要探讨、研究的。“安史之乱”背景下的秩序重建与文学观念的生成之间的关系、士人群体的迁移与文学观念的生成之间的关系、士庶身份的消解与文学观念的生成之间的关系，以及从文士到儒士的身份认证如何昭示士人品格的价值取向等，都成为“安史之乱后（756—791）”这部分内容所关注的问题。杜甫、刘长卿及“大历十才子”是其中谈及的主要人物。同时，唐传

① 参见［美］孙康宜、［美］宇文所安：《剑桥中国文学史》（上卷），刘倩等译，生活·读书·新知三联书店2013年版，第12页。

② ［美］孙康宜、［美］宇文所安：《剑桥中国文学史》（上卷），刘倩等译，生活·读书·新知三联书店2013年版，第350页。

奇也是宇文所安着重分析的内容。走进中唐，是从“龙虎榜”开始的，这是中唐文学观念演进的关键环节。“中唐一代（792—820）”这部分内容按照历时性，将中唐文学观念的演进分成了四个时段，即大历时期、贞元时期、元和时期和长庆时期。大历时期至贞元时期，形成了传统意义上的“文道观”，完成了一次文体文风改革的代际传承过程，这一过程与制度运作有着密切的关系。在关于大历时期、贞元时期的研究中，学者们主要关注这一方面。此外，文学家的儒士身份与中唐文学观念形成之间的关系也是一个需要探索的问题。贞元时期至元和时期，“文”的领域形成了古文运动，诗的领域完成了从因袭到新变的转型，小说领域则完成了叙事观念从“琐语”向完整、从纪实向虚构的转型。而这些与文学家的多种身份和本时代的思想转型都有着密切的联系。元和时期至长庆时期，完成了中唐文学观念的转变。文学文本的多元功能向纯粹意义发生变化，这一变化被延续下去，逐渐步入了唐宋文学思想转型的低潮阶段。至此，宇文所安就以这四个时段勾画出了中唐文学观念的演进图景，并以宏阔的视野建立起了时间背景与空间视域之间的联系。

宇文所安是从探索贞元时期文学观念的转型与唐宋文学思想转型之间的关系开始进入文学史叙事空间的。学者们或者将贞元之前的大历时期作为研究主题，如蒋寅《大历诗风》《大历诗人研究》等；或者将贞元之后的元和时期作为研究主题，如曾广开《元和诗论》、胡可先《中唐政治与文学——以永贞革新为研究中心》等。其实，贞元时期的社会变动对中唐文学观念的形成产生了很大的影响，而这一时期的文学观念与唐宋文学思想的转型关系甚深。在“中唐一代（792—820）”这一部分，宇文所安主要探讨了唐德宗与贞元时期文学观念形成之间的关系以及贞元时期文学观念的基本内涵、文学家古文理念的形成等问题。叙事的重点则是元和时期的文学观念与唐宋文学思想转型之间的关系。元和时期的文学观念是唐宋文学思想转型的核心内容，因此它必定会形成文学史的一个核心，韩愈、柳宗元、刘禹锡、白居易都会出场。作为中唐文学的繁荣阶段，元和时期的文学观念取得了重大突破。以韩愈、柳宗元为代表的古文领域的“文以明道”观念，被确立下来并最大限度地予以传播，其中的细部问题值得探讨，如韩愈、柳宗元同进士阶层的交流与古文观念传播之间的关系，他们各自形成的文化圈与文学观念之间的关系等。重大政治事件成为文学书写的必要背景，宇文所安以唐传奇为分析文本探讨了故事与历史之间的关系。“思想的转向”也是一个重要议题，如“韩孟”“元白”“刘柳”在交往过程中形成的文学观念与唐宋文学思想转型之间的关系、“诗到元和体变新”与唐宋诗学转型之间的关系、唐传奇的叙事观念与唐宋思想转型之间的关系等，都是值得探讨而富有启发性的研究内容。元和时期对“文学内涵”的确立与界定及其影响是研究的中心议题，这部分内容将贞元时期与长庆时期联结起来，成为一个核心研究时段。

以笔者的浅见，唐宋文学思想转型背景下的中唐文学家的文学观念个案研究成果，应融入文学史文本之内。与唐宋文学思想转型有着直接联系的中唐文学家是韩愈、柳宗元和白居易，他们的文学观念是唐宋文学思想转型的理论资源，也是唐宋政治思想、哲学观念、社会观念建构的理论资源。个案研究的意义显而易见，因此可以通过集中探讨和分析韩愈作为文坛领袖的地位确立的过程，并对“韩门弟子”的基本内涵展开探讨，来发掘韩愈在文学史和思想史上的影响和意义。柳宗元与求教者之间的交流、柳宗元的贬谪生活与其文学观念形成之间的关系、柳宗元的士族身份与其文学观念之间的关系以及柳宗元的无嗣之忧与其文学创作之间的关系等，都是需要重点研究的内容。透过这些研究，我们可以发掘出柳宗元文学观念的思想内涵。白居易作为元和时期的“诗坛盟主”，在本时代以及唐宋之间都具有很大的影响。白居易诗歌观念的基本内涵及其对于诗歌创作的多重意义，“诗教说”与白居易的社会身份之间的关系，白居易与不同群体的文学家，如元稹、刘禹锡等人的交往对其文学观念产生的影响等，都是值得探讨的问题。这种个案研究一旦被置于唐宋文学思想转型的大背景下，就具有了文学发生学、文学传播学上的意义。袁行霈《中国文学史》在“韩孟诗派与刘禹锡、柳宗元等诗人”“白居易与元白诗派”两章中和“散文的文体文风改革”一章中有所论述。章培恒、骆玉明《中国文学史新著》则将中唐诗文列为中世文学分化期的开端，认为中唐时期文学观念的渐变与诗文分化已经成为主题，并且直接影响了“晚唐诗歌的演进与诗文分化的缓解”，这样就将文学史图景联结起来了。不过，作为一部写给说英语的读者的中国文学史，我们对《剑桥中国文学史》不免苛求了。

相比之下，宇文所安更注重时代的延续性，过渡人物可以在不同时段出现并发挥作用。走向晚唐也就迎来了“最后的繁荣”，宇文所安从唐文宗时代说起，以白居易、刘禹锡、李绅等旧人物引出新话题，姚合、贾岛、刘蜕、许浑陆续登场，而占据核心位置的自然是杜牧和李商隐。李商隐之后，“三十六体”的另两位温庭筠和段成式也就出来了。逸事、传奇以及关于李（隆基）、杨（玉环）爱情的主题书写也都成为这一阶段文学史的一角。唐末五代北宋初期被宇文所安列在一起加以叙述，乱世的文学理念、词的兴起、“四大类书”的编纂都是宇文所安笔下联结文学史的纽带，他花费不少笔墨以文化发展来论述文学史图景的复杂性一面。值得强调的是，文化元素在文学史叙述中的不断介入，往往会割断文学的脉络。通观全书总觉得细碎之处不少，这就正如蒋寅所说，“这又不能不让我们反思全书立足的文化史方法，到底是要将文学史作为文化史来写，还是将文化史作为文学史来写。其间的界线其实是不那么清楚的，换了我也觉得很难以把握”①。

宇文所安在文学传播的视域内对文学史完成了近于现场的认证，进而形成了自家的判断力。综观《剑桥中国文学史》可知，文学史家并不是将唐代文学作为一个专题来研究的，而是站在宏观的中国文学发展的视野下，充分吸收已有的研究成果，再结合自己的研究经验和语言风格对唐代文学的历史进行了书写。但即便如此，以这样的书写样态所形成的阶段性文本势必会被纳入整个中国文学史的体系之中，成为重要的组成部分，至于个性化与视角则各具面目。

三、《哥伦比亚中国文学史》：唐代文学时段的文类书写

宇文所安《剑桥中国文学史》是以文学发展线索为中心的，注重文化背景、文化传播对文学发展的影响，对于文学史某些发展环节的论述可谓是精

① 蒋寅：《一个中国学者眼中的〈剑桥中国文学史〉》，《首都师范大学学报》（社会科学版）2014 年第 2 期。

彩纷呈。而中文版的《哥伦比亚中国文学史》[1] 则呈现出了另一种书写样态，这部著作的英文版完成在《剑桥中国文学史》之前，孙康宜、宇文所安应该是读过的。《哥伦比亚中国文学史》是以文类为基础而书写完成的，单看每一文类部分的内容，则为文类发展史，组合在一起则为一部通观的全景文学史。

按照文类设置章节，则各章可独立成为文类史，此种写法并非《哥伦比亚中国文学史》所独有，国内至少已有两种。[2] 此外，德国学者顾彬领衔书写的一套"中国文学史"丛书也采用了这种写法。[3] 值得注意的是，中文版《哥伦比亚中国文学史》和《剑桥中国文学史》的容量并不一样，《哥伦比亚中国文学史》是通代的，从先秦到当代；《剑桥中国文学史》则至近代而止。其实，只要细读即可感受到，《哥伦比亚中国文学史》同样重视文化元素与文学之间的关系。《哥伦比亚中国文学史》的书写特点从"导论：文人文化的起源和影响"中能够窥知一二。第一编"基础"部分就是按照文化体系分析了文学规律及文学成就的典范，语言文字、哲学、十三经、佛教、道教等都被纳入了文学史的叙述理路中。只是由于这部书成于众手，很难做到始终如一。具体到对于唐代文学图景的把握，《哥伦比亚中国文学史》和《剑桥中国文学史》则各具一番风貌。《哥伦比亚中国文学史》写及唐代文学的内容共有四章，我们分别叙之。

第二编"诗歌"部分书写了唐代文学的核心内容，由康纳瑞撰写。在开篇的第十二章"骚、赋、骈文和相关体裁"中，有一节述及了唐代骈文和唐赋的发展。这一节重点写了四位作家：张说、苏颋、陆贽和李商隐。康纳瑞

---

① 参见［美］梅维恒：《哥伦比亚中国文学史》，马小悟、张治、刘文楠译，新星出版社 2016 年版。

② 赵义山、李修生主编的《中国分体文学史》是一部很有特色的文学史，共分诗歌、散文、戏曲、小说四卷，由上海古籍出版社于 2007 年出版。胡吉星所著《分体文学史》包括古代诗歌、古代散文、古代词曲、古典小说、古典戏曲五章内容，由辽海出版社于 2011 年出版。

③ 顾彬主编的这套"中国文学史"丛书包括《中国诗歌史：从起始到皇朝的终结》《中国传统戏剧》《中国古典散文：从中世纪到近代的散文、游记、笔记和书信》《中国的美学和文学理论：从传统到现代》《中国中短篇叙事文学史：从古代到近代》《中国皇朝末期的长篇小说》《二十世纪中国文学史》等分册，已经陆续由华东师范大学出版社出版。

对张说的重视可谓是独具慧眼，这位盛唐文章的大手笔在过去的文学史中往往与苏颋一起出现，时常被简单地一笔带过。[①] 康纳瑞认为陆贽是唐代骈文的最高峰，这是一种极为大胆的看法，他在评述中突出了陆贽奏议文的“以散入骈”特征，认为“他对骈文之后发展的走向起到决定性作用”[②]。这段评价极有见地，体现了康纳瑞的研究水准。康纳瑞认为李商隐等人继承了陆贽的精神，并影响了宋代骈文的发展。这一部分篇幅虽然不长，却提纲挈领，见解独到，端的是精彩纷呈。

第十四章“唐诗”则是第二编“诗歌”部分的核心内容，柯慕白先是探讨了唐诗的分期、形式、相关文献及其局限性等问题，然后以“世纪”为单位加以论之，打破了高棅《唐诗品汇》中的“四唐说”设计格局。7 世纪、8 世纪、9 世纪的诗人分别登场，文化背景的介绍穿插其间。以 7 世纪为例，先从类书说到文学诗丛，随后魏征、王绩、许敬宗、上官仪、“初唐四杰”、陈子昂等人相继被介绍，“初唐四杰”是重点书写的一个群体。8 世纪是唐诗的“黄金时代”，张说、张九龄、孟浩然、王维、高适、岑参、李白、杜甫、萧颖士、李华、元结、韦应物、王梵志、寒山等人，李白、杜甫自然是重中之重。9 世纪则直接点将，李益、孟郊、韩愈、柳宗元、刘禹锡、李德裕、贾岛、姚合、白居易、元稹、李贺、杜牧、李商隐、施肩吾、马戴、许浑、李群玉、薛涛、皮日休、陆龟蒙、罗隐、贯休、韦庄等人，白居易是重点书写的人物。唐赋被纳入这部分内容中来，故而萧颖士、李华、李德裕被论及。《河岳英灵集》与 8 世纪文学的关系、9 世纪诗歌与词体的关系，都有所论述。这部分内容的特色在于作者以自己的体悟和研究来理解作家及其作品，往往表现了敏锐的观察力和感受力。比如，在论及孟郊的诗时说：“孟郊古体诗为主，大都带有悲愁郁堙之气，有意在遣词造句中极尽冷峭尖锐，有时甚至触及一种天地间的孤清感。孟郊诗歌中最独特的性格也是最烦扰读者之处。

① 这一点熊飞在《张说集校注》“前言部分”有所申说，认为张说是一位被低估的文学家。参见熊飞：《张说集校注》，中华书局 2013 年版，第 1—30 页。

② ［美］梅维恒：《哥伦比亚中国文学史》，马小悟、张治、刘文楠译，新星出版社 2016 年版，第 264 页。

阅读他的诗，经常是一种紧张而非愉悦的体验。孟郊不是那种你想要邀请至家里的朋友，越是理解他的灰色基调，就越不愿意接近他。”① 确有此感才能出此言语，这也是唐代文学的整体特色，字里行间突出的正是文学家的个体创作特质，这些特定时段的创作特质组合起来，应该就是文学特质的历史。柯慕白并不像我们一样，可以概括出几条共通的思想内容或者艺术特色，把这些诗人统摄其下。他的文字间往往有独到的体悟，如写到被流放的柳宗元就想到了古罗马诗人奥维德。这种跨文化的比较意识弥散在文中，而这是基于对作家及其文本的阅读和研究的准确把握。

第二十八章“说明性散文”叙述了唐代散文的发展，作者艾朗诺以骈散之分入手，主要论述了以韩、柳为主的“新文风”的出现。韩愈散文被分成弘道类论文以及书写生活空间的墓志、序跋、小品文和戏谑之作。柳宗元散文则主要是游记，还涉及寓言、论文和传记。这一章内容篇幅极短，意在以“古文复兴运动”将唐宋古文的发展联结起来，故而忽略其他，但是这样难以呈现出唐文的丰富性，导致了文学史的线索过于单一。

第三十三章“唐传奇”是“小说”类的开篇，由倪豪士撰写，他还有《传记与小说：唐代文学比较论集》等著作，对唐传奇有较为深入的研究。这一章分为三个部分：一是解释“传奇”的含义，顺便简述志怪、逸事和寓言在唐代的发展；二是介绍传奇的内容，选了二十五部作品和一位作家；三是分析唐传奇故事的演化进程。第一部分这里略去不谈。第二部分是本章的主体内容，在介绍作品时常常是讲述完故事后，再以三言两语道出这个故事的渊源、特色及其与唐传奇发展之间的关系。例如，在介绍《古镜记》时说：“但是作者试图编排成一个更长篇的作品，使用的人物角色也是真实的历史人物……这预示着唐传奇以后的发展方向。”② 沈亚之是倪豪士极为关注的一位唐传奇作家，花了较大篇幅予以介绍，意在借此告知读者“沈亚之及其生平

① ［美］梅维恒：《哥伦比亚中国文学史》，马小悟、张治、刘文楠译，新星出版社2016年版，第330页。

② ［美］梅维恒：《哥伦比亚中国文学史》，马小悟、张治、刘文楠译，新星出版社2016年版，第635页。

向我们展示了传奇作家是如何开创这一新的文学体裁的”[1]。倪豪士主要讲述了沈亚之是通过何种途径获得故事并完成创作的，涉及《异梦录》《歌者叶记》《湘中怨解》《冯燕传》《喜子传》《表医者郭常》《秦梦记》等多篇作品，或以真实人物写故事，或以虚构人物写故事。倪豪士以实在的记录方式指出了这些作品或另有所指等不寻常之处。第三部分是根据所划分的两个阶段进行分析而后得出结论的，如将《史通》与第一阶段的历史叙事规则结合起来加以申论，将“古文复兴运动”与寓言文学的兴起加以联系等。倪豪士高度评价了唐传奇的叙事水准，“假如这些传奇小说可以以其写作时的精神来予以解读的话，它们便不止是最好的文言小说作品，而且也是足以和唐代诗歌的丰富、复杂之遗产……相匹敌的叙事文学作品”[2]。分类可以使某一文体独立出来，拥有相对完整的书写空间，却也有其弊端，那就是或多或少地忽略了文体之间的联系。可见，以文类为划分依据往往会割裂文学发展的整体性，从而加大将时代、文体与文化结合起来进行书写的难度。

总体说来，《哥伦比亚中国文学史》因各有分工而各具特色，注重个性化研究特征及学者自身的独特体悟，而注重文学史“链条”的联结性更是书写的中心要点。相较于《剑桥中国文学史》来说，回到当下的价值判断成为《哥伦比亚中国文学史》主要的考量因素，并没有体现出接近文学现场的努力。同时，《哥伦比亚中国文学史》以“点将录”的方式介绍文学家和经典文本也无法避免选择性书写的结果，取舍之间会留下更多的书写空白。而《剑桥中国文学史》吸收了社会科学的研究方法，以“混搭”的方式讲述文学的历史，文化传播理念贯穿始终，整体布局也显得更加统一。《哥伦比亚中国文学史》更符合传统意义上中国文学史的文本形态，不过就文学本身而言，此本文学史虽然抓住了文类呈线性发展延伸的主要特征，却没有将文化背景与文学发展融为一体，以致文学本位观念主导了文学史文本的生成过程。此

① ［美］梅维恒：《哥伦比亚中国文学史》，马小悟、张治、刘文楠译，新星出版社2016年版，第644页。

② ［美］梅维恒：《哥伦比亚中国文学史》，马小悟、张治、刘文楠译，新星出版社2016年版，第649页。

外，这两部文学史的共同点是很少以当代意识驱使文本，也没有让文学史成为本时代观点的注脚，对某些细部问题的分析尤见特色。文学、文化是统领这两部文学史的关键词，只是设置的比例不同，特别是文化元素所占的分量不同而已。

四、文学史风貌：文学精神与敞开的文学图景

对于学者来说，文学史是敞开的，可以按照自家观念书写出不同样态的文学史文本 。从两部域外中国文学史的体例及书写样态来看，将时间段与文体发展结合起来可以形成多元化的书写模式，文化元素是文学史中不可或缺的内容。也就是说，写什么和以什么形式来写成为文学史家所考虑的核心议题。以时间推演为叙事进程、以文化与文学的关系为主线而书写的文学史，能够展现出清晰的文学之历史，虽然这样往往也会出现散点透视现象，却能体现出文学发展的复杂性；以文类为书写空间、按照时间顺序书写的文学史，则会呈现出单线叙事的架构，以致某些章节更像是“点将录”，这一点常常令人想到陆侃如、冯沅君合撰的《中国诗史》①。

文学史首先要还原文学发展的文化图景。这个图景一定要尽可能回到文学现场，因此文学史至少应有两层含义。一是作为记录艺术水平演化的“文学发展史”。文学史应有对于文学演进规律的分析，唯有如此，我们才能看到文学艺术发展的过程，这个过程在时间长河中缓缓流动，并随着浪花的翻动而不断地变化。同时，文学史还应有对于文学艺术品格的生成的评述，涉及艺术形式、文学家个体和团体、文学运动以及文学观念与文学创作之间的关系等。二是作为反映文化演进的“文学精神史”。文学乃是人类精神生活的一部分，借助不同形式的文本在艺术表现与精神开掘方面均创造了伟大的成就，正如谢思炜所说，“就‘文学的精神史’来说，文学比其他思想文化形态似乎更适宜作为精神史研究的对象，是因为它几乎涉及了人类精神生活的所有方

---

① 参见陆侃如、冯沅君：《中国诗史》，山东大学出版社2009年版。

面”①。一代又一代之文学，以极具感染力的艺术形式展现着人类精神生活之风貌。从这个角度来说，文学史是人类灵魂的历史，正如宁宗一所说，“一部文学史就是一部人民的灵魂史、知识分子的灵魂史”②。艺术水准只有与灵魂书写相互依附、融为一体，方可催生出文学经典。

其次，文学史应对文学风貌的发展历程进行描述，以文学史家基于对文学发展图景的重绘形成论断。这一点，两部域外中国文学史处理得较为成功。《剑桥中国文学史》是以朝代与年代相结合，以文化联结并引领文学风貌的，叙述极为流畅；《哥伦比亚中国文学史》则以“点将录”的方式、按照时间段进行排列，文学风貌成为不可移易的叙述核心，尤其重视对文学家创作个性和特点的发掘。

最后，文学史要与文学观念史结合起来。罗宗强提出，应将“文学批评、文学理论主张与文学创作的倾向结合起来考察，了解文学思想发展的实际情况，它在各个时期的主要特点，它演变的轨迹，以及它的历史的与理论的价值”③。这个设想也适用于文学史的编撰。文学史与文学观念紧密相连，文学观念对文学创作潜移默化地产生作用，并在文学演进的过程中时隐时现，文学史的发展轨迹也就由此清晰可见。因此，在书写文学史的时候，既要抓住特定时段的文学特征，又要将其放入文学史的“链条”之中。正如骈体盛行，是文学观念使然，古文运动只是在中唐的一个时段振起，随后便在后人的生活中消退了，任他几个古文家如何呐喊，士人依然用“四六文”解决生活和工作上的事宜。我们在前文提到的同一部文学史的重写现象，也是一个鲜活的例子。时代环境变了，附着在文学史文本上的有些元素如同房间里的灰尘，只有把灰尘打扫下去，才能符合当下读者的阅读习惯。不过，后来的文化对于文学史的影响具有两面性，既会萌发重新解读的动力，也易步入过度解读之误区。

综上所述，两部域外中国文学史给我们的启示是多方面的，如何将文学

① 谢思炜：《唐代的文学精神》，河北教育出版社2014年版，第4页。
② 宁宗一：《走进困惑》，山西古籍出版社1998年版，第56页。
③ 罗宗强：《隋唐五代文学思想史》，中华书局2003年版，“引言”第1页。

与文化融合起来形成新的阐释视角，让文学史的演进过程浑然一体，是值得思考和研究的课题。《剑桥中国文学史》以文化传播为视角的分析范式有其独到之处，值得借鉴，这方面已有诸多学者论之。作为教材的缘故，使得国内学者书写的中国文学史纳入了大量的文学作品，并且经常通过作品分析以点带面，从而让文学史附加了过多的内容含量。经典文本自然是文学图景的组成部分，但在文学史中，文学文本更应该发挥潜在的作用。经典文本既让文学家有立足之地，有助于确定其身份，又可以发挥引领功能，形成文学自身的特质。作家、作品在文学的演进历史中有所作为，文学史家的任务就是尽可能地呈现出客观的文学史。对于这一点，龚鹏程所撰《中国文学史》做出了改变，就叙述文学的历史而言，这一点也确需有所改观。自袁行霈主编的《中国文学史》问世以来，引发强烈反响的同类作品已不多见，因为以文学本位建构文学史已经成为共识，只是大家对此的理解不尽一致而已。以文化建构文学史也好①，以文类统分文学史也罢，都只是尝试的样本。无论以何种方式呈现出文学史的书写样态，我们都盼望建立在研究基础上的文学史既能尽力还原文学现场，也能回到当下，让文学史学渐具规模，呈现出百花齐放的盛况。毕竟文学是一面镜子，反映了人类所发明并独有的文化精神。

---

① 林继中在论及“文学的文化建构”时认为，“文化不仅是文学与客观世界或经济基础之间的中介，它与文学还是互涵互动的系统与子系统的关系。于是文学便具有系统的特性，即既受文化大系统的制约，服从文化的总体规律，与其他各文化因素交互作用而产生整体效应，同时又相对地独立，有自身的发展规律”（林继中：《文学史新视野》，北京大学出版社2000年版，第141—142页）。这一观点有其合理的一面，然而文学史偏偏要在“总体规律”以外找到自身的独立特质。

宇文所安的中国影响[①]

宇文所安是域外学术成就颇高的汉学家，长期任教于哈佛大学东亚系。对于中国古典诗歌的兴趣让他走进了中国文学的世界，从此一发而不可收。根据他的回忆，在美国巴尔的摩市立图书馆，年轻的宇文所安第一次阅读了中国古典诗歌文本，随后迅速与其“相恋”，研读大半生并收获了累累硕果。2018 年，宇文所安荣获第三届“唐奖汉学奖”，这奠定了他在域外汉学界的学术地位。

宇文所安的中国学研究在国内取得了极佳的传播效果，他的全部著作几乎都被翻译成中文并出版，研究著作、论文均为数不少，归结起来，至少涵括了跨文化、文本解读、文学史、翻译、文学理论、选本等六个研究领域。《初唐诗》《盛唐诗》《中国“中世纪”的终结：中唐文学文化论集》《晚唐：九世纪中叶的中国诗歌（827—860）》构成了宇文所安唐代文学研究的“四部曲”，再加上博士论文《韩愈和孟郊的诗歌》，他以中唐为中心同时辐射两端的研究格局初具。《追忆——中国古典文学中的往事再现》《迷楼：诗与欲望的迷宫》，是随笔式写法的成功之作，拥有大量的中国读者。近年出版的还有《中国文学思想读本：原典·英译·解说》《他山的石头记——宇文所安自选集》等。就作品的翻译来说，贾晋华、郑学勤、程章灿、陈引驰、田晓菲、王柏华、陶庆梅、陈小亮等，形成了一个集译者与学者于一身的学人群体。评论更是横跨多个专业领域，古典文学、比较文学、文学史研究均在其中各取所需，评论者阵容强大而实力出众。

本文以宇文所安的中国研究史及成果传播史为视角，结合著作、选本、

---

① 原载《咸阳师范学院学报》2022 年第 1 期。

文学史三个方面以及宇文所安本人的学术研究历程来叙述其在中国的影响，呈现其中国文学传播及影响的大致轮廓。

一、初期（1980—2000）：初、盛唐诗史及文本诠释

宇文所安原名斯蒂芬·欧文（Stephen Owen），以此名出版了四部中文著作：《初唐诗》、《盛唐诗》、《追忆——中国古典文学中的往事再现》（以下简称《追忆》）和《韩愈和孟郊的诗歌》。《初唐诗》初版时间为1987年，译者为贾晋华，由广西人民出版社出版发行；《追忆》初版时间为1990年，译者为郑学勤，由上海古籍出版社出版发行；《盛唐诗》初版时间为1992年，译者为贾晋华，由黑龙江人民出版社出版发行。虽然《盛唐诗》在中国出版得比《追忆》晚，实则完成得还早一些。故而，我们把《初唐诗》《盛唐诗》放在一起先讨论，《追忆》则放在后面。

英文版《初唐诗》（*The Poetry of the Early Tang*）于1977年出版，十年后才有中译本问世。事实上，作为《初唐诗》的译者，贾晋华早在1985年就发表过《〈初唐诗〉评介》一文，提纲挈领地介绍了《初唐诗》的框架结构，明确了《初唐诗》的微观诗史定位，即“论述了初唐诗风的发展历程”，继而指出：“著者对中国古典文学及理论有深厚的修养，并结合运用了西方文学理论及批评方法，因此这部论著不但内容新颖深刻，值得国内的唐代文学研究者重视，而且在研究方法上也将给予我们有益的启示。”[①] 在贾晋华看来，宇文所安从“宫廷诗”入手是抓住了问题的关键，因为初唐诗是如何逐渐摆脱宫廷诗格局限制的确实能够体现初唐时期诗歌演进的轨迹。闻一多在《宫体诗的自赎》[②] 一文中探讨过这个问题，认为宫体诗从齐、梁到初唐经历了一个形式与内容疏离的过程。宇文所安在《初唐诗》“导言”中点出了问题的核心所在，并在第一部分“宫廷诗及其对立面”中追溯了以宫廷生活为书写

---

① 贾晋华：《〈初唐诗〉评介》，《文学遗产》1985年第3期。

② 参见闻一多：《宫体诗的自赎》，载闻一多：《唐诗杂论：诗与批评》，生活·读书·新知三联书店2021年版，第15—31页。

主题而形成的一套带有束缚性的规范写法。这些写法具有写作技法上的演进特征，体现出了写作技法上的演进趋势。在此基础上，形成了对立诗论。作者的学术目标则带有明确的复古倾向。第二部分“脱离宫廷诗：660—670”的内容正如标题所述。贾晋华介绍了宇文所安在此部分以“初唐四杰”为分析对象所做的研究。第三部分“陈子昂”是以陈子昂为个案分析了文学传统的延续性问题。第四部分“武后及中宗朝的宫廷诗：682—710”，梳理了这一时期的文学机构以及宫廷诗的结构、格律、题材，并论述了沈、宋的宫廷诗与个体抒情之间的关系。第五部分“张说与过渡到盛唐”则通过分析张说与盛唐的关系，申论了自初唐走向盛唐并不是界限分明的，而是在相互交融中过渡完成的。贾晋华简略地概述了《初唐诗》的中心内容后，认为就研究取向而言，《初唐诗》有三方面特色：一是围绕诗歌发展的主流勾勒诗史之轮廓；二是运用形式主义理论探讨诗歌内部结构及规律；三是使用多义性、时空观念等概念来评析和阐释诗作文本。贾晋华在文末也认为这部书“未能充分揭示初唐历史发展、时代精神、社会心理等与诗歌发展的联系”①。《〈初唐诗〉评介》是国内第一篇评介《初唐诗》的文字，在传媒尚不发达的20世纪80年代犹如一股清新的风，送来了域外的相关资讯，给仍然沉浸在传统思维中的国内唐诗研究者带来了有益的启示。两年后，中译本《初唐诗》正式出版，但受发行渠道的影响，传播也不广泛。直到《盛唐诗》出版后，作为建构唐诗史的重要借鉴材料，《初唐诗》才逐渐引发了较大的反响。

多年以后，《初唐诗》已经颇具影响。许超《读宇文所安〈初唐诗〉》写道：“这本研究初唐诗的著作，他的研究方法与我们所习惯的历史考证法、历史源流法，社会分析法都不同，我们甚至难以给他独特研究方法下一个明确的定义，它在细读文本的基础上，既结合了东方人的感悟特质，又采纳了西方人的严密推理，还加入了一点想象力。”② 在贾晋华的论述基础上，许超集中于一点，围绕宫廷诗来分析宇文所安建构的诗史体系。

---

① 贾晋华：《〈初唐诗〉评介》，《文学遗产》1985年第3期。

② 许超：《读宇文所安〈初唐诗〉》，《宁德师专学报》（哲学社会科学版）2007年第1期。

1981年，英文版《盛唐诗》（*The Great Age of Chinese Poetry*：*The High Tang*）由耶鲁大学出版社出版，1992年中译本才面世，同年初《文学遗产》刊载贾晋华《〈盛唐诗〉评介》。贾晋华在介绍了基本的出版信息之后，认为《盛唐诗》虽然与《初唐诗》的撰写背景不同，却同样有其创新性，并且给予了高于《初唐诗》的评价。贾晋华认为宇文所安《盛唐诗》"以盛唐诗风的形成、发展、演变为中心线索，细致考察了这一时期的众多诗人，其中包括一些历来未受重视的小诗人"①。宇文所安确实提出了一些有价值的学术问题，如李白、杜甫是否与开元、天宝时代等同而论，要更多地注意两人的差异性；盛唐诗风以及盛唐诗的内在发展、美学标准等，也均是需要探讨的问题。在贾晋华看来，宇文所安以一章的篇幅将初唐和盛唐联系起来是一次成功的尝试。从宇文所安对盛唐诗的社会背景给予的关注方面，我们可以看出他对《初唐诗》的撰写结构有所反思。他在《盛唐诗》里对初唐前期的诗人——从"第一代诗人"到"过渡时期的诗人"，进行了细致的分类，继而分析了诗人群体形成的社会背景，再聚焦于王维的身上，分析了其"简朴的技巧"。在"开元时期的京城诗人"之后，陆续出场的是孟浩然、王昌龄、李白和高适，他们与王维一起成为盛唐气象不可或缺的标志性人物。宇文所安将上述内容命名为"盛唐的开始和第一代诗人"，作为《盛唐诗》的第一部分，第二部分则命名为"'后生'：盛唐的第二代和第三代"。② 岑参、杜甫、元结及《箧中集》诗人，还有一些次要诗人构成了前四章。后三章分别为"八世纪后期的京城诗传统""东南地区的文学活动""韦应物：盛唐的挽歌"。贾晋华介绍完《盛唐诗》的基本内容之后，着重谈了其可商榷之处。如果将《盛唐诗》与罗宗强《唐诗小史》比较，则可看出在代群划分与风格界定上两者有不谋而合之处，正如贾晋华所述，《盛唐诗》的后三章与国内的研究成果构成了趋同的对应关系。

随着《初唐诗》《盛唐诗》的先后出版，围绕宇文所安建构的唐诗史体系的评论文章开始大量出现。在此我们仅举两篇为例，即莫砺锋《评宇文所

---

① 贾晋华：《〈盛唐诗〉评介》，《文学遗产》1991年第1期。

② 贾晋华概述了第二部分"引子"中关于代群概念的界定。

安的〈初唐诗〉、〈盛唐诗〉》、高超《形象学视域中的"唐代诗人形象"——以宇文所安的〈初唐诗〉、〈盛唐诗〉为中心》。莫文肯定了两部诗史的影响，同时集中分析了宇文所安阐释的可探讨的内容。比如，宇文所安对唐诗的误读以及由此导致的结论偏离，自然会有穿凿之处，而且研究背景的缺失自然也会导致相应的失误。此外，还归纳出了两书出现的以偏概全情况。但是尽管指出了诸多问题，莫砺锋还是认为两书具有言论新颖、注重研究的历时性、历史意识强烈等三个优点，能够体现出作者在西方文化背景下研究唐诗史的价值。① 莫砺锋以平视的角度审视宇文所安的两部著作，指瑕有理有据，褒赞而不溢美，堪称书评之典范。高文引入比较文学研究中的形象学理论，分析了"宇文所安在对唐诗的阐释中所建构的唐代诗人形象"②，指出宇文所安以中国文化的他者身份涉入唐诗领域，拈出宫廷诗、京城诗两个专有概念，将宫廷诗人与非宫廷诗人、京城诗人与非京城诗人并置，在辨析中生成了诗人形象。高超认为，宇文所安善于从历史背景中把握诗人的形象，将自身置于中国文化的语境之中，同时也指出："宇文所安自身的西方文化学术背景身份，又常常使他站在中国学术传统之外看问题。"③ 那么，宇文所安以《初唐诗》《盛唐诗》分析诗人形象的意义何在？高超评价道："宇文所安文论中建构的唐代诗人形象，构筑在中西文化相互接触和碰撞的大语境下，对中西文学、文化的交流会产生积极的影响，对民族间相互认知会起到良好的促进作用，而且更为重要的是，这种由'他者'形象所促成的国际间文学、文化对话与交流的'姻缘'有力地证明了形象学作为一个学科存在的合理性。"④ 这里显然存在过度拔高的倾向。宇文所安是以中国文化研究者的身份进入中国

① 参见莫砺锋：《评宇文所安的〈初唐诗〉、〈盛唐诗〉》，载莫砺锋：《唐宋诗歌论集》，凤凰出版社2007年版，第110—130页。

② 高超：《形象学视域中的"唐代诗人形象"——以宇文所安的〈初唐诗〉、〈盛唐诗〉为中心》，《江淮论坛》，2011年第4期。

③ 高超：《形象学视域中的"唐代诗人形象"——以宇文所安的〈初唐诗〉、〈盛唐诗〉为中心》，《江淮论坛》，2011年第4期。

④ 高超：《形象学视域中的"唐代诗人形象"——以宇文所安的〈初唐诗〉、〈盛唐诗〉为中心》，《江淮论坛》，2011年第4期。

文学史的，因此一方面不可避免地会以西方文化观照中国文学，另一方面也会努力进入中国文化语境，以期形成有效的中西对话，进而达到阅读经典的客观性和有效性要求。

上述主要是评述性文章，亦有研讨《初唐诗》《盛唐诗》及宇文所安建构的唐诗史的著作，其中陈小亮《论宇文所安的唐代诗歌史研究》是一部比较专门的著作。该书第一章"初盛唐诗与非虚构传统"就是以《初唐诗》《盛唐诗》为中心进行论述的。这一章先是探讨了宇文所安使用新批评理论分析陈子昂的历史地位，而后聚焦于"类"，将宇文所安与叶维廉进行了比较。[①] 史冬冬《他山之石——论宇文所安中国古代文学与文论研究》的第一章"文学史：瓠落中的重构策略"聚焦于唐诗史研究，以《初唐诗》《盛唐诗》为中心探讨了唐诗史的叙述结构、情节编织、话语方式。该书的研究取向值得肯定，但是由于宇文所安的唐诗史尚未成型，作者过于关注他在文论意义上的理论建构，反而对于他的文学经典解读有所忽视。[②] 值得注意的是，宇文所安为《初唐诗》《盛唐诗》写了融两书于一体的"三联版序言"，序言中虽然谈及了学术研究的日新月异以及个人研究的进步会让这两部著作中的部分内容存在过时的可能性，但还是强调了书中的一些基本论点及文学史视角的研究价值。而且，他还反复强调文学史不能成为名家的历史，这与郭英德提出的"悬置名著"[③] 相类，而宇文所安的论述中也确有"悬置名著"的倾向。可见，"三联版序言"无疑是宇文所安对自家两部阶段性诗史的反思，也是对其文学史观的进一步彰显。

《追忆》是一部风格独特而写法别出心裁的小著述，呈现出了随笔式文体样态。译者郑学勤是上海古籍出版社的编辑，他参加图书博览会得见此书的英文版后爱不释手，遂以生花妙笔化为中文。此书中译本最初由上海古籍出版社出版发行，后由三联书店纳入"宇文所安作品系列"并不断重印。20 世

① 参见陈小亮：《论宇文所安的唐代诗歌史研究》，中国社会科学出版社 2010 年版，第 30—67 页。

② 参见史冬冬：《他山之石——论宇文所安中国古代文学与文论研究》，巴蜀书社 2010 年版，第 1—100 页。

③ 郭英德：《悬置名著——明清小说史思辨录》，《文学评论》1999 年第 2 期。

纪90年代初，《追忆》的这种写法国内尚未流行，因此中译本一旦传播开来，其影响不在《初唐诗》《盛唐诗》之下。研究文学还可以这样吗？这是学术著作吗？恐怕这是多数人从《追忆》中获得新鲜的阅读体验后发出的叩问。这本在中美两国均产生较大反响的“小物件”是宇文所安将其文学创作与学术思想相融合的一次尝试，或者说它是20世纪80年代理智与激情相结合的产物。

《追忆》离不开属于书写语境的特定空间。何向阳《重现的时光——读斯蒂芬·欧文〈追忆〉》中有一段饱含情感的表述：“在这部中译本不足170页的著作中，轻擦去蒙在石碑与箭镞、时间与往昔之上的积尘，借了典籍、碎片和记忆，在文明延续与文化遗传过程里，讲述他所承认的‘永远不能完整’的‘有生命’的过去。时间在两岸呈现出奇异的光芒，其见识的锐敏、深邃，仿佛引我们溯流而上的水。”① 何向阳以诗的语言来解析《追忆》，试图从宇文所安的追忆碎片中寻找文化传统的旧踪迹，并在这个过程中思考文化重建的可能性。不过，何向阳此文是用发散思维写就的读后感，并不具有理论意义上的书评性质。黄燕平《抽丝剥茧的匠心——评宇文所安〈追忆〉》在概述章节内容的基础上重点关注了“断片”“回忆的引诱”两章，认为宇文所安关于李清照《金石录后序》的解读获得了阅读者的广泛赞誉。《追忆》以散文的写法加上中国式阅读札记的融入，筑造了一座记忆的宫殿，正如黄燕平所说，“‘追忆’是中国古典文学的重要主题，宇文所安先生以其作为线索，以对待精美艺术品的态度，运以抽丝剥茧的匠心，缀以诗性散化的语言，采以独特的思考视角，为读者构建了一座精妙绝伦的追忆殿堂”②。刘毅青将《追忆》上升到了追忆“诗学”的高度，认为宇文所安的这本随笔集具有典范意义。他评论道：“宇文所安之所以对中国文学中如何呈现往事如此的重视，《追忆》一书的主要内容围绕于此展开，其所希望揭橥的主题就在于，依

---

① 何向阳：《重现的时光——读斯蒂芬·欧文〈追忆〉》，《中国图书评论》1994年第6期。

② 黄燕平：《抽丝剥茧的匠心——评宇文所安〈追忆〉》，《名作欣赏》2011年第8期。

宇文所安，回忆之所以重要，并不在于中国古人对回忆的描述完全符合客观事实，而在于其中更多折射的是其内心的真实情感与欲望。故此，对后人来说，这种追忆中重要的不仅是那些已经写出的情思，而是那些不曾写出或难以写出的隐秘心思与隐约闪动的痛楚，这构成了作家完整的世界。"① 由此，刘毅青认为宇文所安"追忆"本身与现代性建立了联系，然后他又从中西方文化关于回忆的比较入手，分析了这种"追忆"的特殊性以及宇文所安借助追忆构建追忆诗学的意义。最后刘毅青指出："或许我们可以通过宇文所安，将追忆建构为一种审美主义的诗学观，通过追忆建构起来的审美世界。"② 通观刘毅青的这篇文章，与其说他是在分析宇文所安的追忆诗学，不如说他是在阐述自家的追忆诗学。当然，这也足以说明《追忆》文本的敞开性。宇文所安提供了一个自足的阐释空间，无论是文学、历史、哲学哪一个领域的哪一位学者进入，都不会空手而归。或者说，宇文所安借助追忆话题提供了一个文本阐释的理路：沿着著者的思绪走进自己的知识世界，我们完全可以任意驰骋。

贾晋华在《盛唐诗》"译后记"中讲述了《初唐诗》《追忆》出版后获得的反响。也正是因为《初唐诗》《盛唐诗》《追忆》等著作在中国产生了较大影响，宇文所安在域外的汉学界及国内的中国古典文学研究界声名鹊起，尤其是对唐代文学研究起到了一定的推动作用。乐黛云、莫砺锋等人编选的各种欧美汉学选本均纳入了宇文所安的作品。于是，如何借助"他山之石"重建中国文学批评的话语开始成为一个议题，而宇文所安用他的研究为我们提供了两个路径：一是文学史意义上的文学经典传播不能仅仅是名家作品的天下，二是文学经典传播需要跨文化力量的介入。唯其如此，我们才能进入诗性与审美意蕴的无限发掘空间。

---

① 刘毅青：《古典追忆诗学的审美超越品格——宇文所安对中国诗学的重构》，《中国文学研究》2019 年第 1 期。

② 刘毅青：《古典追忆诗学的审美超越品格——宇文所安对中国诗学的重构》，《中国文学研究》2019 年第 1 期。

二、中期（2001—2010）：文论及其他

这一时期，宇文所安的中国文学研究成果被逐一发掘出来，陆续出版并产生反响，而他的文学史家身份也变得复杂起来，跨文化翻译理论、文论话语的转型、比较文学理论等纷纷登场并构成了讨论的话语场。宇文所安《中国文论：英译与评论》初版时间为2003年，译者为王柏华、陶庆梅，由上海社会科学院出版社出版发行，后更名为《中国文学思想读本：原典·英译·解说》（以下简称《中国文学思想读本》），2019年由生活·读书·新知三联书店（以下简称三联书店）再版发行；《迷楼：诗与欲望的迷宫》（以下简称《迷楼》）初版时间为2003年，译者为程章灿，由三联书店出版发行；《他山的石头记——宇文所安自选集》初版时间为2003年，译者为田晓菲，由江苏人民出版社出版发行；《韩愈和孟郊的诗歌》初版时间为2004年，译者为田欣欣，由天津教育出版社出版发行；《中国“中世纪”的终结：中唐文学文化论集》初版时间为2006年，译者为陈引驰、陈磊，由三联书店出版发行。

我们就从《中国文论：英译与评论》说起。这部文论的英文版于1992年出版，2003年中译本出版发行，很快售罄。自2003年至2020年，相关的研究文章已达50篇，这还没算上关于宇文所安的宏观性文章。其中，硕士学位论文5篇，即黎亮《西方视野下的中国文论》（华东师范大学2004年度）、倪书华《中国文论文本的跨文化阐释》（汕头大学2005年度）、张燕《宇文所安与中国诗艺传统的再发现：〈中国文论：英译与评论〉的启示》（内蒙古师范大学2009年度）、纪军妮《彰显中国古代文论文本的特色思想——论宇文所安〈中国文论：英译与评论〉》（重庆师范大学2010年度）、石英《宇文所安〈杜甫诗集〉翻译研究——以〈中国文论：英译与评论〉为对照》（鲁东大学2020年度）。另有3篇硕士学位论文以《中国文学思想读本》为研究对象，即周文《宇文所安对中国文论术语的处理——以〈中国文学思想读本〉中〈文赋〉为例》（西南交通大学2011年度）、易霞《宇文所安对中国文学思想的诠释之再诠释——以〈中国文学思想读本〉为例》（上海师范大学2014年度）、陈晓茹《宇文所安〈中国文学思想读本〉研究》（河北师范大学

2020 年度)。博士学位论文通常研究宇文所安的文学史或者文论体系，故而不单单以其某本书为题。

面对《中国文论：英译与评论》，乐黛云、胡晓明、徐志啸等学者均发表了有分量的研究论文。最先发表的是乐黛云为《中国文论：英译与评论》写的“中译本前言”。此外，在题名为《〈中国文论：英译和评论〉中西文论互动的新视野》一文中，乐黛云讲述了自己阅读宇文所安此部著作的感触。[①] 她从中找到了在中西文论互动中双向阐释中国文论的途径，并将之作为“比较诗学”课程的教材。她还倡导先熟读译文，再翻译他者的阐释，而后展开广泛的讨论。乐黛云的兴奋点在于既找到了一个新的切入点以重新审视传统文论，又可在这种双向互动中捕捉到中国文论的新特色。在她看来更为重要的是，宇文所安能够在联结传统与现代的路上呈现自己的视点。乐黛云认为，“此书本身就是一个中西文论双向阐发，互见、互识、互相照亮的极好范例”[②]。胡晓明《远行回家的中国经典——宇文所安〈中国文论：英译与评论〉读后》讲述了阅读此书后产生的震动。文章首先阐述了宇文所安对于《诗大序》《文心雕龙》等文论阐释出来的新意，而后提出了中国对于外来理论的敏感以及用西方的尺度度量中国“身体”存在的问题，进而认为宇文所安是“既能尊重中国文学历史真实，又能真正弄懂它的学者”[③]。与乐黛云一样，徐志啸认为《中国文论：英译与评论》不仅可以作为外国学生研读中国文论的教材，还可以作为中国学生研究中国文论的教材，甚至对高水平的研究者也具有启示意义。徐志啸从三个方面论述了《中国文论：英译与评论》的优点：材料选择上，既能注意材料的代表性，又能兼顾材料的科学性以及读者的可接受性；英语翻译上，既体现了作者的英语文化背景，又能将文本置于中国文化语境之中；理论阐释上，能够以西方学者的眼光和立场进行比

---

① 参见乐黛云：《〈中国文论：英译和评论〉中西文论互动的新视野》，《中华读书报》2002 年 7 月 10 日。

② 乐黛云：《〈中国文论：英译和评论〉中西文论互动的新视野》，《中华读书报》2002 年 7 月 10 日。

③ 胡晓明：《远行回家的中国经典——宇文所安〈中国文论：英译与评论〉读后》，《文汇报》2003 年 3 月 14 日。

较分析，体现了作者的学力和学术功力。徐志啸拈出了“柏拉图与孔子认识观的比较”“对‘诗言志’的阐释”“关于意、象、言的关系”“对叶燮《原诗》的评价”等例证，用以说明“中西文论双向阐发、互见、互识”。[①] 徐志啸的文章是对乐黛云文章的细部阐释，进一步阐发了宇文所安中西文论比较阐释的重大意义。邸小松、王确在《在中国发现文学理论——评宇文所安〈中国文论：英译与评论〉》一文中，首先揭示了宇文所安一改以观念史视角研究中国文论的方法，转而以文本为中心阐释中国文学思想，认为这样的选择能够体现宇文所安发现的眼光。其次，以比较文学视野论述了宇文所安的独到“洞见”。最后，分析了文论话语的历史化、语境化特点，并得出结论：“宇文所安在对中国古典文学研究中体现出了一种‘在中国发现文学理论’的研究视角和方法。”[②] 这篇文章的提法较为新颖，但是读罢全文并未找到宇文所安究竟发现了什么文学理论。实际上，宇文所安的作品呈现出的是中西互动视野下中国文学理论的跨文化阐释样态，这种样态更多地属于宇文所安个人，即正是因为有此人，才有此种方法。所以，有学者认为宇文所安试图通过对零散性文论进行系统化规整来建立自己的知识谱系，对模糊性文论进行明晰化界定来概括自己的概念范畴，对评点式批评进行科学化解读来形成自己的表达方式，“从而为跨文明文学理论交流的变异性提供了一个典型文本”[③]。虽然这样的概括式总结遮蔽了宇文所安所做阐释的多元性特征，却也有其发现价值。

我们认为《中国文论：英译与评论》的中国影响主要在于：提供了以中国文学理论为基点的中西融合研究的范本，并透过这个范本展示了阐释性话语的力量。此书中译本在出版十六年后更名为《中国文学思想读本：原典·英译·解说》，宇文所安在“三联版序言”中写道：“此书在西方一直不无读

① 参见徐志啸：《〈中国文论：英译和评论〉的比较诗学价值》，《东方丛刊》2009年第1期。

② 邸小松、王确：《在中国发现文学理论——评宇文所安〈中国文论：英译与评论〉》，《中国文学研究》2016年第1期。

③ 靳义增：《论跨文明文学理论的变异性——以〈中国文论：英译与评论〉为例》，《南都学坛》2017年第4期。

者欣赏，但它在中国找到的读者显然更多。”[①] 宇文所安尝试“采用沉浸于欧洲文学思想传统的读者所能理解的术语来解释中国文本”[②]，这种阐释方式对于中国读者来说是陌生而新奇的，当然也有解释不通的地方。

如果从比较诗学的视角观之，《迷楼》才应是宇文所安的代表作。与《中国文学思想读本》相比，《迷楼》的研究者队伍要小多了，截至2020年底，硕士学位论文仅有1篇，即郭娟《宇文所安笔下的中国故事及生成法——以〈初唐诗〉〈追忆〉和〈迷楼〉为例》（四川外国语大学2016年度），而且关于《迷楼》的篇幅仅占论文的三分之一。公开发表的涉及《迷楼》的论文仅有3篇，将其纳入著作中的更是少之又少。研究宇文所安的学者以古典文学领域的居多，对于将古典文本穿越到现代视野下感到不太适应，这可能也是一个原因。宇文所安在《迷楼》“中文版序”中也认为这是一本难译的书。可以说，《迷楼》是宇文所安借助文学经典穿越于中西文学传统自在遨游的产物，也是多数研究者无法获得的一次有趣的自由书写体验。张煜《漫谈迷楼》是较早的一篇评论《迷楼》的文字，分析了这本书难读的原因：写给欧洲传统读者是一个方面，而作者沉迷于诗与欲望的主题任意驰骋应当是另一个方面。

从《毛诗序》《诗品》到贺拉斯《诗艺》、雪莱《为诗辩护》，诗歌能否唤起我们曾经迷失的文化记忆？由此，宇文所安试图在《迷楼》中辨析诗歌的作用和价值。第一章“诱惑/招引”从爱尔兰女郎到李商隐的诗，再到玄学派诗人多恩《上床》，然后再到吴承恩《西游记》和司马相如《美人赋》，宇文所安终于回到了展示欲望的宫体诗，由于身体的欲望与爱情并不交织，因此中西文本并未构成比较的意味。这就是宇文所安的写法。张煜的书评跳过了第二章“插曲：牧女之歌”，其实此章值得细读。整个第二章以三首诗为主，即马洛《多情的牧羊人致他的爱人》、辛延年《羽林郎》和乐府诗《陌

---

① ［美］宇文所安：《中国文学思想读本：原典·英译·解说》，生活·读书·新知三联书店2019年版，“三联版序言”第1页。

② ［美］宇文所安：《中国文学思想读本：原典·英译·解说》，生活·读书·新知三联书店2019年版，“三联版序言”第1页。

上桑》，这些都是面对引诱讲故事的文本，也是不该错过的风景，而且作为性别书写的前奏，显然也是不可忽略的。第三章“女人/顽石，男人/顽石”、第四章“置换”和第五章“裸露/纺织物”是《迷楼》的核心部分，分别针对情爱挫折、欲望置换、欲望克制问题阐释了中西文本的不同之处。阅读者会在《迷楼》中迷失吗？宇文所安用文本诠释了艺术所具有的力量。张煜在《漫谈迷楼》的结尾鼓励阅读者尽情去享受比较文学带来的快乐，用自己喜爱的读法去品味，而不必拘泥于一格。那么，宇文所安的文本解读是否存在误读的可能性，尤其是在面对中国文本时是否会因文学传统的不同而将欲望无限扩张？杨方撰文探讨了宇文所安对中国欲望诗歌的阐释及其可能造成的误读。[①] 这篇文章认为宇文所安存在解读焦虑问题，文章作者从聆听宇文所安讲座的经验出发，分析并指出中西方读者的欲望不同、表达欲望的限制不同以及中西方文化的欲望来源与发展不同，因此认为宇文所安认定的欲望未必是属于中国文学的。但文章作者还是肯定了宇文所安的努力，表示“作为中国人的我们，真的感谢宇文所安对中国传统诗歌的热爱、解读与误读，就是他的误读也促使我们重新地并且更好地理解中国传统文化，使阅读、思索与再解释中国古典诗歌在良性循环中成为赏心悦目的迷楼”[②]。王瑛则变换视角，从求同的方面谈了宇文所安的比较文学研究方法，认为宇文所安形成了另外的一种研究理路。这篇文章先是用自己的言语叙述了“迷楼里发生的事”，将宇文所安的章节主题贯穿其中，而后提出了以“求同”作为新的研究方法的可行性和可能性问题，最后探讨了《迷楼》里的比较文学方法论。[③] 王瑛的关注点在于比较的目的不仅仅是求异，即在找到文化差异、背景差异造成的书写样态差异，还有求同，即找到思想、情感、心理上的共通性。这一点，陆九渊、钱锺书等人早有论述。也就是说，宇文所安用中西文本打开了一个本就敞开的世界，这个世界并没有刻意限制文本的属性，没有民族、国别、

---

① 参见杨方：《〈迷楼〉对中国欲望诗歌的阐释与误读》，《兰州学刊》2009 年第 3 期。

② 杨方：《〈迷楼〉对中国欲望诗歌的阐释与误读》，《兰州学刊》2009 年第 3 期。

③ 参见王瑛：《求同之于辨异：探求一种新的比较文学研究方法——兼论宇文所安的〈迷楼：诗与欲望的迷宫〉》，《当代文坛》2011 年第 4 期。

地域等元素的介入，所以他兀自会写下去。正如王瑛所说，“辨异是比较文学研究的基本出发点，这在各文化传统交流并不是太充分的今天，仍然有积极的意义。但是强烈的思维趋同性也许会遮蔽某些价值，这就需要我们另辟蹊径，寻求方法上的多种方向的探寻。当不同的文学在一个共同的畛域谈笑炎炎，我们为什么不享受这种求同存异下的相交相知呢？从比较文学的研究理路来看，‘迷楼’或者说《迷楼》的求同研究方法也许可以有更深邃的洞见”①。

《迷楼》是一部特别的作品，与《追忆》一样具有随笔的属性，但是它的命运却与《追忆》不同，极有可能被低估了。主题的限制让阅读者觉得走入了一个小巷，这个小巷里住满倡家，因此摆脱欲望是阅读者面临的挑战。即使是宇文所安本人，也会因走入小巷深处而在面对文学文本时浮想联翩，因之从文本进入叙事空间会导致想象过度。可见，这本书或许更适合诗人阅读，学者容易陷入方法论的泥沼而不能自拔，从中发现的往往也只能是一地鸡毛。只有诗人才会沉入其中，并诱发出更具有现代性的思考。

《韩愈和孟郊的诗歌》和《中国“中世纪”的终结：中唐文学文化论集》这两本著作所产生的反响是截然不同的。关注前者的研究论文寥寥无几，后者则引发了唐宋文学转型的新思考。《韩愈和孟郊的诗歌》是宇文所安的博士论文，也是他唯一聚焦中唐作家的专著。这部著作从复古说起，可以分为三个部分：第一部分叙述了孟郊和韩愈早期的诗歌创作史；第二部分用联句将两人联系起来，聚焦孟郊和韩愈的山水诗、神话诗；第三部分则以介绍险怪诗派开始，然后叙述了韩愈晚期的诗歌创作。宇文所安这部著作的最大亮点就是同样在《初唐诗》《盛唐诗》中体现出来的文本细读，只是此时的论述显得有些单薄，虽然也结合了思想史线索。陈小亮《论宇文所安的唐代诗歌史研究》重点关注了宇文所安的中唐研究，这是全书分量最重的部分，但是居然未能结合《韩愈和孟郊的诗歌》展开论述，或许还是《韩愈和孟郊的诗歌》出版发行不畅造成的。《中国“中世纪”的终结：中唐文学文化论集》

---

① 王瑛：《求同之于辨异：探求一种新的比较文学研究方法——兼论宇文所安的〈迷楼：诗与欲望的迷宫〉》，《当代文坛》2011年第4期。

则成为研究者阐述文学转型问题的出发点，这个出发点联结内藤湖南、包弼德，萌发出了新的学术活力。李浩《微型自然、私人天地与唐代文学诠释的空间》就《中国“中世纪”的终结：中唐文学文化论集》中所提及的“微型自然”“私人天地”等核心范畴进行了评议，认为“宇文所安所梳理出的中唐时期文人的园林生活及其与文学创作的密切关系，及其反复致意的微型园林与私人天地”① 对于唐诗研究具有启发意义。在李浩看来，首先，在唐代文学领域强调“园林”构成文化现象，可以借此研究园林生活与文人文学之间的关系；其次，宇文所安关注园林生活，提出园林诗、园林诗人等概念范畴，将园林移出公共生活视域并定位为私人天地，然后就此展开文本细读；最后，宇文所安在互动中处理公众化与私人化之间的关系这一方式，能够带来研究上的新意。这篇文章的作者李浩是唐代园林与文学研究的专家，著有《唐代园林别业考录》《唐代园林别业与文学考论》，故而能够平视宇文所安的研究成果。此外，李浩在这篇文章中还指出了宇文所安所做研究的一些不足之处，如宇文所安对私园的产生时间存在误读，私园并非出现在中唐，而是在魏晋即已有之；宇文所安反复强调的私人性与微型性并非普遍适用于文人园林；关于园林的引述存在一些不够准确的地方。通过上述分析，李浩展开了关于园林与文学之间的关系的思考，认为应该引入园林诗、园林散文概念，而且唐代园林兴盛与京城审美文化之间有着密切的联系，“园居生活的体验与诗歌创作的探索共同促成艺术境界理论的定型”，进而得出结论：“中国园林与中国诗歌本同末异，秘响旁通。园林是立体化视觉化具象化的诗意呈现诗性存在，而诗歌则是虚拟化意象化的园林。”② 成玮《推敲“自我”——读宇文所安〈中国“中世纪”的终结〉》则转移视线，抓住宇文所安的现代性预设问题，思考“从园林到爱情”的文学阐释，“从自然观到写作观”的理论研讨，为“跑马式”的自由书写找到了内在的理路。这篇文章先是从宇文所安的

---

① 李浩：《微型自然、私人天地与唐代文学诠释的空间》，《文学评论》2007 年第 6 期。

② 李浩：《微型自然、私人天地与唐代文学诠释的空间》，《文学评论》2007 年第 6 期。

“微型自然”说起，将白居易、李贺、贾岛、姚合关于自然的有序书写和无序书写联系起来，归结为中唐诗人“自我”的凸显；然后以宇文所安对《霍小玉传》的解读为例，思考他的阐释的深刻之处，认为“他从这种抗衡中，偏又观察到了潜藏着的共谋关系：没有他者也就没有自我，自我与他者既界限分明又相需相济”①。成玮将这种分析理路与西方早期的现代性“自我”联系起来，认为中唐诗人“自我”的发现就是宇文所安参照西方现代性“自我”的尺度而建构的，这种建构未必是自觉的，却具有某种天然的联系。接着，成玮提出了中唐诗人的“自我”与外在世界的对抗及其内在深度等问题，并从宇文所安对《莺莺传》的分析入手，认定其存在关于中唐诗人的“自我”的现代性预设，而这种预设与《初唐诗》《盛唐诗》一脉相承。最终成玮认为，“看来在学术生涯的早期，作者对唐代历史文化已经有了一个通盘的把握”②。成玮的论述自足性不够，只是简单地将宇文所安关于中唐诗人的“自我”的发现与现代性联系在一起，却从另一个角度告诉我们：对宇文所安的西方理论背景追根溯源是有必要的，这可以为我们提供一个学术阐释的参照系。赵琼琼《浅析川合康三、宇文所安中唐文学研究的共见——以对“盛中之变”的认识为中心》也是一篇另辟蹊径的文章，该文对日、美两位卓有成就的汉学家的中唐文学研究进行了比较，认为川合康三《终南山的变容》、宇文所安《中国“中世纪”的终结：中唐文学文化论集》均涉及了关于文学转型的论述。文章的第一部分引出了一个旧话题，即“中唐”的文化史意义。关于这方面，内藤湖南及京都学派早已有过论述。文章在比较了川合康三、宇文所安对中唐的认识和对中唐文学地位的论述后认为，“宇文所安对中唐文学的分期作出了有别于川合康三教授和其他学者的重新划定。他认为，不论从文学史的事实还是从有利于摆脱盛唐神话的考虑，将安禄山叛乱或者杜甫的死作为中唐开端都是有误的，这样的划界是文学史家出于如何结束盛唐的

① 成玮：《推敲“自我”——读宇文所安〈中国“中世纪”的终结〉》，《中文自学指导》2007年第3期。

② 成玮：《推敲“自我”——读宇文所安〈中国“中世纪”的终结〉》，《中文自学指导》2007年第3期。

考虑，而作为一个整体的、有着统一的并表现出新的精神风貌的中唐开始于韩愈”[①]。接着，文章又比较了两位域外学者呈现“盛中之变”的过程，认为宇文所安的观点尽管没有川合康三明确，却也梳理出了从集团到个人的演变范式。这篇文章的最后一个视点，则是中唐文人精神与“盛中之变”的关系。透过宇文所安对自然、社会及文本诠释的论述，赵琼琼得出结论：宇文所安认为这是中唐文人主体意识觉醒的结果。这与成玮的观点颇为接近。宇文所安在《中国“中世纪”的终结：中唐文学文化论集》中使用了“中世纪”这一概念，尽管他本人一再申明中国的“中世纪”与欧洲的“中世纪”不是一个概念，但他关于“中世纪”的论述还是引起了一些学者的注意。陈小亮《论宇文所安中国“中世纪”终结说的思想来源》便是最有代表性的文章。该文指出宇文所安的这部著作虽然不是“中唐诗史”，但是延续了《初唐诗》《盛唐诗》的理论框架，同时融入了一些新的体验。这篇文章先是考察了中国学者自叶燮到陈寅恪关于中唐与古今诗风转变的论述，然后自内藤湖南的“宋代近世说”到包弼德的唐宋文学转型理论，梳理了域外的研究现状，进而认为宇文所安受到了包弼德的直接影响。陈小亮是从宇文所安和包弼德对于文学家和思想家的关注、对于文本权威和“斯文”概念的对照得出这个结论的。打下基础后，陈小亮直入主题，考察了宇文所安“中国‘中世纪’终结说”的思想来源，从中国文学史的相关论述到内藤湖南的研究成果，尤其是文学分期与思想史的对应关系让我们看到了内藤湖南对宇文所安的影响。但是陈小亮也分析了两者的不同之处，认为宇文所安以文化的标准划分时代这样一种文学研究理路，会使得文化史、思想史的介入在为文学研究带来活力的同时，也有可能偏离文学本身，而“这对文化的时空异质性敏感、尊重中国古代诗歌特殊经验的宇文所安来说，可能是始料不及的”[②]。不过，宇文所安从内藤湖南那里获得启发并经历了对包弼德的理解后，显然存在基于西方

---

① 赵琼琼：《浅析川合康三、宇文所安中唐文学研究的共见——以对“盛中之变”的认识为中心》，《河南教育学院学报》（哲学社会科学版）2008 年第 3 期。

② 陈小亮：《论宇文所安的唐代诗歌史研究》，中国社会科学出版社 2010 年版，第 89 页。

立场的重新厘定，其思想来源虽然有迹可循却未必仅此一家。上述四篇文章从不同角度揭示了《中国“中世纪”的终结：中唐文学文化论集》的中国影响。

我们把《他山的石头记——宇文所安自选集》放在这一时期的最后进行评述基于两点考量：一是这部论文集的自选集性质。这是宇文所安第一次将自己发表在期刊上的文章集中整理出版，自先秦至民国，以文学史为关键词串联起来。二是这部自选集是由田晓菲翻译的。田晓菲既是宇文所安的学生，又是宇文所安的妻子，还是一位从事文学创作、研究古典文学的华人学者。所以毫无疑问，这部自选集的中译本应该能够真实地呈现宇文所安的表达意图。那么，《他山的石头记——宇文所安自选集》的中国影响如何呢？从发行情况来看，自2003年出版以来，此书便不断地重印，直至于2019年被收入“宇文所安作品系列”并再版。虽然我们没有统计各种关于海外汉学研究、文学史研究及宇文所安研究引用此书的情况，却也能想象得到这个数字一定是相当可观的。查询知网，直接讨论宇文所安的文学史观的文章就有15篇，这还不算进行比较研究的文章。虽然这个数字不一定具有权威性，却能部分地反映出宇文所安的中国影响。专门的评论有两篇：一篇专门讨论《瓠落的文学史》，一篇评述《他山的石头记——宇文所安自选集》。因有专门的比较分析文章，此处不再赘言。

可称为“中期”的这一阶段，是宇文所安文学研究的拓展期，更是其中国影响的扩展期。《中国文论：英译与评论》《中国“中世纪”的终结：中唐文学文化论集》为他带来了极大的声誉，也改变了他的文学史家身份的单一性。《迷楼：诗与欲望的迷宫》是对《追忆》写法的延续，却呈现出不同的面相。这一切均表明，语言创造力十足的宇文所安正走在阅读中国文学文本的路上，这条路越走越宽阔，而他也已经展现出自成一家的气象。

三、近期（2011—2020）：系列及选集

这一时期是宇文所安产生全面影响的重要阶段，不断推出的重量级文学史著作及各种选集，奠定了他不可或缺的文学史家地位。文学史方面，《晚

唐：九世纪中叶的中国诗歌（827—860）》（以下简称《晚唐》）初版时间为2011年，译者为贾晋华、钱彦，由三联书店出版发行；《中国早期古典诗歌的生成》初版时间为2012年，译者为胡秋蕾、王宇根、田晓菲，由三联书店出版发行；《中国传统诗歌与诗学：世界的征象》于2013年出版，译者为陈小亮，由中国社会科学出版社出版发行；主编的《剑桥中国文学史》（上卷）于2013年出版，刘倩等人翻译，由三联书店出版发行。《剑桥中国文学史》带动了学界长期讨论的如何书写文学史话题，这一话题引发学者们不断地进行跨界对话，形成了一个不可忽视的热点。虽然这个热点不独是属于宇文所安的，却与他密不可分。至此，宇文所安的中国文学研究形成了体系化成果，而学界瞩目的荣休仪式或许也意味着一个人创造汉学学术史时代的终结。

一个研究者的创造文本不断地被收入选集意味着他的权威地位的确立，也意味着他在某个领域的研究是不可或缺的。选集方面，《他山的石头记——宇文所安自选集》2019年由三联书店再版发行，并收入“宇文所安作品系列”；《诗的引诱》于2019年出版，贾晋华等人翻译，由译林出版社出版发行；《华宴：宇文所安自选集》于2020年出版，刘晨等人翻译，由南京大学出版社出版发行。此外，尚未引入翻译出版的有《诺顿中国文学选集》《杜甫诗》，以及一些关于中古诗歌的英文版作品。这些作品的翻译出版与学术著作相比难度并不大，是否翻译出版并不会严重影响宇文所安研究的正常进行。

宇文所安在《中国“中世纪”的终结：中唐文学文化论集》中言明了完成《中唐诗》的不可能性，因此我们不必期待此书的问世。随着《晚唐》的出版，宇文所安的“四唐”系列完成了最后一块拼图。《中国“中世纪”的终结：中唐文学文化论集》《韩愈和孟郊的诗歌》构成了中唐诗的雏形，虽然缺少了文学地图的丰富性和流动性，但是总还算有所凭依。正因如此，《晚唐》出版后，学界的评价呈现出了多元化特征。时值互文性盛行，文学理论与文学史的关系成为学界关注的一个话题。毫无疑问，宇文所安论述的“晚唐”并不完整，仅仅是文学史图景中的一部分，而且与中唐有所交集。除了《读书》杂志为《晚唐》做的推介以外，王斌《异域视野中的晚唐诗坛——评宇文所安的唐诗史新著〈晚唐〉》是最具分量的书评，作者在晚唐诗歌研究趋向细化和深化的背景下，评论了宇文所安《晚唐》的求新求变之处。文章主要评述了宇文所安对晚唐诗歌风貌的宏观把握，认同这一时期的诗歌具有复杂性特点，并以微观视野分析了其创作风格。文章认为，宇文所安对于中国9世纪中叶诗歌创作的整体把握也令人称道，他将诗人划分为三个创作群体：白居易及其周边的“老人”、贾岛及其周边的新旧融合人物、杜牧及其周边的“新人”。文章也认为，宇文所安最重要的学术创新点之一便是关于杜牧的论述——以杜牧为中心的新诗人群体善于新式七律的创作。文章指出：“作者将杜牧放归了其在晚唐诗坛环境中的原本位置，也给了赵嘏、李群玉等‘小诗人’以应有的关注，更让我们看到了这一群体在七律发展史上的重要作用。”① 这篇文章还评述了宇文所安对于诗人名望的关注、对于手抄本文化的文学史影响的关注等。此外，文章还花费少量笔墨讨论了一些可商榷的观点，如关于杜牧田园诗人的认定、李商隐与党争的关系以及其他涉嫌文本误读和过度阐释的问题。殷晓燕、万平的文章聚焦于宇文所安关于晚唐诗人李商隐的解读，将《晚唐》与《柳枝听到了什么：〈燕台〉诗与中唐浪漫文化》结合起来，并与《剑桥中国文学史》相互参照，算是《晚唐》产生反响的一个旁证。② 夏菽的文章则将讨论的个案放在许浑的身上，与殷晓燕、万平的文章相比，《晚唐》居于核心位置，文章有7处引用了《晚唐》中的论断，却又以宇文所安的论断建构了自己的批评话语。③ 我们再选两本著作中的分析来印证宇文所安《晚唐》的影响。陈小亮《论宇文所安的唐代诗歌史研究》第三章“晚唐诗歌与诗学”共引《晚唐》英文本80次，显然是以《晚唐》来建构整章内容的。陈小亮的论述集中于三点：姚贾诗人群以及杜牧、李商隐。例如，在关于李商隐的评述中，陈小亮论及了宇文所安对于诠释传统的颠覆，并且通过文本细读呈现出了宇文所安反驳传统观点的条目以及涉及的文本，从而

---

① 王斌：《异域视野中的晚唐诗坛——评宇文所安的唐诗史新著〈晚唐〉》，《中国诗歌研究动态》2012年第2期。

② 参见殷晓燕、万平：《诗歌中的“面具”美学——以宇文所安对晚唐诗人李商隐的解读为例》，《北方论丛》2015年第6期。

③ 参见夏菽：《宇文所安研究视角下的晚唐诗人许浑再解读》，《名作欣赏》2016年第5期。

体现出了阅读《晚唐》之细致。[①] 孙太、王祖基的著作主要研究了哈佛大学中国文学研究“四大家”，即宇文所安、韩南、李欧梵、王德威。[②] 宇文所安只是其中之一，33 页的篇幅引《晚唐》就达 27 处，足见其影响力。这部著作聚焦的是宇文所安的唐代诗歌研究，自然如陈小亮一样分为初、盛、中、晚四个部分。第二章第六节“宇文所安的晚唐诗歌研究”从“文化的晚唐”说起，论述了文化史与文学史的关系，接着引出了“幸存的诗歌与手抄本文化”问题。这是宇文所安和田晓菲共同关注的问题，只是两人一个侧重唐代文学、一个侧重魏晋六朝文学而已。手抄本流传的局限性与文本遗存的不确定性，让我们的论断难以成为最终的结论。正因如此，宇文所安在论述时常常有所保留。而后，孙太、王祖基在书中沿着宇文所安确定的老人诗群、贾姚诗群、李贺与互文性、七律与互文性、李商隐的朦胧诗，一路论述开来。这样的论述虽然可以呈现出宇文所安《晚唐》的基本脉络，却缺少基于评判性阅读的合理考察。

《晚唐》为晚唐诗歌研究提出了一些新鲜的命题，如关于新旧交替中的中晚唐的关联性问题，关于李贺与杜牧作品的互文性问题，以及关于诗人的名望与创作的选择路径问题等都是在宏观研究与微观分析中得来的。

一个不容忽视的问题是：《中国早期古典诗歌的生成》所引起的反响不低于《晚唐》。虽然与《晚唐》聚焦的问题类似，《中国早期古典诗歌的生成》采用的却是完全不同的研究方法，在这里宇文所安放弃了互文性，而是以“并置”的方式来讨论问题。《中国早期古典诗歌的生成》出版后，马上就有两篇书评发表。林晓光忍不住开口夸奖这部刚诞生不久的著作：“在我看来，本书的价值甚至高于作者赖以成名的唐诗研究，因为无论从理论反思的彻底（这与汉魏六朝文学研究本身有着广大的方法论反思空间有着很大关系）还是研究范式开拓的新颖（这与唐代文学研究的成熟度较高也有很大关系）上，

---

① 参见陈小亮：《论宇文所安的唐代诗歌史研究》，中国社会科学出版社 2010 年版，第 224—225 页。

② 参见孙太、王祖基：《异域之镜：哈佛中国文学研究四大家——宇文所安、韩南、李欧梵、王德威》，科学出版社 2016 年版。

这本著作都要比后者突出得多，而这些要素正是国内六朝文学界所缺乏的。可以说，本书中对汉魏文学研究方法的思索，是至今最有颠覆性力量、也最有整体启发意义的。”① 林晓光的评述是深入宇文所安的阐释世界得出来的。文章的第一部分针对宇文所安的文学研究立场加以评述，“从汉魏六朝文学研究而言，作者这一工作在于透过文本中介和历史中介，追寻一个也许已经无可追寻的、真实的汉魏六朝诗歌的世界”②。由此，宇文所安拥有了一个全新的中古文学研究阵地，这为他提供了突破困境的另一种可能性。第二部分则论述了宇文所安的研究范式向研究者发起的挑战，这是对平庸的研究的挑战，但挑战也会带来问题。第三部分指出了新范式带来的新问题，即误读与无效阅读。与林晓光相比，张佳的评述直入诗史，他在《汉魏古诗如何进入诗史叙事？——读宇文所安〈中国早期古典诗歌的生成〉隅见》一文中着重探讨了文学史与文本之间的关系。③ 许继起对宇文所安关于手抄本与诗歌创作论述的分析值得注意，他的文章认为手抄本确实带来了文本面貌的变化，并且指出：“《中国早期古典诗歌的生成》一书在手抄本的立场上，对中古诗歌的文本生成和诗歌创作进行解读，对我们重新认识中古诗歌的文本面貌以及创作特点有一定的启发意义。”④ 这篇文章的第一部分主要论述了手抄本时代文本的不确定性，第二部分则分析了诗歌经典化与诗歌创作之间的关系，宇文所安的论述被征引和评介。许继起认为，尽管手抄本会造成文本差异，但不能夸大文本差异的文学意义。李明华、胡良萍的文章以《中国早期古典诗歌的生成》为蓝本探讨了宇文所安的五言诗论。文章先是从手抄本、编者排序、拟古诗作三个方面呈现了宇文所安对汉魏诗的质疑要点，继而从五言诗来源、

---

① 林晓光：《启示与问题——评宇文所安〈中国早期古典诗歌的生成〉》，《文艺研究》2013 年第 1 期。

② 林晓光：《启示与问题——评宇文所安〈中国早期古典诗歌的生成〉》，《文艺研究》2013 年第 1 期。

③ 参见张佳：《汉魏古诗如何进入诗史叙事？——读宇文所安〈中国早期古典诗歌的生成〉隅见》，《中国诗歌研究动态》2013 第 1 期。

④ 许继起：《略论手抄本时代的文本生成与诗歌创作——兼谈〈中国早期古典诗歌的生成〉中的几个问题》，《东岳论丛》2014 年第 8 期。

学者争鸣角度分析了宇文所安对古诗文本的细读，最后聚焦于宇文所安对汉魏诗作的具体解读，分析了其新意与可能的误读。文章认为，宇文所安提出的有关五言诗的新观点“对于诗歌的研究史是具有很大意义的。他不仅为诗歌史的研究注入了一股新泉，给予了学者们反思，同时，也给读者们带来了新的看点”①。李林昊的文章则以《中国早期古典诗歌的生成》为例专门探讨了宇文所安中国诗歌研究的局限性。文章先是介绍了《中国早期古典诗歌的生成》的基本内容，而后评估了其价值以及宇文所安提出的新的研究视域，最后得出结论认为宇文所安的研究有三方面价值：一是“宇文所安强调了文本在流传与经典化过程中的流动性、不稳定性和变异性，对于研究先唐文本具有重要价值”；二是“宇文所安有见地性地提出了诗歌资料的共享性和公共性问题”；三是宇文所安对待文本的审慎态度值得研究者借鉴。但是过犹不及，文章认为宇文所安的研究也带来了局限性问题，如过于重视文本的流动性而忽略经典的来源，忽视诗人的原创力，等等。②

由上述研究可以看出，自《中国早期古典诗歌的生成》中译本问世，围绕手抄本文化与文学创作的关系形成了一个研究场域，而《晚唐》《中国早期古典诗歌的生成》则在其中展示出了独有的学术价值。互文性、手抄本文化作为西方汉学研究的核心范畴，至此由宇文所安提供了成熟的成果典范，并与田晓菲的陶渊明研究一起引发了中国古典文学界的广泛讨论与深入研究。

关于《中国传统诗歌与诗学：世界的征象》，重要的书评有两篇：一篇是译者陈小亮所作，另一篇是李凤亮、周飞的文章。宇文所安的文论研究著作除《中国文学思想读本》外，仅此一部。其他文章则分别被收入《他山的石头记——宇文所安自选集》《华宴：宇文所安自选集》之中。时隔二十八年回望，宇文所安的研究依然意义深远。译完《中国传统诗歌与诗学：世界的征象》后，陈小亮围绕中国非虚构诗学与西方文学传统之间的关系，评价了这

① 李明华、胡良萍：《宇文所安五言诗论——以〈中国早期古典诗歌的生成〉为蓝本》，《琼州学院学报》2014 年第 3 期。

② 参见李林昊：《中国早期文本的变迁与方法论反思——以宇文所安的〈中国早期古典诗歌的生成〉为例》，《名作欣赏》2018 年第 14 期。

部20世纪80年代中期出版的著作。陈小亮认为，中国非虚构诗学已经为西方汉学界所普遍认同，基于这个前置条件，宇文所安在探讨中国抒情诗时提出的非虚构诗学建议便具有了中西比较的意义。“宇文氏从相关宇宙论出发，从以下几个方面阐发中国非虚构诗学：西方文学创造的第二自然与中国文学文与书写文的自然；西方叙事单元的模仿与中国诗歌的句子对偶的自然；西方隐喻诗思方式与中国诗歌类作为诗思方式的自然；接受论的西方诗歌的虚构与中国诗歌的非虚构。”① 由此，宇文所安就进入了阅读实践，开始演示非虚构诗学传统的阅读现场。自由的阅读如何介入现场？陈小亮认为，宇文所安的阅读实践具有强大的吸引力，但他这种立足于中国文学传统的做法还是离不开欧洲中心主义立场。在肯定宇文所安的勇敢探索的同时，陈小亮指出：“由此可见，宇文氏非虚构诗学更多出于欧洲中心主义的比较策略，以中国诗歌作为西方诗歌的一个对照，这一比较如不回到历史语境中考察自然会有不确之处。此外，作者所持的是一种西方文化立场，更多针对的是西方读者的趣味，读中国诗歌的有效手段，其间仍存在大量西方文论的分析趣味。”② 作为译者，陈小亮经历过两年的跨语境实践，自然有切实的体会，而她的思考也会让我们在阅读宇文所安的著作时采取平视的态度。文化的融合是建立在文化本体基础上的，这应该是建构中国文学理论话语的重要前提。宇文所安、余宝琳等人提出的“非虚构诗学”值得继续讨论吗？答案是肯定的。李凤亮、周飞在《文艺研究》上发表文章，继续探讨这个话题。语言学转向带来的虚构与非虚构问题推动着理论的革新，而非虚构诗学传统是中国独有的历史经验，还是一种不分东西的阅读批评传统？李凤亮、周飞的文章认为，宇文所安提出的“非虚构诗学传统”是从西方理论中抽取出来然后移植到中国诗学中的。比较诗学是需要比较对象的，无论是二分法还是多元对比，因此就“类”与“隐喻”的关系而言，文章认为“宇文所安反复强调中国的‘类’

① 陈小亮：《理想的诗歌：中国非虚构诗学对西方文学传统的反动——评宇文所安〈中国传统诗歌与诗学：世界的征兆〉》，《浙江学刊》2012年第6期。

② 陈小亮：《理想的诗歌：中国非虚构诗学对西方文学传统的反动——评宇文所安〈中国传统诗歌与诗学：世界的征兆〉》，《浙江学刊》2012年第6期。

与西方的‘隐喻’之间有着巨大的差异，然而，诗歌作品本身在这方面非但隐而不显，甚至还在以文本自身的方式加以否定与消解”①。比较对象被抽空之后，宇文所安就会混淆概念，割裂中国诗学文本的整体性，甚至混淆真实读者与理想读者的不同。因此“非虚构诗学传统”内部可能存在多种错位与颠倒，而中西诗学比较应该在同一概念下进行。李凤亮、周飞的文章与陈小亮的肯定优长不同，直接否定了“非虚构诗学传统”的提法，从而全盘否定了《中国传统诗歌与诗学：世界的征象》所使用的核心概念。

上述几部宇文所安著作的中国影响，加起来恐怕也抵不过一部《剑桥中国文学史》，这部由孙康宜、宇文所安主编的文学史（宇文所安主编了上卷）中译本一出版就引起了相当大的反响。《剑桥中国文学史》与《哥伦比亚中国文学史》一起在中国学界刮起了文学史应当如何生成的旋风，蒋寅、方铭、陈文新、魏崇新、徐志啸等学者纷纷发文评论，一时成为热门话题。不过，先行的还是宇文所安发表在《读书》上的《史中有史（上）——从编辑〈剑桥中国文学史〉谈起》。在这篇文章中，宇文所安详细地论述了自家的文学文化史观，以及以此指导《剑桥中国文学史》编撰工作的情况。徐志啸和王敏是较早推介《剑桥中国文学史》的学者，他们纷纷撰文介绍《剑桥中国文学史》的特色及带来的启示。王敏还就《剑桥中国文学史》为宇文所安做了访谈录，并发表在《文艺理论研究》上。从2013年起，《光明日报》、《文艺研究》、《中国图书评论》、《首都师范大学学报》（社会科学版）、《中国比较文学》陆续刊载了杜羽、徐文翔、陈文新、蒋寅、顾伟列等学者的文章，就中国文学史的写法展开评议。随后便是“重写文学史”与比较分析的“主场”，将《剑桥中国文学史》与《中国文学史新著》、《哥伦比亚中国文学史》及袁行霈主编的《中国文学史》进行比较成为一个话题，另一个话题是关于文学史分期的思考，相关研究文章集中出现在2016年至2019年。《文学评论》《文艺研究》陆续推出徐志啸、陈文新的文章，针对《剑桥中国文学史》的得与失进行了深入的研讨。可以说，《剑桥中国文学史》中译本的出版再度引

① 李凤亮、周飞：《空泛与错位的“非虚构诗学传统”——评宇文所安〈中国传统诗歌与诗学：世界的征象〉》，《文艺研究》2019年第4期。

燃了一个已被搁置很长时间的话题：重写中国文学史如何可能？学界关注的焦点之一是文学文化史观问题。其实，文学经典、文学名家在文学史中如何登场是一个更为重要的问题。此外，文学文本是否应如教本一样频频出现在文学史叙事中也是一个重要的问题。即使到了 2020 年，仍然有三篇涉及《剑桥中国文学史》的文章在重要期刊发表，并且有两篇硕士学位论文以此为题，可见热度还没有过去。大家针对的未必便是宇文所安负责的上卷部分，但文学文化史观是文学史撰写群体共同认同的理念，故而宇文所安始终在讨论的范围之内。

近些年来，研究者将视角集中到了关于宇文所安的研究成果的英译这一专门研究上来，一批以博士论文为基础的学术著作陆续出版。岳曼曼《宇文所安的中国文学英译研究》① 以“他者”的视角集中研究了宇文所安的中国古典文学编译、古代文论翻译、文本细读与其翻译思想之间的关系。作者钩稽中外研究文献甚勤，建构了一个有特色的宇文所安中国文学英译的研究体系。此外，副文本概念的引入进一步推动了宇文所安中国文学英译的跨文化研究，作者就从“他者”视角出发，以副文本概念研究了宇文所安《诺顿中国文选》《中国文论：英译与评论》。副文本概念本身就具有互文性特征，与正文本构成了语言转换中的对应性关系。近期的研究，则以跨文化传播研究为主流。例如，蔡华的文章围绕贾晋华的翻译策略分析了《初唐诗》三个中译本的副文本特征及其相互关系。② 这篇文章也揭示了《初唐诗》传播的三个路径：文学史、文本分析、跨文化翻译策略。周蓉蓉的文章以副文本视角解读宇文所安《盛唐诗》，先是分析了封面、致谢、序言、注释等内副文本，然后又从翻译策略、读者评价、译者评价等角度分析了外副文本，进而认为二者的合成构成了副文本与文本之间的关系。③ 但需要强调的是，这个阶段关于宇文所安的研究因可阅读文本贫乏而没有形成文学史体系之建构格局。宇

---

① 参见岳曼曼：《宇文所安的中国文学英译研究》，中国社会科学出版社 2020 年版。

② 参见蔡华：《〈初唐诗〉汉译本副文本比读》，《语言教育》2020 年第 3 期。

③ 参见周蓉蓉：《从副文本视角解读宇文所安〈盛唐诗〉》，《黄山学院学报》2020 年第 4 期。

文所安为中英文著述所写的序言、再版序言、致谢等已经引起了研究者的注意，这些文字能够起到强化宇文所安文学文化史观的作用，堪称其研究体系的重要补白。副文本的研究能够从微观层面展示宇文所安跨文化研究的全面影响，当然不只是中国影响，而是跨语际、跨文学的影响。裔传萍《宇文所安的翻译诗学》①、魏家海《宇文所安唐诗翻译研究》②、陈橙《文选编译与经典重构——宇文所安的〈诺顿中国文选〉研究》③ 等著作均有不同的创获，这些研究成果必然有助于我们进一步走入宇文所安的跨文化视界，也为我们深入理解如何解读中国文学经典、如何传播中国文学经典提供了便捷的路径。值得注意的是，将克里斯蒂娃、热奈特等人提出的互文性、副文本等概念引入中国文学研究空间能够拓展理论视野，但同时也要警惕概念性使用能否带来学术创新的问题。

宇文所安的中国影响有以下四端：第一，以文学文化史观引领文学史研究，促进了中国文学的传播；第二，试图融合中西并站在中国文化立场上对中国经典进行文本细读，旨在建立中国文学批评话语；第三，出于对中国文化的热爱完成了《诺顿中国文学选集》《杜甫诗》《中国文学思想读本》的翻译，有力促进了中学西渐；第四，研究中国文学在世界范围内获得了认可，并构建了中国文学全方位研究的自家体系。这四个方面都离不开中国文学传播，也离不开他的中英文著述的跨语境传播。可见，我们所认知的宇文所安的中国影响仍然是片面的，大到西方世界对宇文所安所理解的中国文学传播的评价，小到互联网书店里对宇文所安每一本著述的评价，甚至每一篇论文征引宇文所安著述的用意，从中都可以看出宇文所安的中国影响。

作为汉学家的宇文所安，在中国文学传播领域做出了突出的贡献，他与钱锺书、许渊冲、叶嘉莹等学者一起构成了中国文学传播的四维视角。钱锺书以中国传统文化为中心，在世界视野下研究中国文明，他的《谈艺录》《管

① 参见裔传萍：《宇文所安的翻译诗学》，江苏人民出版社 2016 年版。

② 参见魏家海：《宇文所安唐诗翻译研究》，武汉大学出版社 2019 年版。

③ 参见陈橙：《文选编译与经典重构——宇文所安的〈诺顿中国文选〉研究》，上海外语教育出版社 2012 年版。

锥编》创造了比较诗学的经典范式。许渊冲将中国文学经典传播出去，是立足中国传统文化翻译中国经典的典范。叶嘉莹在全世界范围内阐释中国文化，承担了在国际视野中传播中国文化的使命。宇文所安驰骋在中国文学的多声部世界里，采撷文化之花果，放置于欧美文化传统中并加以浇灌，这些花果历经欧风美雨之后，回到故土又产生了滋补作用。某种意义上来说，宇文所安提供了一个杠杆或者一把铁锹，让我们重新撬动或者翻动故土上的文化之砖，以找到立足于世界的诗性文化特征。当然，宇文所安的研究体系一方面呈现出了中华文明的世界性特征，另一方面也让我们触摸到了文化传统中未能融入的部分，这告诉我们基于不同背景的文化差异是存在的。

宇文所安的影响不仅持续了三十年以上，而且摆脱了时间性困境。所谓时间性困境，是指他的作品传播仅仅是在特定的时段内，一旦时过境迁便会烟消云散。宇文所安的四部唐研究著作，即《初唐诗》《盛唐诗》《中国“中世纪”的终结：中唐文学文化论集》《晚唐：九世纪中叶的中国诗歌（827—860)》已经渐次经典化，这是海外汉学家创造的学术“神话”；《追忆——中国古典文学中的往事再现》《迷楼：诗与欲望的迷宫》，因内蕴丰富还在继续被挖掘；《中国早期古典诗歌的生成》与《晚唐：九世纪中叶的中国诗歌(827—860)》一起已经成为互文性研究的经典；《他山的石头记——宇文所安自选集》《华宴：宇文所安自选集》已经显现出了研究的广度及问题意识；《剑桥中国文学史》乃是贯彻“悬置名著”主张的产物，一直是学术界研究的热点话题。

总之，宇文所安的汉学研究以文学史为第一关键词，以中国文学经典阐释或者说文本细读为出发点，以中西文化融合为手段，集文学理论、文学选本、文学史著述于一身，形成了影响持久的文化传播效应。

后　　记

我是一个喜欢荡出研究领域自在遨游的阅读者，一卷在手，一旦有所触动，便会提笔写在纸上，似乎只有写在纸上的想法才是自己的。收在这个集子里的文字可谓是杂七杂八，有些是约稿完成的，有些则是兴之所至率性为之的，文字均是以读者视角写就的，这样反倒没有课题结项的压力，写作的过程无比愉快。

读书的过程是愉悦的，但应如何记下读后感呢？我采取了三种方式：写读书札记、随笔和诗。读书札记逐渐融入我的讲稿之中，就这样形成了《中国文学与人生十五讲》（黑龙江大学出版社 2015 年版）。随笔则是随写随发，发得多了，便收入文集，《读师范中文系的人》（吉林大学出版社 2015 年版）、《文学经典的文化阐释》（长春出版社 2017 年版）便是逐渐成集的。至于诗，多是课堂讲授之后，由兴发感动而泛起的情感波澜，《雅音》（黑龙江美术出版社 2021 年版）便是这样的诗集。

选定《中国文学研究述论稿》这个书名，可以说就像找到了一个“筐”，因为要装的东西实在是过杂，命名非常麻烦，故而只好让这个筐膨胀起来，里面反倒显得有些空荡荡了。

是为记。

田恩铭

2023 年 1 月 29 日